ミス・マープル最初の事件

牧師館の殺人

アガサ・クリスティ

ロンドン郊外の平和な村、セント・メアリ・ミードの牧師館で地元の治安判事が殺害された。被害者は厳しく独善的な性格で、恨みをもつ人間には事欠かない。だが殺すまでとなると……。とはいえ村には謎めいた美しい婦人やスキャンダラスな噂のある画家、考古学者やその秘書もいて、怪しげな人物だらけなのだ。難航する警察の捜査をよそに、牧師館の隣人の穿鑿《せんさく》好きな老女が、その好奇心と人間観察力を武器に見事な推理を展開、事件を解決に導く。エルキュール・ポワロと並ぶクリスティの二大探偵のひとりミス・マープルの記念すべき初登場作品。

登場人物

レナード（レン）・クレメント……セント・メアリ・ミード村の牧師
本書の語り手
グリゼルダ……レナードの妻
デニス……レナードの甥
メアリ・ヒル……牧師館のメイド
ホーズ……牧師補
ルシアス・プロザロー大佐……治安判事
アン……プロザロー大佐の妻
レティス……プロザロー大佐と前妻の娘
ローレンス・レディング……画家
ドクター・ヘイドック……医師
エステル・レストレンジ……謎めいた女性
ストーン博士……高名な考古学者
グラディス・クラム……ストーン博士の秘書

アーチャー……………………………密猟者
マーサ・プライス・リドリー……
キャロライン・ウェザビー………
アマンダ・ハートネル……………　村の住人
ジェーン・マープル………………
レイモンド・ウェスト……………ミス・マープルの甥、作家
スラック警部………………………マッチ・ベナム署の刑事
メルチェット大佐…………………州警察本部長

ミス・マープル最初の事件

牧師館の殺人

アガサ・クリスティ

山　田　順　子　訳

創元推理文庫

THE MURDER AT THE VICARAGE

by

Agatha Christie

1930

ミス・マープル最初の事件

牧師館の殺人

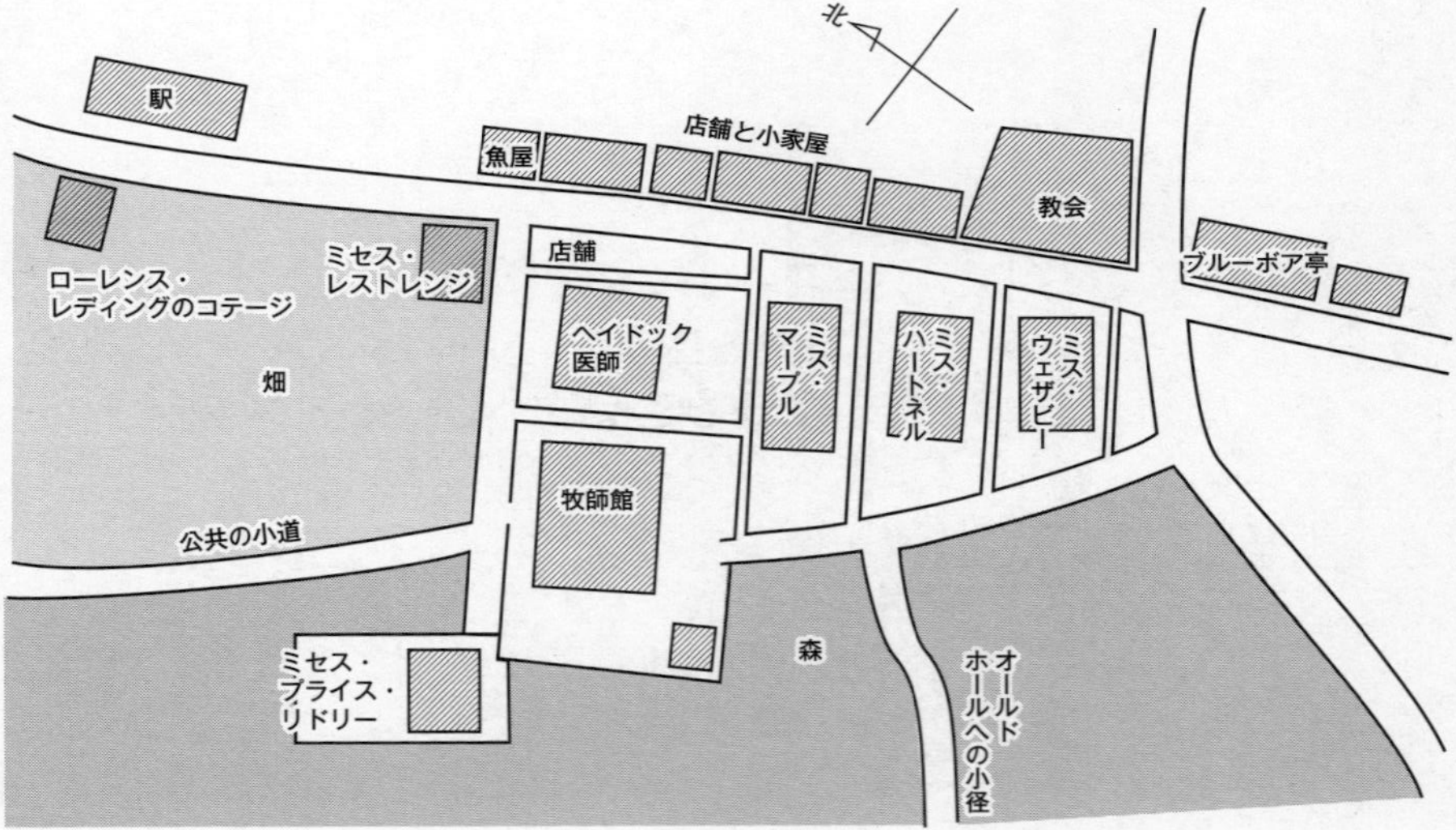
北
駅
店舗と小家屋
魚屋
教会
ブルーボア亭
ローレンス・
レディングのコテージ
ミセス・
レストレンジ
店舗
ヘイドック
医師
ミス・
マーブル
ミス・
ハートネル
ミス・
ウェザビー
畑
牧師館
公共の小道
森
ミセス・
プライス・
リドリー
オールド
ホールへの小径

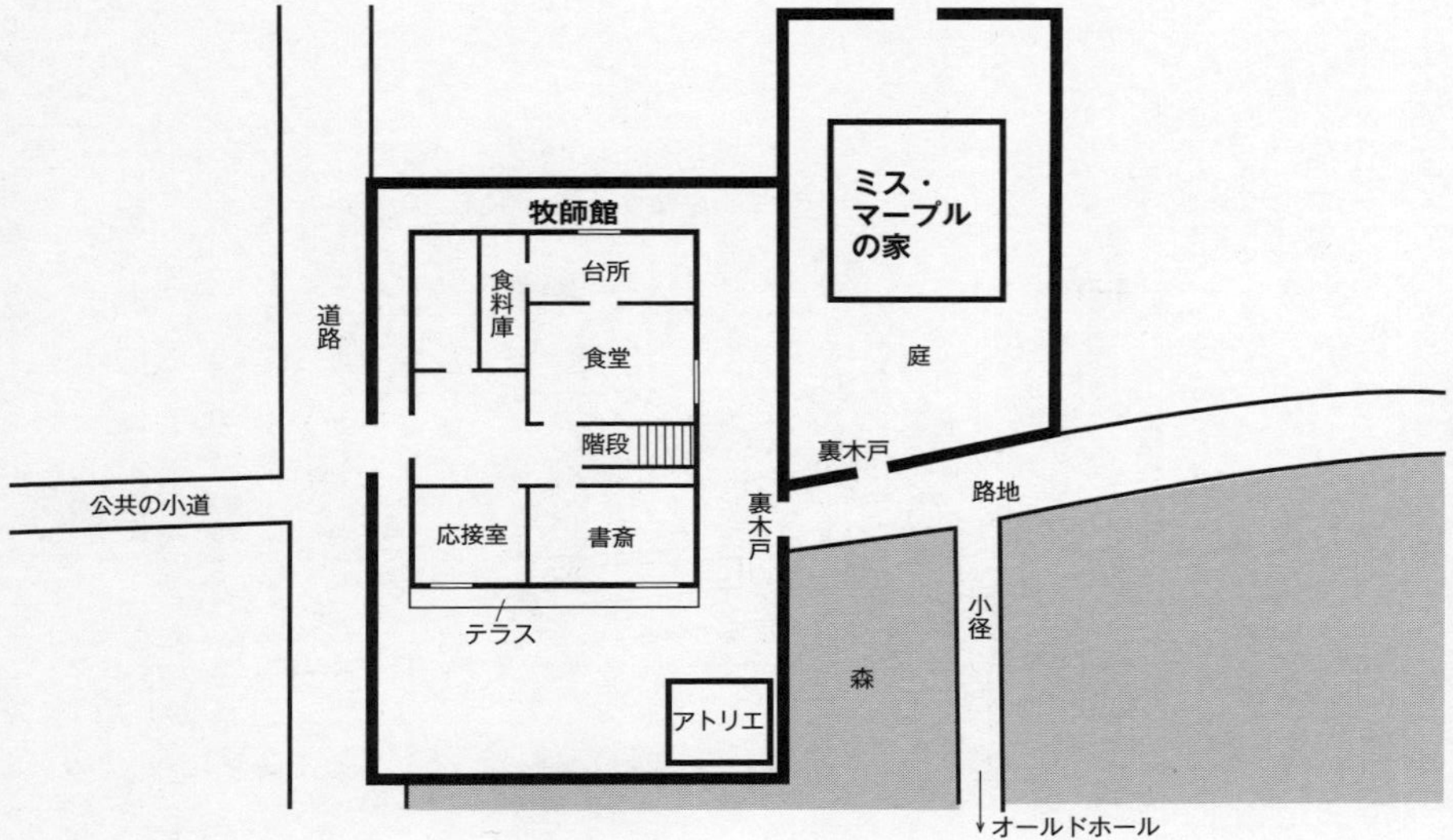
牧師館
台所
食料庫
食堂
階段
応接室
書斎
テラス
アトリエ
道路
公共の小道
ミス・マープルの家
庭
裏木戸
裏木戸
路地
小径
森
オールドホール

ロザリンドに

1

　この話の発端をどこにすればいいのか、よくわからないのだが、あの水曜日の、牧師館での昼食時から始めようと思う。というのも、そのときの会話は、この話とは関係のないことばかりだったけれども、あとになって事件の展開に影響をもたらした話題が二、三、含まれていたからだ。

　わたしはボイルドビーフを切り分け終えて（ちなみに、肉はいやに固かった）、椅子に腰をおちつけると、まとっている牧師服にはまったくふさわしからぬと思いながらも、もしプロザロー大佐が殺されれば、誰がやったにせよ、その人物は社会に大いなる貢献をすることになるといった。

　すかさず、わたしの甥、若いデニスが口を開いた。

「あのじいさんが血の海に倒れているところをみつかったら、いまのことばは、おじさんに不利な証拠として思い出されるんじゃないかなあ。メアリが証言しますよ。ね、メアリ？　そして、おじさんがそういいながら、さも憎々しげに肉切りナイフを振りまわしていたこともね」

メアリというのは、この牧師館で仕事を憶え、もっといい職場に移るための足がかりにしようという見習い中のメイドだ。メイドとしてはまだまだ未熟なメアリは、大きな声で「野菜」とだけそっけなくいうと、乱暴な手つきで、野菜を盛った、ひびの入った皿を、デニスにぐいと突きつけた。

わたしはすぐにはデニスの言に対応できなかった。野菜の皿をテーブルに置いたメアリが、次に、べっちゃりしてひどくまずそうなダンプリングの皿を、わたしの鼻先に突きつけてきたからだ。

「いや、けっこう」わたしがそういうと、メアリはダンプリングの皿を放りだすようにテーブルに置き、食堂を出ていった。

「わたしがきちんと家事や家政に目を配れたらいいんだけど、まったくダメだから、ほんとに申しわけないわ」心底すまなそうに、妻がいった。

妻のこの自省的見解には、わたしもおおむね賛成だ。妻の名はグリゼルダ。グリゼルダというのは、忍従貞淑《にんじゅうていしゅく》な妻として中世の物語に謳《うた》われた女性で、いかにも牧師の妻にふさわしい名前だ。そう、名前は。だが、性格のほうは、辛抱《しんぼう》づよくて従順とはいいがたい。

わたしは以前から、聖職者は結婚すべきではないと考えていた。それなのに、出会って二十四時間後には、グリゼルダと結婚したいという熱烈な思いに駆られたのはなぜか、我ながら不思議だ。結婚というのは、きわめて重大な問題で、ゆっくりと時間をかけてさまざまな面を考慮し、先の先まで深慮したのちに心を決めるべきことなのだ。双方の性質や嗜好《しこう》や趣味が合うかどうか、それをいちばんに考慮すべきである。少なくとも、それがわたしの信念だったのだが……。

グリゼルダは、二十歳はわたしよりも若い。すばらしく美しい女で、なにごとも深刻に受けとめない。どこをとっても秀《ひい》でた能力というものはなく、ともに暮らすには多大な忍耐が必要だ。たとえば、わたしが預かっている教区を、妻は自分を楽しませるためにしつらえられた、大がかりな冗談事だとみなしている。そんな見解をあらためてもらおうと、わたしは懸命に努力したが、どうにもならなかった。おかげで、聖職者は独身を貫くことこそ好ましいという、わたしの信念はいっそう強くなった。しかし、ことあるごとにその信念をほのめかしても、グリゼルダは笑うだけだ。

「いいかい、グリゼルダ。きみがもう少し気を配ってくれれば――」

「ときにはそうしてるわ。でも、全体的に見ると、わたしが努力すればするほど、ますます事態が悪くなるみたい。生まれつき、家政をとる能力がないのよ。だから、メアリに家事を任せて、不愉快な思いをするのもしようがない、まずい食事もがまんするほうがいいと、あきらめることにしたのよ」

「それじゃあ、きみの夫はどうなるんだい？」わたしは非難がましく訊いた。そして、自分のつごうに合わせて聖書の文言を引用する悪魔に倣《なら》って、こういった。「彼女はおのれの家政に目を向け……」

「ライオンに嚙み裂かれないのは幸運だと考えてごらんなさいな」グリゼルダは急いで口をはさんだ。「でなきゃ、火あぶりにされないことを。そういう恐ろしいことにくらべれば、食事がまずいとか、うちじゅうが埃だらけとか、あちこちにスズメ蜂の死骸がころがってるとか、そんなの、ちっともたいしたことじゃないでしょ。それよりも、プロザロー大佐の話、もっとくわしく聞かせてくださいな。それにしても、初期のキリスト教徒たちは、教区委員なんてものに悩まされずにすんだだけでも幸運だったわね」

「あいつはいばりくさった、ひとでなしのじじいだよ」デニスがいった。「最初のおくさんが逃げ出したのも無理はないさ」

「ほかにどうしようもなかったんじゃないかしら」妻がいう。

「グリゼルダ」わたしはきびしい声で咎《とが》めた。「そういういいかたはよくない」

「ねえ、あなた」妻はやさしい声でいった。「大佐のことを教えてくださいな。どんな厄介なことをいわれたの? ミスター・ホーズが一分ごとにうなずいたり、くびを横に振ったり、十字を切ったりすることかしら?」

ホーズというのは新任の牧師補で、ここに来て、まだ三週間ぐらいだ。高教会派《ハイチャーチ》寄りで、金曜日には断食をする。一方、プロザロー大佐は、高教会的な儀式をいっさい認めず、反対してやまない人物なのだ。

「今回はちがう。いや、話のついでに、その点にも触れたがね。問題はそこじゃなくて、ミセス・プライス・リドリーの一ポンドなんだ。なんとも癪《しゃく》にさわる一ポンドのことだよ」

ミセス・プライス・リドリーは、わたしの教区の熱心な信者のひとりだ。息子の命日には欠かさず早朝の礼拝に出席し、献金袋に一ポンド札を入れている。しかし、つい最近、献金の総額が発表され、最高金額が一ポンドではなく、その半額の十シリングだとわかると、彼女は気色ばんだ。

文句をいわれたわたしは、彼女がまちがえたのだろうと、ていねいに説いて聞かせた。

「わたしどもはいつまでも若いままではいられません」わたしは如才なく話を終わらせようとした。「年齢を重ねると、なにかと不都合が生じるものですよ」

しかし、不思議なことに、わたしのその言はミセス・プライス・リドリーの怒りをさらにかきたてたようだった。彼女はじつにおかしな事態だといいはり、わたしがそう思わないのは驚きだともいった。そして怒りをくすぶらせたまま、プロザロー大佐のもとに駆けこんだ。プロザロー大佐はなにごとにしろ、大げさに騒ぎたてるのが好きな輩といえる。そしてそのとおり、ミセス・プライス・リドリーの苦情をとりあげて騒ぎたてた。あいにくなことに、それが今日、水曜日のことだった。毎週水曜日の午前中、わたしは教会学校で教えることになっているのだが、一連の騒ぎにひどく神経をかき乱され、そのあとはずっとおちつかない気分をぬぐえずにすごす羽目となったのだ。

「そうね、ミセス・プライス・リドリーに相談されて、大佐はうれしかったんじゃないかしら」わたしの話を聞いたグリゼルダは、形だけでも公平な意見を述べようという口ぶりでいった。「なにしろ、大佐を慕ってひとが集まるということはないし、親愛の情をこめて〝教区委員さん〟と呼びかけられることもなければ、とんでもない刺繍《ししゅう》をほどこしたスリッパを贈ってくれたり、クリスマスにベッドソックスをプレゼントしてくれるひともいない。おくさんと娘さんは、あのひとに心底うんざりしてるしね。でも、今回は、ミセス・プライス・リドリーのおかげで、自分が重要な人間だと感じられる機会が巡ってきて、ちょっとうれしかったんじゃないかしら」

「だからといって、攻撃的な態度に出る必要はない」わたしは少し熱くなった。「大佐は自分がいっていることが相手にどう受けとられるか、まったく考えていないとしか思えない。教会の会計を監査したいというんだ——使いこみがある場合を考慮して、とそういったんだよ。使いこみだと！　わたしが教会の基金を着服していると、疑ってるんじゃないか？」

「あなたを疑うひとなんか、ひとりもいませんよ」グリゼルダはいった。「犯罪的な疑惑とは、まったく無縁の存在なんですもの。でも、それって好機到来といえるわね。このさい、福音伝道協会基金をちょっと使いこんでくださらないかしら。わたし、伝道師って大嫌い——前からそうなんだけど」

　わたしはグリゼルダの放言を叱るべきだったのだが、その矢先に、メアリが生煮えのライスプディングを運んできた。わたしはやんわりと文句をいったが、グリゼルダは反論した——生煮えの米を常食にしてきた日本人は、優秀な頭脳をもつに至った、と。

「そうね、日曜日まで毎日、こういうライスプディングを食べれば、とびぬけてすばらしいお説教ができるはずよ」

「とんでもない」わたしは思わず身震いした。

「明日の夜」わたしは話題を変えた。「プロザロー大佐が牧師館に来て、わたしといっしょに会計監査をすることになっている。だから、今日じゅうに、英国国教会協会で発表する論文の原稿をまとめなければならないんだ。じつをいうと、参考文献を調べているうちに、カノン・シャーリーの『実在』に夢中になってしまってね、原稿書きがさっぱり進まなかったんだよ。ところで、きみの今日の午後の予定はどうなってるんだね、グリゼルダ？」

「わたしの義務を果たすだけ。牧師の妻としての義務をね。四時に、お茶と噂話の会があるの」

「お客さんは？」

グリゼルダは雄々しい表情を浮かべて指を折った。「ミセス・プライス・リドリー、ミス・ウェザビー、ミス・ハートネル、それに、あの恐ろしいミス・マープル」

「わたしはミス・マープルは好きだよ。少なくとも、あのひとにはユーモアのセンスがある」

「あのひとは村いちばんの意地悪ネコよ」グリゼルダはいった。「村で起こったことはなんでもちゃんと知ってる――そしてそこから最悪の推論を導きだすの」

前述したとおり、グリゼルダはわたしよりずっと若い。わたしぐらいの年齢になれば、最悪のことがたいていは真実なのだと知っている。

「ねえ、お茶の会にぼくが出るなんて期待しないでね、グリゼルダ」デニスがいった。

「まあ、ひどいわ！」とグリゼルダ。

「かもね。でも、今日はテニスをやろうって、プロザロー家に呼ばれてるんだ」

「ひどいわ！」グリゼルダはまたそういった。

賢明にもデニスはそれ以上なにもいわずに食堂を出ていき、わたしとグリゼルダは書斎に行った。

「お茶の会で、どんな話が出るかしらね」そういいながら、グリゼルダは引き出しつきの、横に長いライティングテーブル前の椅子にすわった。「ストーン博士とミス・クラムのことだと思うんだけど。それに、たぶん、ミセス・レストレンジのことね。ついでにいうと、昨日、ミセス・レストレンジをお訪ねしたんだけど、お留守だったわ。ええ、いずれ彼女をお茶にお招きすべきね。彼女のようなかたがここに家を借りたことも、ほとんど外に出ないことも、なんだか謎めいてるわねえ。そうでしょ？　探偵小説が書けそう。〝青白き顔の、謎めいた美女。彼女は何者か？　どのような過去の持ち主なのか？　誰も知らない。彼女にはどことなしに暗い翳《かげ》がある〟

でも、ドクター・ヘイドックは彼女のことを、前からごぞんじみたいだけど」

「探偵小説の読みすぎだよ、グリゼルダ」わたしはおだやかに意見した。

「そういうあなたはどうなの？」グリゼルダは逆ねじをくわせてきた。「このあいだ、あなたがこの書斎でお説教の案を練っているとき、『階段の血痕』を捜したのよ。あちこち捜したあげく、あなたにその本をどこかで見なかったかって訊きにきたら、なにを目にしたと思う？」

わたしとて、赤面するだけのたしなみはもっている。

「なんとなく手に取ったんだよ。そうしたら、たまたま、ある文章が目に留まって……」

「たまたま目に留まったわけね」グリゼルダは芝居がかった口調でいった。「〝そして、ひどく奇妙なことが起こった――グリゼルダは部屋を横切り、年かさの夫に愛情のこもったキスをしたのだ〟」

そういいながら、彼女はそのとおりの行動をした。

「これがひどく奇妙なことなのかね？」

「もちろん、そうよ。レン、あなた、わかってらっしゃる？　わたしは、そうしようと思ったら、大臣とでも、男爵とでも、大金持の会社社長とでも、少尉――それも三人――とでも、魅力たっぷりのろくでなしとでも、選り取り見取りで結婚できたのよ。でも、あなたを選んだ。あなたも驚いたんじゃない？」

「あのときは、うん、驚いた。そのあとも、なぜきみがわたしを選んだのか、しょっちゅう不思議に思ってるよ」

グリゼルダは笑った。「そうすることで、自分にすごく力があるような気がしたのよ。ほかのひとたちは、ただもうわたしをすばらしいと思ってた。そんなわたしを手に入れれば、さぞ得意になったでしょうね。でも、あなたから見れば、わたしはどこをとっても気に入らない、欠点だらけの人間なのに、どうしても、わたしの魅力に抵抗できなかった！　わたしの虚栄心はそれに抗《あらが》えなかったのよ。誰かの自慢の種でしかない存在になるよりは、罪深くもひめやかな喜びの対象になるほうが、ずっとすてきですもの。わたしときたら、いつもあなたの気持をかき乱して、不快な思いをさせてるけど、それでもあなたは、ぞっこん、わたしに夢中。ね、そうでしょう?」

「そりゃあ、わたしはきみのことがとても好きだよ」

「あら、レン、あなたはわたしに夢中なのよ。ねえ、憶えてる? わたしがロンドンに泊まらなくてはならなくなったとき、あなたに電報を打ったんだけど、郵便局長のおくさんの妹さんにふたごが生まれて、局長のおくさんはわたしの電報を届けるのを忘れてしまった。それで、あなたときたら心配のあまり逆上して、スコットランドヤードに電話したぐらい大騒ぎなさったじゃない」

誰にだって、思い出したくないことのひとつやふたつはあるものだ。確かにあのとき、わたしはひどく取り乱し、愚かなまねをした。

「きみさえかまわなければ、これから原稿を書きたいんだがね」

グリゼルダはさも不満そうにため息をつくと、わたしの髪をくしゃくしゃに逆だて、またそれを撫でつけた。

「あなたはわたしの夫たる資格がないわね。そうだ、あの画家と浮気しようかしら。それがいいわ——本気よ。そうしたら、教区でどれほどのスキャンダルになるでしょうね」

「スキャンダルなら、もう山ほどあるよ」わたしはおだやかに応じた。

グリゼルダは笑い、わたしにキスすると、フレンチウィンドウから出ていった。

2

まったく、グリゼルダには平常心をかき乱される。昼食のテーブルを離れたときは、英国国教会協会用の原稿を書こうと意欲満々だった。それなのにいまはすっかり気勢をそがれて、おちつかない気分になってしまった。

気を取りなおして執筆にかかろうとした、ちょうどそのとき、レティス・プロザローがふらりとやってきた。

わたしはいま、〝ふらり〟ということばを意識的に使った。小説のなかでは、若者たちははちきれそうなエネルギーを発散させている。生きる喜び《ジョワ・ド・ヴィーヴル》、つまり若さゆえの活力にあふれている。しかし、じっさいにわたしが出会う若者たちは、やさしい生霊《いきりょう》のような雰囲気をまとっているのだ。

今日のレティスは、いつもより格段に生霊めいている。背が高く、金髪で、きれいな娘なのだが、心ここにあらずとばかりにぼんやりしている。フレンチウィンドウから〝ふらり〟と入ってくると、かぶっていた黄色のベレーを上の空でぬぎ、驚いたようにつぶやいた。「あらあ、牧師さん」

彼女が住んでいる屋敷はオールドホールと呼ばれているが、その屋敷から小径をたどって森を抜けると、牧師館の裏木戸にたどりつく。そのため、オールドホール方面から牧師館に来るひとたちは、たいてい、裏木戸を通り、フレンチウィンドウからわたしの書斎に入ってくる。そのほうが、小径を抜けてから、わざわざ遠回りして表通りに出て牧師館の玄関ドアを訪なうよりも、はるかに便利なのだ。なので、レティスがそのルートでやってきたのを見ても、わたしはべつに驚かなかったが、彼女の態度にはいささかむっとした。

牧師館に来たからには、牧師に会うのは当然ではないか。

書斎に入ってきたレティスは、いくつもの大きな肘掛け椅子のひとつに、ぐったりとすわりこんだ。おそらくは無意識に髪の毛を引っぱりながら、天井をみつめた。

「デニスはどこにいます?」

「昼食のあとは見かけていない。お宅でテニスをするといっていたが」

「あらあ!　うちに来てなければいいけど。だって、誰もいないんだもの」

「きみに招かれたそうだがね」

「それはそう。でも、それは金曜日のことよ。今日は木曜日でしょ」

「水曜日だよ」

「まあ、いやだ!　そうすると、ランチの約束をすっぽかしたの、今日で三回目になるわ」

約束をすっぽかしたというのに、レティスがたいして気にしていないようすなのは、まあ、幸いといえるだろう。

「グリゼルダは?」

「裏庭のアトリエにいるんじゃないかな。ミスター・レディングの絵のモデルをつとめてるはずだよ」

「うちでは、彼のことでひと悶着あったわ。父とけんかしちゃった。父ったら、ひどいんだもの」

「おとうさんとけんか——いったいどうしたというんだね？」

「あたしが絵のモデルになってることよ。父がそれを嗅ぎつけてね。でも、水着姿で絵を描いてもらうのが、どうしていけないの？ 海辺では水着姿がふつうなのに、その恰好で絵のモデルになっちゃいけないなんて、どういうわけ？」

レティスはそこでいったん口をつぐんだが、またすぐに口を開いた。「ばかばかしいったらないわ。父はうちに若い男が出入りするのは許さん、禁止するっていうの。だもんで、ローレンスもあたしもどうしようもなくて。だから、あたしがアトリエに行って、絵を仕上げてもらうことにしたの」

「それはいけないね。おとうさんに禁じられたのなら、そんなまねをしてはいけない」

「あーあ！」レティスはため息をついた。「ああ、もう、うんざり。気持がささくれちゃう。心底、いやになる。お金さえあれば、家を出ていけるんだけど、お金がないから、それもできない。うまいぐあいに父が死んでくれれば、めでたしめでたしなんだけど」

「そんなことをいうものじゃないよ、レティス」

「死んでほしいなんて思われたくないのなら、父もあんなにケチケチしなきゃいいのよ。あたしの母が父から離れていったのは無理もないわね。あたしはずっと母は死んだんだと思ってた。母と駆け落ちした若い男って、いったいどんなひとだったのかな。すてきなひとだった？」

「それは、あなたのおとうさんがここに越してくる前の話だよ」

「母はどうなったのかしら？　そのうち、アンが浮気でもするんじゃないかと期待してるの。アンはあたしを嫌ってる――うわべはやさしいけど、あたしを嫌ってるのは確かよ。彼女、自分が老けていくのがとってもいやみたい。なんてったって、もう中年まっただなかですもん」

レティスは午後いっぱい、この書斎にいすわるつもりなのだろうか。わたしは心配になった。

「あたしのレコード、どこかで見かけなかった？」

「いや」

「あら、やあねえ。どこに置き忘れたのかしら。それに犬も逃げちゃったし、腕時計もなくしちゃったし。時計は動かないから、なくてもどうってことないんだけど。ああ、眠い。十一時まで寝てたのに、どうして眠いのかわからないわ。でも、人生って、ほんと、疲れるわね。そう思いません？　あら、たいへん、もう行かなくちゃ。三時に、ストーン博士が発掘してる大むかしのお墓を見せてもらうことになってるの」

わたしは時計に目をやり、もう三時三十五分だと、レティスに教えてやった。

「え、そう？　まあ、たいへん。あのひとたち、待っててくれてるかしら。それとも、待たずに帰ってしまったかな？　どっちにしろ、あっちに行ったほうがいいわね」

レティスは立ちあがり、またふらりとフレンチウィンドウから出ていきざまに、肩越しにつぶやいた。「デニスに伝えてね」

「わかった」わたしは反射的にそう答えたが、デニスになにを伝えればいいのか知らないことに気づいた。だが、もう手遅れだった。どちらにしろ、たいしたことではあるまい。それで、その件はうっちゃって、ストーン博士のことを考えた。博士は高名な考古学者で、村のパブ兼インの〈青い猪《ブルーボア》〉に滞在し、プロザロー大佐の地所にある古代の墳墓の発掘調査をしている。だが、すでに数回、博士と大佐とのあいだで激しい口論が起こっている。その博士が大佐の娘であるレティスに発掘現場を見せると約束したのを、わたしはおもしろく思った。

レティスには、野次馬的な面もあるようだ。それにしても、彼女が考古学者の秘書のミス・クラムと、うまくつきあえるかどうか、大いに疑問だ。ミス・クラムは二十五歳の健康そのものの女性だ。血色がよくて、元気いっぱいで、いささかがさつ。それに、口もとから察するに、歯の数がふつうのひとより多いようだ。

村の住人たちのあいだでは、ミス・クラムは身のほどをわきまえない尻軽女なのか、あるいは、博士の妻の座におさまる機会をじっと待っている身持ちの堅い女なのか、意見がまっぷたつに分かれている。どちらにしろ、あらゆる点で、レティスとは対照的な女だ。

オールドホールの家庭内の事情が決して幸福なものではないのは、わたしにも想像できる。プロザロー大佐は五年前に再婚した。いまのミセス・プロザローは相当な美人で、スタイルも抜群だ。しかし、彼女と義理の娘との仲は決してよくないのではないかと、わたしはいつも懸念している。

そんなことをとりとめもなく考えているうちに、またまた邪魔が入った。今度は牧師補のホーズだ。わたしとプロザロー大佐との話し合いがどうなったか、くわしく知りたいという。わたしは大佐がホーズの〝カトリック志向〟を遺憾《いかん》に思っていることは話したが、明日大佐がやってくるのは、それとはまったく異なる用があるからだといった。ついでといってはなんだが、いい機会なので、わたしの指示にしたがってもらわなければ困ると、ホーズに苦言を呈した。とりあえず、ホーズはわたしの苦言をきちんと受けとめたようだ。

ホーズが部屋から出ていくと、彼を好ましく思っていない自分に、呵責《かしゃく》の念を覚えた。ひとを好悪で区別するのは不条理であり、キリスト教徒としてはあるまじきことなのだ。ため息をつきながら、ライティングテーブルの上の置き時計を見ると、針は五時十五分前をさしていた。これはつまり、いまは四時半だということだ。わたしは腰をあげて、応接室に向かった。

教区民が四人、ティーカップを手にしている。グリゼルダはティーテーブルの向こう側にすわり、その場にとけこもうと努力しているが、いつにもまして浮いている感じしかしない。わたしは全員と握手してから、ミス・マープルとミス・ウェザビーのあいだの席にすわった。ミス・マープルはおだやかで、ものしずかな白髪の老婦人だ。ミス・ウェザビーは気むずかしくて口やかましい。とはいえ、このふたりのうちでは、ミス・マープルのほうがはるかに危険な人物なのだ。

「ちょうどいま、ストーン博士とミス・クラムのことを話していたんですよ」グリゼルダが甘ったるい声でいった。

それを聞いたとたん、デニスがこしらえた品の悪いはやし文句が頭をよぎった――〝ミス・クラムは御意のまま〟

わたしはそれを大声でいって、みんなの反応を見たいという衝動に駆られたが、幸いにも踏みとどまった。

ミス・ウェザビーがそっけなくいった。「育ちのいい女性ならあんなまねはしませんよ」いかにも賛成できないというふうに、くちびるをぎゅっと引き締める。

「あんなまねとは？」わたしは訊いた。

「独身男性の秘書になるなんて」いかにもぞっとするという口調だ。

「おや」ミス・マープルがそれはどうかという口調でいった。「わたしは既婚男性のほうが油断ならないと思いますよ。かわいそうなモリー・カーターのことを考えてごらんなさいな」

「もちろん、結婚しているのに妻と離れて暮らしている男は、よろしくないに決まってます」とミス・ウェザビー。

「妻と暮らしていても、なかにはよろしくない男性がいますけどね」ミス・マープルがつぶやくようにいった。「思い出しますよ……」

不快な思い出話が披露されないうちに、わたしは口をはさんだ。「しかし、こんにちでは、女性も男性と同じように、仕事を選んでかまわないんじゃありませんか」

「独身男といっしょに田舎にやってきて、同じホテルに泊まるのも？」ミセス・プライス・リドリーがきびしい声でいった。

ミス・ウェザビーが小声でミス・マープルにいった。「お部屋は同じフロアにあるのよ」

ふたりは目と目を見交わした。

ミス・ハートネルは日焼けした陽気なひとだが、貧しい人々には恐れられている。その彼女が、威勢よく声をはりあげた。「あの気の毒な男性は、自分でもよくわからないうちに捕まってしまいますね。いってみれば、あのひとは生まれる前のあかんぼうみたいに無垢なんですよ」

人間とは、なんともはや、おかしなことをいうものだ。揺りかごに寝かされているあかんぼうならいざしらず、まだ生まれてもいないあかんぼうを引き合いに出すとは、ほかのご婦人がたは夢にも思わなかったにちがいない。

「とんでもない話ね」ミス・ハートネルは例によって、周囲の反応にはおかまいなしに話をつづけた。「あの男、彼女より二十五歳ぐらいは年上にちがいないのに」

いきなりほかの三人が、少年聖歌隊の遠足の話や、先日の母の会での思いがけない出来事や、教会のすきま風のことなど、なんの脈絡もないことを口々にしゃべりだした。

ミス・マープルはグリゼルダに目くばせした。

「どうでしょうね」グリゼルダがいった。「ミス・クラムはおもしろい仕事をしたいだけなのだとは思いませんか？　彼女にとって、ストーン博士はその仕事をさせてくれる雇用主にすぎない。そう思いませんか？」

沈黙。四人の婦人がグリゼルダの意見に賛成していないのは明らかだ。その沈黙を破って、ミス・マープルがグリゼルダの腕をとんとんとやさしくたたいた。

「あなたはまだお若い。お若いかたは無邪気ですからねえ」

自分は無邪気なんぞではないと、グリゼルダはいささかむっとした口調でいった。

ミス・マープルはグリゼルダの反論を軽く受け流した。「だから、みんなのいい面ばかりを見ていらっしゃるのよ」

「彼女があの禿げ頭の退屈なひとと結婚したがってると、本気で考えていらっしゃるんですか?」グリゼルダは訊いた。

「博士は裕福だそうですよ」ミス・マープルはいった。「でも、ひどい癇癪《かんしゃく》もちなんじゃないかと思います。このあいだ、プロザロー大佐と激しく言い合ってましたし」

誰もが興味津々という顔で身をのりだした。

「プロザロー大佐が博士を無知蒙昧《もうまい》呼ばわりしてました」

「なんともプロザロー大佐らしいこと。ばかばかしい」ミセス・プライス・リドリーが鼻であしらう。

「いかにも大佐らしいとは思いますけどね、ばかばかしいかどうかは、わかりません」ミス・マープルはいった。「ほら、あの女のこと、憶えてません? 福祉協会の者だといって寄付を集めてまわり、その後はさっぱり音沙汰がなくて、あげくに、福祉協会とはなんの関係もないとわかった、あの女のことですよ。人間って、信じやすいうえに、本人のいうことを鵜呑みにしてしまいがちなんですよ」

とはいえ、ミス・マープルがうかうかと他人を信用してしまうとは、わたしにはとうてい考えられない。

「あの若い画家、ミスター・レディングのことでも、ひと騒動ありましたよね？」ミス・ウェザビーがいった。

ミス・マープルがうなずく。「プロザロー大佐はあの画家を家から追い出しました。レティスの水着姿を描いていたとかで」

ひとしきり、座がざわめいた。

「あたしはずっと前から、あのふたり、なんだかあやしいと思ってましたよ」ミセス・プライス・リドリーがいった。「あの若いのは、しょっちゅう、オールドホール近辺をうろついてましたし。あの娘も実の母親がいなくてかわいそう。なさぬ仲の母親と実の母親じゃ、ちがいますからね」

「ミセス・プロザローはせいいっぱいやってると思いますけど」ミス・ハートネルがかばうようにいった。

「若い女というのは、ずるがしこいんです」ミセス・プライス・リドリーは嘆くようにいった。

「ちょっとしたロマンスだわね」ミセス・プライス・リドリーより寛大なミス・ウェザビーがいった。「あの画家さん、なかなか男前だし」

「でも、いいかげんな男よ」とミス・ハートネル。「そうに決まってますとも。画家！　パリ！　モデル！　裸体画！」

「水着姿を描いてるなんて」ミセス・プライス・リドリーが強い口調でいう。「どうかと思いますよ」

「わたしもモデルになっているんですよ」グリゼルダがいった。

「でも、水着姿じゃないでしょ」ミス・マープルがいう。

「もっと悪いかも」グリゼルダはまじめくさった顔でそういった。

「いけないひとね」ミス・ハートネルはグリゼルダの冗談をおおらかに受けとめた。ほかの三人はいささか動揺したようだ。

「今日、レティスから悩みを打ち明けられました？」ミス・マープルがわたしに訊いた。

「打ち明ける？」わたしは訊きかえした。

「ええ。あの娘《こ》が牧師館の裏庭を通って、フレンチウィンドウから書斎のなかに入るのを見かけたんですよ」

　ことほどさように、ミス・マープルはなにも見逃さない。ガーデニングは恰好の煙幕になるし、趣味のバードウォッチングに使う精度のいい双眼鏡は、鳥の観察以外にも広く応用できるのだ。

「ええ、ちょっと話をしましたよ」わたしはうなずいた。

「ミスター・ホーズはなにか心配事がありそうですね」ミス・マープルはさらにいった。「あまり思いつめないといいんですけど」

「あ、そうだ！」ミス・ウェザビーがいきなり叫ぶようにいった。「すっかり忘れてました。

あのね、みなさんのお耳に入れたいことがあるんですよ。じつは、ドクター・ヘイドックがミセス・レストレンジのお宅から出てくるのを見たんです」

みんなはたがいに目を見交わした。

「ぐあいが悪かったんでしょ」とミセス・プライス・リドリー。

「それなら、急にぐあいが悪くなったにちがいないわね」ミス・ハートネルがいった。「だって、今日の午後三時ごろ、彼女がお庭に出てるのを見たんですもの。元気そうでしたよ」

「彼女とドクター・ヘイドックはむかしからの知り合いだね」ミセス・プライス・リドリーがきっぱりいった。「ドクター・ヘイドックはなにもおっしゃらないけど」

「おかしいわね」ミス・ウェザビーはくびをかしげた。「ドクターがなにもいわないなんて」

「じつをいうと」グリゼルダは秘密めかした低い声でそう切り出し、思わせぶりに口をつぐんだ。ご婦人たちは身をのりだした。

「わたし、たまたま知ってるんですけど」グリゼルダはもったいぶって話をつづけた。「あのかたのご主人は宣教師だったんです。悲惨な話でしてね。ご主人は喰われてしまったんですよ、人喰い族に。彼女はむりやり、人喰い族の首長の妻にされそうになったけれど、同行していたドクター・ヘイドックに、あやういところで救いだされたんです」

つかのま、興奮したざわめきが起こったが、ミス・マープルが微笑を浮かべて、グリゼルダをたしなめた。「いけませんよ、そんなことをいっちゃ」グリゼルダの腕を軽くたたく。「分別がなさすぎます。あなたの口からそんな話が出れば、聞いた者は信じてしまいがちです。ときには、それが思いがけない方向にねじまがって、複雑な問題が生じてしまいかねないんですよ」

水をさされたように、みんなの興奮も冷めた。それを汐《しお》に、ふたりの婦人が立ちあがって先に帰った。

「ローレンス・レディングとレティス・プロザロー。この若いふたりのあいだには、なにかあるんでしょうかね？」ミス・ウェザビーがいった。「確かになにかありそうな気がするんだけど。ミス・マープル、あなたはどう思う？」

ミス・マープルは少し考えこんだ。「そうは思えないわね。レティスじゃありませんよ。彼女ではなく、ほかの誰かでしょうね」

「でも、きっとプロザロー大佐はそう思って……」

「どちらかといえば、大佐はむしろ鈍いんじゃないかしら。わたしはいつもそう思ってますよ」ミス・マープルはいった。「まちがった考えで頭がいっぱいになってしまうと、その考えから離れられなくなる性質《たち》なのね。ブルーボア亭の前の亭主だったジョー・バックネルのこと、憶えてる？　娘が若いベイリーといい仲だと思いこんで大騒ぎしたでしょ。でも、ベイリーの相手は、自分の女房だった」

そういいながら、ミス・マープルはグリゼルダをじっとみつめたので、わたしはふいに激しい怒りがこみあげてくるのを感じた。

「ミス・マープル」わたしはいった。「村のひとたちは、おしゃべりがすぎると思いませんか？　思いやる心に悪は育たず。悪意ある噂をまきちらせば、予想もできない害が生じるかもしれませんよ」

「牧師さん」ミス・マープルはいった。「あなたは世間をごぞんじない。わたしぐらい長いあいだ人間性なるものを観察していると、そこに多大な期待などしなくなるものですよ。根も葉もない噂をまきちらすのはいいことではありませんし、思いやりもないものですが、そのなかに、しばしば真実がこもっている場合があるんですよ。そうじゃありませんか?」

ミス・マープルが放った矢は、まさしく真実を射抜いていた。

3

「あのかたって、ほんとに意地悪ネコねえ」玄関ドアが閉まったとたん、グリゼルダはそういった。ふたりの婦人のうしろ姿に顔をしかめてみせてから、グリゼルダはわたしを見て笑った。

「レン、わたしがローレンス・レディングと浮気してるって、本気で疑ってるの？」

「まさか」

「でも、ミス・マープルがそうほのめかしたと思ったでしょ。だから、あなたは雄々しくもわたしを守るべく立ちあがった。ええ、怒れる虎みたいに」

わたしは狼狽《ろうばい》した。いやしくも英国国教会の牧師ともあろう者が、〝怒れる虎〟にたとえられることがあってはならない。

「抗議もせずに聞き流してはいけないときもあるよ。だけど、グリゼルダ、きみもなにかいうときは、もう少し気をつけてほしいね」

「あの人喰いの話？　それとも、ローレンスがわたしの裸体画を描いているかのように、思わせぶりな話をしたこと？　じっさいには、毛皮のハイカラーのついた、厚手のコート姿なんだけど。ローマ教皇にお目にかかってもいいぐらい、きちんとした恰好よ。罪深い肌なんて、これっぽっちも見えないんですもの。そう、清らかそのものといってもいいわね。それに、ローレンスはわたしを口説く気なんかないみたい――なぜなのか、わたしにはわからないけど」

「それはきみが結婚していると知っているから――」

「時代遅れな夫のふりをしないでちょうだい。若い男にとって、うんと年上の夫をもった魅力的な若い人妻は、天からの贈り物みたいなものだって、あなたもよくわかってるでしょ。だのにわたしを口説かないのは、なにか理由があるのよ。わたしに魅力がないからという理由ではなくてね。きっとそうよ」

「きみ、彼に口説いてほしいわけじゃないんだろ？」

「……あら」意外にも、ためらいがちな口調だった。

「彼がレティス・プロザローと恋仲なら――」

「ミス・マープルはそう思っていないみたい」

「ミス・マープルがまちがっているかもしれないじゃないか」

「あのかたの目に狂いはないわ。ああいうタイプの意地悪ネコは眼力がするどくて、しかも、見立てはいつも正しいのよ」グリゼルダはちょっと黙りこみ、すばやくわたしを横目で見た。「あなた、わたしを信じてるわよね、そうでしょ？　わたしとローレンスはなんでもないって」

「なんとね、グリゼルダ」わたしは心底驚いた。「あたりまえじゃないか」

グリゼルダはつとわたしに身を寄せて、キスした。「レン、あなたがそんなに素直じゃなければいいのに。あなたときたら、わたしのいうことはなんでも信じてしまうんですもの」

「そうありたいと思っているよ。だけどね、たのむから、もっと口をつつしんで、ことばに気をつけておくれ。ああいうご婦人がたはユーモアのセンスなんかまったくなくて、なんでもまじめに受けとってしまうんだ。それを忘れないでほしい」

「あのひとたちも、ちょっと不道徳な考えや行為をしてくれればいいのにね。そうすれば、鵜の目鷹の目で、ほかのひとたちのそういう点をみつけだそうなんて、思いもしないでしょうに」

そういうと、グリゼルダはどこかに行ってしまった。わたしは腕時計をのぞき、もっと早い時間に終わらせておくべきだった、何軒かの家を訪ねる用事をすませようと、急いで出かけた。

水曜日の夕べの礼拝は、いつもどおり、出席者が少なかった。礼拝を終えて、聖具室で法衣をといてから、教会堂にもどる。もう誰もいないと思っていたのだが、窓辺にひとり、婦人が立っていた。この教会には、なかなかりっぱな古いステンドグラスがあるし、教会の建物自体も見る価値がある。わたしの足音を聞きつけ、婦人がふりかえった。ミセス・レストレンジだ。

双方ともちょっとためらったが、わたしのほうが先に口を切った。

「この小さな教会を気に入っていただけたのなら、うれしいのですが」

「すばらしい内陣仕切りですこと。感心して見ておりました」

ミセス・レストレンジの声は耳にこころよく、低いけれども発音がはっきりしていて歯切れがいい。その声で、彼女はさらにいった。「昨日は、せっかくおくさまがいらしてくださったのにお目にかかれず、たいへん失礼いたしました」

それからさらに二、三分、教会の話をした。ミセス・レストレンジは教養があり、教会史や教会建築の知識も豊かだった。

わたしたちはいっしょに教会を出て、本通りを歩いた。ミセス・レストレンジの家は本通り沿いにあり、牧師館は、その手前の角を曲がって、少し奥に進んだところにある。自宅のゲートの前で、ミセス・レストレンジは明るくいった。

「お寄りになりませんか？　わたしのしたことをどうお思いになるか、牧師さんの考えを聞かせてください」

わたしは彼女の招きを受けた。彼女の家は〝リトルゲーツ〟と呼ばれている。もともとは、インドに駐留していた英国人大佐の住居だったので、家のなかには、真鍮《しんちゅう》のテーブルやビルマの偶像などが飾られているのではないかと懸念したが、そういうものはいっさいなく、わたしはほっとした。それどころか、家具や調度品は簡素だが趣味のいいものだった。全体的に調和がとれていて、おちついた雰囲気だ。

しかし、このミセス・レストレンジのような女性が、いったいなぜセント・メアリ・ミードにやってきたのか、わたしの疑念はいっそう深まった。彼女が世慣れているのはまちがいない。そんな女性がこんな田舎の村に埋もれて暮らしているのは、じつに奇妙に思える。

招じいれられた応接間の明るい照明のおかげで、わたしは初めてまぢかに、彼女をよく見ることができた。

かなり背が高い。赤みがかった金髪。眉とまつげは黒っぽいが、これが化粧によるものなのか、生まれついてのものなのかは、わたしにはなんとも判断できない。人工的に黒っぽくしているのなら、よほど化粧がうまいのだろう、ごく自然に見える。表情が動かないときの顔は、なんとなくスフィンクスめいている。そして、彼女の目。こんな色の目は初めて見る——ほとんど金色なのだ。

服装は非の打ちどころがなく、所作やふるまいに育ちの良さが見てとれる。だのに、どこか不自然な感が否めず、困惑させられる。謎めいた女性だ。ふと、グリゼルダが前にいったことばが、頭をよぎった——不幸なひと。もちろん、なんの根拠もない、ばかげた考えだ。いや、ほんとうにばかげているだろうか？　胸の内に、ある思いが浮かんできた——この女性は、なにごとも斟酌《しんしゃく》しないだろう。

ごく一般的な話題で会話がはずんだ。絵画、本、古い教会。そんなことを話しながらも、わたしは違和感が強くなってくるのを抑えきれなかった。ミセス・レストレンジはそういう一般的な話ではなく、もっと別の、なにか特別な話をしたいのではないかと思えてならないのだ。一度か二度、彼女はまっすぐにわたしを見たが、その目には、心を決めかねているかのような、奇妙なためらいがこもっていた。会話が途切れることはなかったものの、彼女自身のこととは関係のない、どうでもいい話題ばかりだった。夫や家族、親類縁者のことは、決して口にしなかった。

だが、その間《かん》ずっと、彼女はわたしに妙に緊迫したまなざしを向けていた。その目はこういっていた——お話ししてもいいでしょうか？　わたしはそうしたい。わたしを助けてくださいますか？

だのに、最終的には、訴えるような目の光も消えてしまった。もしかすると、すべてがわたしの妄想だったのかもしれない。見かぎられたような気がしないでもない。潮時と見て、わたしは立ちあがり、辞去した。応接室から出るときにちょっとふりむくと、ミセス・レストレンジは悩み、気持が乱れているような表情で、わたしを見送っていた。衝動に駆られ、わたしは引き返した。

「わたしにできることがあれば――」

彼女はあいまいな口調でいった。「ご親切に――」

そして、ふたりとも黙ってしまった。

やがて、彼女がいった。「自分でわかればいいのですが。とてもむずかしい。いえ、どなたにしろ、助けていただけるとは思いません。でも、そういってくださって、とてもありがたく思います」

それが最後通告だとわかり、わたしは辞去した。くびをかしげながら家を出て、ゲートに向かう。わたしたちセント・メアリ・ミードの住人は、頭をひねるような謎には慣れていないのだ。

ゲートを出たところで、不意打ちをくらった。ミス・ハートネルが待ちかまえていたのだ。彼女は、騒々しくも煩《わずら》わしいやりかたで、ひとに不意打ちをくらわすのを得意としている。

「見ましたよ！」冗談めかして大声でそういった。だが、ユーモアのかけらもない口調だ。「おかげで、すっかり興奮してしまいました。さあ、なにもかも話してくださいな」

「なにを？」

「あら、あの謎の女性のことですよ！　あのひと、寡婦なんですか？　それとも、どこかにご主人がいるんですか？」

「お話しできることはありませんよ。なにもうかがってませんから」

「まあ、それはおかしいわね。ふつう、世間話をしていれば、なにかしらわかることがあるはずでしょ。とすると、ひとには話せない事情があるとか？　きっとそうです」

「わたしにはそう思えませんがね」

「おやまあ！　そういえば、牧師さん、ミス・マープルはあなたのことを世間知らずだといってましたっけ。さあ、教えてくださいな。あのひととドクター・ヘイドックは、むかしからの知り合いなんですか？」

「ドクターのことはなにもおっしゃいませんでしたから、わたしにはわかりません」

「ほんとに？　それじゃあ、いったいどんな話をなさったんです？」

「美術、音楽、それに、本のこと」わたしは誠実に答えた。

会話といえば他人のことしか話題にしないミス・ハートネルは、あからさまに疑わしげな、不信感たっぷりの表情でわたしを見た。次にどの手で攻撃しようかと策略をめぐらせているのだろう、彼女が黙りこんだ一瞬のすきを逃さず、わたしはおやすみなさいといって、そそくさとその場をあとにした。

村はずれの家を訪れて用をすませてから帰途につき、牧師館の裏木戸に向かう。そちら側だと、ミス・マープルの家の裏庭という、はなはだ危険なポイントを通過することになる。とはいえ、いかに綿密にひとからひとへの連絡網が張りめぐらされているにしても、わたしがミセス・レストレンジの家を訪ねたというニュースが、こんなに早くミス・マープルの耳に届いているとは思えず、わたしは安心してその道をたどった。

裏木戸の掛け金をかけているときに、若い画家、ローレンス・レディングがアトリエに使っている納屋に寄っていこうと気まぐれを起こした。グリゼルダの肖像画の進捗ぐあいを見てみたくなったのだ。

牧師館とアトリエ、ミス・マープルの家の配置がわかるように、図を描いておく。あとで起こった出来事が理解しやすくなるように。（巻頭見取り図参照）

アトリエに誰かいるとは、思いもしなかった。話し声でも聞こえていれば、わたしも遠慮したのだが。おまけに、裏庭は芝生が植わっているので、アトリエに誰かいても、わたしが近づく足音は聞こえなかったと思う。

アトリエのドアを開けたとたん、わたしはその場に棒立ちになった。というのも、なかにはひとがふたりいたからだ。男と女。男は女の腰に腕を回し、女に熱烈なキスをしていた。

男は画家のローレンス・レディング。女はミセス・プロザロー。

わたしはあわてて退散し、急ぎ足で牧師館の書斎に入った。椅子にすわりこみ、パイプを手に考えこんだ。いましがた目にした光景は衝撃だった。今日の午後、レティス・プロザローと話したとき、彼女と若い画家とのあいだには通じあう気持が育っているのだと、頭から思いこんでいたからだ。それに、レティス自身がそう思っているのは確かだ。画家が彼女の継母を恋慕しているとは、夢にも思っていないはずだ。

やりきれない人間模様。不本意ながら、ミス・マープルの眼力に恐れ入った。彼女は目先の出来事にあざむかれることなく、的確に事情を判断して物事の本質を見抜くのだ。今日のお茶会で、ミス・マープルは意味ありげにちらりとグリゼルダを見たが、わたしはそれを誤解した。まさかミセス・プロザローのことを示唆しているとは、思いもしなかったのだ。ミセス・プロザローといえば、貞淑《ていしゅく》で名高いシーザーの妻という印象が強い――ものしずかで、自制的な女性。胸の内に激しい情熱を抱いているなど、他者には少しも感じさせない女性。

そんなことを考えていると、書斎のフレンチウィンドウがノックされ、わたしは現実に引きもどされた。外にミセス・プロザローが立っていた。わたしがフレンチウィンドウを開けて入りなさいと招くのも待たずに、彼女はつかつかと書斎に入ってきた。いわば息もつかずにという勢いで部屋を横切り、ソファに腰をおろす。

これまでわたしは、彼女をきちんと見たことがなかった――それが、いまわかった。わたしが見知っていた、自制心の強い女性は消え失せていた。そこにいるのは、息づかいも荒々しい、追いつめられてすてばちになった女だった。そして初めて、わたしはアン・プロザローを美人だと思った。

褐色の髪、青白い顔、深くくぼんだ灰色の目。その青白い顔がいまは紅潮し、胸が激しく上下している。突然に石像が生気を帯びたかのようだ。その変わりかたに、わたしは目をみはった。

「お会いするのがいちばんだと思いまして」ミセス・プロザローはいった。「牧師さんは……そう、もうおわかりですよね」

わたしはうなずいた。

ミセス・プロザローは静かにいった。「わたしたち、愛しあっているんです……」

苦悩と動揺のさなかにあっても、彼女の口もとには抑えきれない微笑が浮かんでいた。美しくて魅せられてやまない、そんななにかを見ている女性の微笑。

わたしがなにもいわずにいると、やがて彼女がまた口を開いた。「牧師さんはいけないことだと、とてもいけないことだとお思いでしょうね」

「ほかにどういえばいいんでしょうね、ミセス・プロザロー」

「ええ、そうですわね。確かにそのとおりです」

わたしはできるだけおだやかな口調で話そうと努めた。「あなたは結婚している身で――」

「ええ、わかってます！　わかってますとも。そのことを考えずにいるとお思いですか？　わたしは悪い女ではありません――そうではありません。それに、決して、あなたがお考えになっているようなことはしていません」

わたしは真剣な口調でいった。「それを聞いて、うれしく思いますよ」

ミセス・プロザローはおずおずと訊いた。「あのう、夫に話すおつもりですか？」

わたしはそっけなく答えた。「世間一般では、牧師は紳士的ふるまいができないと思われているようです。ですが、それは真実ではありません」

彼女は感謝のまなざしでわたしを見た。「わたしは不幸なんです。ええ、とても不幸なんです。もう耐えられません。どうしても。だのに、どうすればいいか、わからない」その声がヒステリックに高くなった。「わたしがどんな日々を送っているか、牧師さんはごぞんじない。最初から、レティスとはうまくいってませんし、あんな夫といっしょでは、どんな女だって幸福にはなれません。夫が死んでくれれば……恐ろしい考えですけど、でも……わたしは絶望しています。ええ、絶望しきっているんです」

そういうと、驚いた顔で、フレンチウィンドウのほうを見た。「あれはなに？　誰かが聞いていた？　ああ、ローレンスでしょうね」

わたしはフレンチウィンドウまで行った。思ったとおり、やはり開けっぱなしだ。外に出て、ざっと裏庭を見てみたが、人影はなかった。だが、わたしも足音を聞いたのだ。あるいは、ミセス・プロザローのいかにも断定的ないいかたのせいで、そうだと思いこんだだけなのかもしれない。

部屋のなかにもどると、彼女は肩を落とし、背を丸めてうなだれていた。絶望そのものの姿だ。そしていった。

「どうすればいいかわからない。どうすればいいんでしょう」

わたしは彼女のそばにすわり、牧師としていうべきだと思ったことをいった。できるだけ誠意をこめて話そうとしたが、内心では忸怩《じくじ》たる思いだった。なぜなら、わたし自身が今日の昼食時に、プロザロー大佐がいなくなればこの世もすごしやすくなるはずだと、節操もなく真情を吐露《とろ》してしまったからだ。

ともかく、くれぐれも軽率なまねをしないよう、彼女を説得した。家を出て夫を捨てるという解決方法は、あまりにも重大といわざるをえない。

彼女が納得したのかどうか、わたしにはなんともいえない。わたしも歳を重ねたおかげで、恋に身を焼く隣人を諭してもむだだとわかっているが、それでも、わたしの説得は、ある程度、彼女に心のやすらぎをもたらしたようだ。

ミセス・プロザローはわたしに感謝し、いわれたことをよく考えてみると約束して帰っていった。

とはいえ、わたしは不安な思いをぬぐえなかった。アン・プロザローという女性がどういう人間なのか、それを見誤っていたことを、いまになって、つくづく思い知らされたのだ。いまや彼女は、絶望という谷の崖っぷちに立っている。いったん熱情に身を焼かれると、踏みとどまることを知らないたぐいの女といえる。しかも彼女は、激しく、狂おしいほどに、ローレンス・レディングを恋している――かなり年下の若者を。

それがどうしても気になってしかたがなかった。

4

その夜、ローレンス・レディングを食事に招いていたことを、わたしはすっかり失念していた。なので、書斎にとびこんできたグリゼルダに、食事の時間まであと二分しかないとせかされて、すっかりめんくらってしまった。

「うまくいくといいんだけど」わたしの背後でグリゼルダがいった。「お昼にあなたがおっしゃったことを考えてみたのよ。それで、すてきなメニューを思いついたの」

ちなみに、牧師館の食事は、グリゼルダ本人の言を裏づけるものとなることが多い。つまり、彼女が努力したときのほうが、しなかったときよりもひどいものになる――そのとおりなのだ。今夜のメニューの構想はじつに野心的だった。しかも、メアリがひねくれた喜びをもって、煮すぎるか生煮えか、そのどちらかで調理することに全力を尽くしたとしか思えない出来ばえだった。また、グリゼルダが注文した牡蠣《かき》は調理を必要としないので、失敗するはずがないのに、賞味することはかなわなかった。食卓に供する直前になって、あいにく、牧師館には牡蠣の殻《から》を開ける道具がないと判明したからだ。

レディングが来るかどうか、わたしはあやぶんでいた。なにか口実をこしらえて、行けないと知らせてよこすのはじつに簡単なことだ。

だが、彼は時間ちょうどにやってきた。わたしたち四人は食堂に行った。ローレンス・レディングが魅力のある男だということは否定できない。年齢は三十歳ぐらいだろう。髪は黒いが、目は驚くほど青くきらめいている。まだ若いが、なにごともそつなくこなせるようだ。ゲームが得意で、射撃の腕はいいし、すぐれたアマチュア俳優であり、話もうまい。どんなパーティでも盛りあげる才がある。察するに、アイルランド人の血が流れているのではないだろうか。世間のひとが思い描く〝芸術家〟というイメージにはあてはまらない。だが、現代美術の画家としては傑出している――わたしはそう思う。わたしは絵画のことなど、ほとんどなにも知らないのだが。

わたしには当然に思えたが、今夜のレディングはどことなく陰鬱《いんうつ》な翳をまとっていた。とはいえ、いつもどおり、そつなくふるまっている。グリゼルダもデニスも不審に思うことはあるまい。わたしだとて、つい先ほど、あんな光景を目のあたりにしたばかりでなければ、なにも気づかなかっただろう。

グリゼルダとデニスはいつにもまして陽気で、ストーン博士とミス・クラムのことをさんざん冗談の種にしていた――目下のところ、このふたりは、地元の一大スキャンダルの源なのだ。おしゃべりに興じているグリゼルダとデニスを見ているうちに、わたしはふと胸が痛くなった。デニスは、わたしよりもずっとグリゼルダに近い年齢なのだ。彼はわたしをレンおじさんと呼ぶが、グリゼルダのことはグリゼルダと呼ぶ。おばさんとは呼ばない。なんとなく自分だけ取り残された気がする。

ミセス・プロザローの件で動揺しているせいにちがいない。いつもなら、そんなつまらないことを考えたりはしないのだから。

グリゼルダとデニスはときどきとんでもないことをいうが、わたしはいちいち咎《とが》めたりはしない。牧師が座をしらけさせる存在でしかないというのは、あまりにも寂しい――その思いがいつも心にあるからだ。

レディングは陽気に会話に加わった。にもかかわらず、彼の視線は絶えずわたしのほうに向けられていた。なので、食事が終わってから巧みに書斎に誘《いざな》われても、わたしは驚きはしなかった。

書斎でふたりきりになったとたん、レディングの態度が変わった。表情も深刻で不安そうだ。げっそりとやつれて見える。

「ぼくたちの秘密を目のあたりにして、さぞ驚かれたでしょうね。どうなさるおつもりですか?」

ミセス・プロザローを相手にしたときよりも、彼にはもっと率直にいえる。だから、そうした。

「当然ですね」わたしの話が終わると、レディングはいった。「そうおっしゃるしかないでしょう。あなたは牧師なんですから。いや、非難しているわけではありません。じっさいのところ、おそらくあなたのいうとおりだと思います。ですが、アンとぼくは、よくあるたぐいの仲ではありません」

自分たちは特別だという釈明は、この世の始まりから、人々が好んで口にしてきたものだ――わたしがそういうと、レディングの口もとにおかしな笑みが浮かんだ。

「誰もが自分たちだけは特別だと思っていると？　たぶん、そうでしょうね。でも、ひとつだけ信じてもらいたいことがあります」

一線を越えたことはないと、レディングははっきりいった。アンは真摯《しんし》で誠実な女だというのだ。とはいえ、この先どうなるか、彼にもわからないという。

「これが小説なら」レディングは憂《うれ》い顔でいった。「あの老いぼれが死に、誰にとってもめでたしめでたしという展開になるんでしょうけどね」

わたしはレディングを咎めた。

「いやいや、ぼくがこの手で、あの男の背中にナイフを突き立てようなんて思っちゃいませんよ。でも、誰かがそうしてくれたら、じつにありがたい。あの男をよくいう者なんか、ひとりもいません。前のおくさんが手をくださなかったのが不思議なぐらいだ。何年も前に、一度だけ彼女に会ったことがありますが、それぐらいやりかねないひとに見えました。冷静で危険な女だといえます。あの男ときたら、ぎゃんぎゃん吠えまくっては、いたるところでトラブルを起こし、悪魔のように意地が悪く、ひどく短気でかっとなりやすい。アンがどれほど耐えに耐えているか、あなたはごぞんじない。金さえあれば、ぼくは彼女を連れて、さっさと逃げ出しますがね」

わたしはレディングにセント・メアリ・ミードを立ち去るよう、心から忠告した。このままでは、すでに不幸なアン・プロザローをいっそう不幸にするだけだ――いずれふたりの仲は人人の口の端に上り、その噂はいつか大佐の耳にも届くはずだ。そうなったら、彼女の立場がさらに悪くなるだけだ、と。

レディングは反論した。「このことを知っているのはあなただけですよ、牧師さん」

「きみは村人たちの穿鑿《せんさく》好きな本能を過小評価している。セント・メアリ・ミードの村人たちは、他人が躍起になって隠している秘め事ですら、ちゃんと知っているんだ。時間をもてあましている年齢不詳の独身女性に匹敵する探偵など、英国にはひとりもいないよ」

レディングは、彼の相手はレティスだと思われているはずだから、だいじょうぶだとのんきなことをいった。

わたしは訊いた。「レティス自身がそう思っていると、考えたことはないのかね?」

そんなことは夢にも考えていなかったらしく、レディングは仰天した。そして、レティスが彼に興味をもっているそぶりなど見せたことはない、それは確かだと請け合った。

「ちょっと変わった娘ですね」レディングはいった。「いつも夢見心地でぼうっとしているみたいですけど、それは見かけだけで、芯はしっかり現実的ですよ。あの上の空みたいな態度は、見せかけのポーズにすぎない。レティス本人はおもしろがって、ああいう態度をとっているんですよ。それに、あの娘は胸の内に恨みを抱えている。奇妙なのは、彼女がアンを嫌っていることです。憎んでいるといってもいい。だけど、アンのほうはいつも天使のように、継娘によくしてやってます」

もちろんわたしは、レディングの最後の文言を額面どおりには受けとらなかった。恋に身を焼く若い男は、恋人を天使だと思いこむものなのだ。とはいえ、わたしの見るかぎり、確かにアンはつねに継娘にやさしく、公平に接している。だからこそわたしは、今日の午後、レティスの苦々しい口調にひどく驚いたのだ。

レディングとの会話はそこで打ち切るしかなかった。というのも、いきなり書斎に入ってきたグリゼルダとデニスに、レディングを年寄りあつかいして長話につきあわせるつもりかと、文句をいわれたからだ。

「あーあ」グリゼルダはいささかがさつな態度で、肘掛け椅子にどさりと腰をおろした。「なにかどきどきするようなことはないかしら。たとえば人殺しとか。そうね、強盗でもいいわ」

「この村に、強盗に狙われるような貴重なものを持っているひとがいるとは思えませんよ」レディングはグリゼルダの気分に合わせるようにいった。「盗むとしたら、ミス・ハートネルの入れ歯ぐらいかな」

「あの入れ歯、かちかちとうるさい音がするのよね」グリゼルダはいった。「でも、貴重品を持っているひとはいないというのは、まちがってますよ。オールドホールにはすばらしい銀器がありますから。古い塩入れとか、チャールズ二世時代の台座つきの大皿とか、そういう貴重な品々がどっさりあるんですよ。何千ポンドもの価値がありそう」

「盗みに入ったりしたら、あのじいさんに、軍用リヴォルヴァーで撃たれるかも」デニスがいう。「そういうの、いかにも好きそうなじいさんだもの」

「あら、だったら、こっちが先に銃を突きつけて、相手を脅さなきゃ」グリゼルダがうなずく。

「誰かリヴォルヴァーを持ってる？」

「ドイツのモーゼル銃なら持ってます。ピストルですがね」レディングがいった。

「まあ、銃をお持ちなのね。すごいわ。どうしてそんなものをお持ちなの？」

「戦争の記念品ですよ」レディングはそっけなくいった。

「今日、プロザロー大佐はストーン博士に銀器を見せてたよ」デニスが口をはさんだ。「ストーンじいさんはすっごく関心があるふりをしてた」

「あのふたり、発掘調査中のお墓のことで口論したんじゃない？」グリゼルダが訊く。

「ああ、それは収まったみたい」とデニス。「どっちにしろ、墓を発掘したいと思うなんて、よくわからないよ」

「あのストーンというのは、よくわからない男ですね」レディングがいった。「いつも放心状態にあるみたいだ。ときどき、専門のことすら知らないんじゃないかという気がしますよ」

「恋してるせいじゃないかな」とデニス。「愛しいグラディス・クラム、きみは幻ではない。きみの歯は白く、わたしを喜びで満たしてくれる。さあ、わたしのもとに飛んでおいで、我が花嫁よ、そしてブルーボア亭の寝室で――」

「もうたくさんだ、デニス」わたしはさえぎった。

「さて」レディングがいった。「そろそろお暇《いとま》します。いろいろありがとうございました、ミセス・クレメント。楽しい夕べでした」

グリゼルダとデニスがレディングを見送った。そしてデニスだけが書斎にもどってきた。なにか気に病んでいることがあるらしい。しかめっつらで書斎のなかをむやみにうろうろと歩きまわり、家具を蹴飛ばしたりした。

ここの家具はもはや老朽品で、これ以上傷む余地もないほどだが、とりあえずやんわりと注意した。

「ごめんなさい」デニスはあやまった。そして、一瞬口をつぐんだが、すぐに激しい口調でいった。「噂って、ほんとにいやらしい！」

わたしはちょっと驚いた。ふだんのデニスは、こんな態度はとらない。

「どうしたんだね？」

「おじさんにいうべきかどうか、わからないんだ」

わたしはますます驚いた。

「ほんとにいやらしい噂なんだ。あっちでひそひそ、こっちでひそひそ。それもはっきりとはいわない。ほのめかす程度。どんなほのめかしかなんて、おじさんにはいえないよ。ちくしょう——あ、ごめんなさい。でも、あんまりひどくて」

わたしはじっとデニスをみつめたが、問いつめようとはしなかった。だが、内心ではけげんに思っていた。理由はわからないが、これほど気に病むとは、デニスらしくない。

そこにグリゼルダがやってきた。「ついいましがた、ミス・ウェザビーから電話があったの。八時十五分にミセス・レストレンジが外出したんだけど、まだ帰宅していないって。彼女がどこに行ったのか、誰も知らないそうよ」

「どうして誰かが知ってなきゃならないんだね？」

「だって、ドクター・ヘイドックのところには行ってないからよ。なぜそれをミス・ウェザビーが知っているかといえば、ドクターのお隣さん、ミス・ハートネルに電話して訊いたんですって。ミセス・レストレンジがドクターのお宅に行ったのなら、ミス・ハートネルの目に留まらないわけがないって理屈ね」

「どうにも不思議なんだがね」わたしはいった。「ここの住人たちはいったいどうやって腹を満たしているんだろう。なにひとつ見逃さないように、窓のそばに立って食事をしているにちがいないな」

「それだけじゃないわ」グリゼルダがはしゃいだ声でいった。「ブルーボア亭のこともちゃんと知ってるの。ストーン博士とミス・クラムの部屋は隣りあってるって。でもね」ここでグリゼルダは思わせぶりに、ひとさし指を振ってみせた。「部屋と部屋のあいだにドアはないんですって」

「それにはさぞかし、みんながっかりしたことだろう」

翌日の木曜日は、朝からさんざんだった。教区民のふたりのご婦人が教会の飾りについて対立し、口論となったのだ。わたしは、文字どおり、怒りに震えている中年女性ふたりのあいだに立って、判定をくださなければならない羽目となった。こんな厄介な立場に置かれていなければ、怒りがもたらす肉体的現象を興味深く観察できたのだが。

なんとか仲裁がかなって事態がおさまったあと、少年聖歌隊のふたりが聖務日課の祈りの時間中に飴をなめていたため、それを叱らなければならなかった。ひるがえって我が身を省みると、全身全霊を捧げてお勤めをすべきなのに、それがおろそかになっているのではないかと、いささか不安になった。

それから、オルガン奏者——きわめて怒りっぽい——が気分を害したために、それをなだめるのにひと苦労した。

そして、教区内でも比較的貧しい教区民四人に公然と反旗をひるがえされたため、怒りに燃えたミス・ハートネルが教会にとびこんできた。

そんなこんなで忙しく午前中をすごしたあと、牧師館に帰る途中で、プロザロー大佐に出会った。治安判事としての権限で三人の密猟者を刑に処したとかで、大佐は上機嫌だった。

「厳格に処すこと」大佐はどなるようにいった。少し耳が遠いので、そういうひとによくあるように、声が大きいのだ。「こんにちではそいつが必要なんだ——厳格さが。見せしめにする必要がある。あのならず者、アーチャーは昨日刑務所を出てきたが、このわしに復讐してやると息巻いとるそうだ。不埒《ふらち》なやくざ者め。よくいわれることだが、脅された者は長生きするものさ。次にまたわしの雉《きじ》を獲っている現場を押さえたら、やつの復讐とやらにどれほどの価値があるか、目に物見せてやる。

たるんどる！　今日びは、なにもかもたるんどる！　人間の悪業をあばくのがわしの任務だ。

牧師さん、あんたはいつも、そういうやつの女房や子どもたちのことを考えろというがね。じつにくだらん。ばかばかしい。自分の女房や子どもたちのことを哀れっぽく嘆いてみせたからといって、しでかした行為の結果から逃げることが許されるというのかね？　わしにいわせれば、医師も、弁護士も、聖職者も、密猟者も、ろくでなしの飲んべえも、誰であろうと、法を犯せば、法によって裁かれるべきだ。あんたも同意するじゃろ？」

「お忘れのようですが、わたしにとってたいせつな職務は、ほかのどんな特性よりも、あるひとつの特性に敬意を払うことなんですよ。慈悲という特性に」

「まあいい。わしは正義を尊ぶ。それは誰にも否定できんはずだ」

わたしはなにもいわなかった。

大佐はするどい口調でいった。「なぜなにもいわん？　なにをぼんやり考えているんだ？」

わたしはためらったが、思いきっていった。「ええ、考えていたんですよ。最後の審判のとき、主《しゅ》に嘆願できるのが正義をなしたということしかなければ、どんなにか寂しいだろうかと。わたしに与えられた裁量は、正義しかなかったということになりますから……」

「ふん！　わしらに必要なのは、強気のキリスト教精神だ。わしはつねに、自分の義務を果たしておる。うん、そうありたいもんだ。まあいい、いまはこれぐらいにしておこう。約束どおり、今夜、牧師館に行く。よければ、六時ではなく、六時十五分にしてほしい。そちらにうかがう前に、村でひとに会わなければならないんでね」

「わたしはそれでかまいません」

大佐はステッキを振り、大股で歩み去った。体の向きを変えたとたん、わたしはホーズとぶつかりそうになった。午前中、ホーズはとてもぐあいが悪そうだった。彼が受け持っている仕事が混乱したり、いっこうにはかどらないことに、やんわりと小言をいうつもりだったが、その青白くひきつった顔を見ると、ぐあいが悪いどころか病気にちがいないと思った。

わたしがそういうと、ホーズは否定したが、決して強い口調ではなかった。最後には、ホーズも気分がよくないと認め、家に帰って休みなさいというわたしの忠告をすなおに受け容れるようすを見せた。

ホーズと別れると、わたしは急いで昼食をとり、何軒かの家を訪問した。グリゼルダは木曜割り引きの汽車の切符を使って、ロンドンに行っていた。

三時四十五分ごろ、日曜礼拝での説教の下書きをするつもりで、牧師館にもどると、メイドのメアリに、ミスター・レディングが書斎で待っているといわれた。

書斎では、レディングがむずかしい表情で、行ったり来たりしていた。顔は青ざめ、やつれている。

わたしが入っていくと、レディングは荒々しいしぐさでこちらを向いた。

「牧師さん、昨夜あなたにいわれたことを、よくよく考えてみたんです。一睡もせずに。ええ、あなたのおっしゃるとおりです。ぼくはここを去るべきだ」

「よく決心したね」

「アンに関しては、あなたが正しい。ぼくがここにいすわっていても、彼女に厄介な面倒事がふりかかるだけだ。あのひとは——そう、彼女は善良すぎるぐらい善良なひとです。ええ、ぼくはここを去るべきだ。いまのままでも、彼女にはつらい思いをさせているのだから……。ああ、神よ、力を与えてください」

「あなたは最善の道を選ぶ決心をしたと思うよ。確かにつらい判断だろうが、最終的にはそれでよかったということになるだろう。わたしはそう信じる」

レディングが内心で、自分の気持など誰にもわかりはしない、だからそんな安直なことがいえるんだと思っているのは、わたしにも見てとれた。

「アンのことをお願いできますか？　彼女には友人が必要です」

「ご心配なく。わたしにできることならなんなりと彼女の力になるから」

「ありがとうございます」レディングはわたしの手を強く握りしめた。「あなたはほんとうにいいかただ。今夜、彼女に別れを告げてから荷物をまとめ、明日にはここを発ちます。ぐずぐずと先延ばしにしても、苦しいだけですからね。あの納屋をアトリエに使わせてくださって、どうもありがとうございました。ミセス・クレメントの肖像画を仕上げられなくて、申しわけなく思います」

「気にしなさんな。では、お元気で。神のご加護がありますように」

レディングが去ると、わたしは説教の下書きにかかったが、いっこうに筆が進まなかった。ローレンス・レディングとアン・プロザローのことが頭から離れなかったせいだ。

冷えきったまずくて濃いお茶を飲んでいると、五時半に電話が鳴った。ロワー農場のアボットが危篤なので、すぐに来てくれないかという。

その連絡を受けると、わたしはすぐにオールドホールに電話をした。ロワー農場は牧師館から二マイルも離れているため、どう見ても、六時十五分にまにあうように帰ってこられない。そのことを大佐に知らせたかったからだ。ちなみに、自転車なら可能かもしれないが、いくら練習しても、わたしは自転車に乗れなかったのだ。

だが、あいにくなことに、大佐はいましがた車で出かけたといわれた。やむなく、メアリに大佐宛の伝言を託した——緊急の呼びだしを受けて出かけるが、六時半ごろには帰ってこられるはずだ、と。そして、わたしはあわただしく牧師館をあとにした。

5

牧師館にもどったのは、午後六時半というより、もう七時に近い時刻だった。ゲート近くまで来たとき、ふいにゲートが開き、レディングが出てきた。わたしに気づき、レディングははたと立ちどまった。そのようすに、わたしは衝撃を受けた。発狂寸前に見えたからだ。目が異様に光り、顔は蒼白で、頰がひくひくと痙攣《けいれん》し、体も震えている。

一瞬、泥酔しているのかと思ったが、すぐにその疑いは消えた。

「やあ、こんばんは」わたしはいった。「またわたしに会いにこられたのかな？　留守にしててすまなかったね。見てのとおり、いま、帰ってきたところなんだ。今夜は、会計の件で、プロザロー大佐と会わなきゃならなくて。でも、そんなに時間はかからないはずだよ」

「プロザロー」レディングはオウム返しにそういうと、いきなり笑いだした。「プロザロー？　プロザローに会う？　ああ、プロザローには会えますよ！　ええ、そうです――会えますとも！」

わたしは目をみはった。思わず片手をさしのべたが、彼はわたしの手を避け、さっとわきに寄った。

「おかまいなく！」レディングはほとんど叫ぶように声をはりあげた。「もう行かなければ

――考えごとがあるんで。そう、考えなきゃならないんです。考えなきゃならない」

レディングはいきなり走りだした。村に向かう道を全力で駆けていき、みるみるうちに姿が見えなくなった。彼のうしろ姿を呆然と見送っていたわたしの頭に、彼が泥酔しているのではないかという最初の疑いが、また浮かんできた。

しばらくしてわたしは頭を振り、ゲートをくぐった。牧師館の玄関ドアはつねに開いているのだが、わたしは必ず呼び鈴を鳴らす。メアリがエプロンで手を拭きながらやってきた。

「やっとこさ、お帰りで」メアリはいわずもがなのことをいった。観察眼がするどくなくてもわかることだ。

「プロザロー大佐は来ておいでかね？」

「書斎にいます。六時十五分からずっと」

「ミスター・レディングも来られた？」

「何分か前に。牧師さんに会いたいって。牧師さんはもうすぐ帰ってこられるはずだということと、書斎でプロザロー大佐が待っていることをいうと、ミスター・レディングは自分も待つといって、書斎に行きました。まだ書斎にいますよ」

「いや、彼はいない。ついいましがた、ゲートの前で会った」

「へええ、出ていったのには気づきませんでしたよ。じゃあ、書斎にはほんの二、三分しかいなかったんだ。あ、それから、おくさんはまだロンドンからお帰りじゃありません」

わたしは上の空でうなずいた。メアリはさっさと台所にもどり、わたしは廊下を進んで、書斎のドアを開けた。

　薄暗い廊下から、夕陽がさしこむ明るい書斎に入ったために目がくらんだものの、二歩ばかり進むと明るさに目が慣れた。そのとたん、わたしは立ちすくんだ。

　一瞬、目にしている光景が現実のものとは思えなかった。

　プロザロー大佐がひどく不自然な恰好で、ライティングテーブルに突っぷしている。頭のそばに黒っぽい液体が溜まっている。そして、黒っぽい液体はテーブルの縁から床に敷いてあるラグに滴り落ちていた。

　はっと我に返り、わたしは大佐に駆けよった。体に触れると、もう冷たくなっていた。片腕を持ちあげてみたが、手を離すと、すとんと落ちた。死んでいる——頭を撃たれたのだ。

　わたしはドアを開けて、メアリを呼んだ。やってきたメアリに、できるだけ急いでドクター・ヘイドックを連れてきてくれとたのんだ。牧師館の前の道から本通りに出る、その角から一軒手前の家がヘイドックの診療所兼住まいなのだ。メアリには、事故が起きたと医師に伝えるよういいきかせた。

　そしてドアを閉め、書斎のなかで、医師が来るのを待った。

　幸いに、ヘイドックは自宅にいたらしく、すぐにやってきた。背が高く、がっしりした体格で、顔はいかついが、正直で善良な男だ。

　ヘイドックは、わたしが黙って指さした部屋の奥の光景を見ると、両方の眉を吊りあげた。だが、いかにも医師らしく、軽々に感情をあらわにすることはなかった。身をかがめ、手早く死体をあらためる。やがて身を起こし、わたしをまっすぐにみつめた。

「で？」わたしは訊いた。

「まちがいなく死んでいる。死亡してから三十分はたっている」

「自死？」

「それは論外だ。傷の位置を見れば。それに、自分で撃ったとすれば、銃はどこだ？」

そのとおり。銃など、どこにも見あたらない。

「このまま、どこにも手を触れないほうがいい」ヘイドックはいった。「警察に連絡しよう」

ヘイドックは受話器を取りあげ、警察に報告した。そっけないほど簡潔に事実のみを告げて受話器を置くと、すわりこんでいるわたしのほうにやってきた。

「いやな事件だ。彼をみつけた経緯は？」

わたしは説明した。そして、訊いた。「そ、そのう、殺人なのかね？」消えいりそうな声しか出ない。

「そうに決まっている。ほかにどう考えようがある？　とんでもない事件だな。あの老人を手にかけるほど恨むか憎んでいたのは、いったい誰だろう？　もちろん、彼がひとに好かれていなかったのはわたしも知っているが、だからといって、そんな理由で殺してしまうというのは、めったにないことだよ――運が悪いとしかいいようがないな」

「ひとつ、奇妙なことがあるんだ」わたしはいった。「今日の午後、教区民のひとりが危篤だという電話があった。駆けつけたわたしを見て、その家の者たちはびっくりしていたよ。この数日、病人は以前よりもずっとぐあいがよくなっていて、おくさんは、わたしに電話なんかしていないときっぱり否定したんだ」

ヘイドックは眉をひそめた。「意味ありげだな――たいそうな意味がある。うん、邪魔にならないように、あんたは牧師館から追い払われたんだ。で、あんたのおくさんはどこにいる？」

「今日は朝からロンドンに行ってる」

「メイドは？」

「台所にいるよ。台所はここのちょうど反対側にある」

「それなら、ここでなにかあっても、メイドにはなにも聞こえそうもないな。それにしても、不愉快な事件だ。今夜、プロザローが牧師館に来るのを知っていた者がいるかね？」

「今朝、村の通りでばったり会ったときに、大佐自身がその話をもちだしたよ。例によって、大声で」

「つまり、村の住人全部が知っているということになるな。まあ、いつだって、そうなんだが。ところで、大佐に敵意を抱いている者に、心あたりはあるかい？」

とっさに、ローレンス・レディングの蒼白な顔と異様に光っていた目とが、頭に浮かんだ。返事をためらっていると、廊下を小刻みに歩いてくる足音が聞こえてきた。

「警察だ」ヘイドックはそういって立ちあがった。

我が村の駐在、ハースト巡査がドアを開け、しかつめらしいが、少しばかり不安そうな顔でなかをのぞきこんだ。

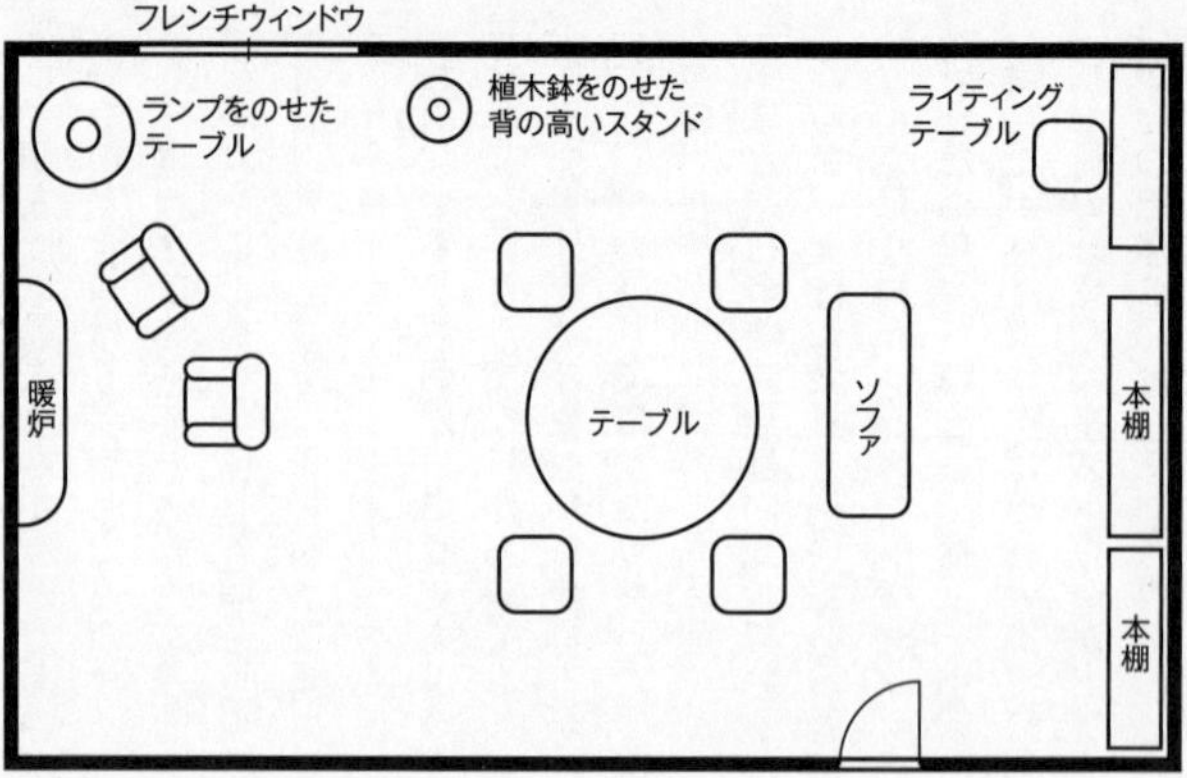

「こんばんは」ハースト巡査は尋常なあいさつをしてよこした。「じきに本署から警部が来ます。本官は警部の指示にしたがうことになります。報告によると、プロザロー大佐が射殺体で発見されたとか――この牧師館で」

ハースト巡査はそこで間《ま》をおき、ひややかな疑いの目をわたしに向けた。わたしは自分が無実だということを示そうと、その疑惑のまなざしから逃げずに、しっかり受けとめようと努めた。

巡査は視線をわたしからライティングテーブルに移し、警告した。「警部が来るまで、いっさい手を触れないでください」

この手記をお読みのかたがたのために、書斎の見取り図を描いておく。

ハースト巡査は手帳を取りだし、鉛筆を舐めてから、期待をこめてヘイドックとわたしを見た。

これで二度目になるが、わたしは遺体をみつけた経緯を語った。多少時間がかかったが、巡査はそれをすべて手帳に書きとめてから、次にヘイドックに目を向けた。

「ドクター・ヘイドック、死因はなんですか？」

「至近距離から後頭部を撃たれた」

「凶器は？」

「弾を取りだすまで、正確なことはいえんよ。だが、多分に、口径の小さなピストルだと思われる。そうだな、モーゼルの二五口径とか」

わたしはたじろいだ——昨夜の夕食の席での話や、ローレンス・レディングの告白のことを思い出したからだ。

ハースト巡査はひややかな、魚のような目でわたしを見た。「どうかしましたか？」

わたしはくびを横に振った。わたしがいかなる疑いをもとうが、それは単なる疑惑にすぎない。であるならば、胸の内にとどめておくべきだろう。

「事件が起こった時刻はいつごろですか？」

ヘイドックはちょっとためらったあと、こう答えた。「そうだな、死後三十分ぐらいだ。それ以上ではない」

巡査はまたわたしを見た。「メイドはなにか聞いてますかね？」

「わたしが見たところ、彼女はなにも聞いていないと思う。念のために、本人に確かめてみたほうがいい」

わたしがそういったちょうどそのとき、スラック警部が到着した。セント・メアリ・ミードから二マイル離れた町、マッチ・ベナムから車をとばしてきたのだ。

スラック警部についてわたしにいえることは、〝動作がのろい《スラック》〟という名前に断固として逆らおうとしている男だということだけだ。浅黒い顔、エネルギッシュな、せかせかとした動き、なにも見落とすまいとばかりに光っている黒い目。しかも、その態度ときたら、ひどく無礼で、横柄そのものだ。

わたしたちのあいさつに、警部はそっけなくうなずいただけで、ハースト巡査の手帳を取りあげて内容にざっと目を通すと、つかつかと遺体に近づいた。

「さぞかしあちこちさわりまくって、ひっかきまわしたんでしょうな」警部はいった。

「わたしはなににもさわってませんよ」ヘイドックはいった。

「同じく」わたしもいった。

しばらくのあいだ、警部はさも忙《せわ》しげに、ライティングテーブルの上にある品々を眺めたり、血だまりを確かめたりしていた。

「おお!」やがて警部は勝ち誇った叫び声をあげた。「いいぞ、置き時計がある。被害者が突っぷしたときに倒れたんだな。これで犯行時刻がわかる。六時二十二分で止まっている。ドクター、死後どれぐらいだとおっしゃいましたかね?」

「三十分ぐらいだと——」

スラック警部は自分の腕時計を確認した。「いまは七時五分。わたしが報せを受けたのは十分前。つまり、六時五十五分。死体発見は六時四十五分前後。発見直後に、ドクターが呼ばれた。ドクターが来て、検死をして、すぐに通報、と。その間《かん》、約十分と見て——うん、ほとんど秒単位で時間が合う！」

「しかし、まちがいなく死後三十分経過していると、保証するわけにはいかない」ヘイドックはいった。「およそ、それぐらいだというだけです」

「いや、ドクター、それで充分です。たいへんけっこう」

「その時計のことなんですが——」わたしは口をはさもうとした。

「すみませんがね、牧師さんになにか聞きたいことがあれば、こちらから質問します。時間がないんです。よけいなことはいわず、絶対的な沈黙を守ってほしいですな」

「それはわかりますが、でも、いっておきたいことがある——」

「絶対的な沈黙ですぞ」警部は険悪な目つきで、わたしをじろりとにらんだ。

わたしは警部の要望どおり、口をつぐんだ。

警部はさらにライティングテーブルの上を調べた。「被害者はここでなにをしていたんだ？」ぶつぶつとつぶやいている。「手紙でも書こうとしていたのか？ おう、これか？」

手柄顔で、紙片をひらひらと振っている。よほどうれしかったのだろう、いっしょに調べようとばかりに、発見した紙片をわたしたちにも見せてくれた。

紙片は牧師館に備えてある安物の便箋だった。いちばん上に、6：20と時刻が記してある。

「なになに、〝クレメント牧師へ〟という書きだしだ。〝すまないがもう待てない。どうしても——〟」

〝どうしても〟のあとは文字になっていなくて、ぐにゃぐにゃの線がのたくっている。

「明々白々ですな」スラック警部は得意満面だ。「被害者はこの椅子にすわってこれを書きはじめた。そこにフレンチウィンドウから犯人がこっそりしのびこみ、書きものをしている被害者の頭を撃った。これ以上、どんな説明が必要かね？」

「ちょっと話しておきたいことが――」わたしはまた口をはさもうとした。

「牧師さん、邪魔をしないでください。足跡があるかどうか調べたいんで」そういうと、警部は四つんばいになり、開いたフレンチウィンドウに向かった。

「知っておいたほうがいいと――」わたしは重ねて話しかけた。

立ちあがった警部は、熱意のない、だが、断固とした口調でいった。「あとで聞きますよ。あなたがたにはここから出ていっていただきたい。どうか、部屋から出てください」

ヘイドックとわたしは、子どものように追っぱらわれるがままに、書斎を出た。

何時間もたったような気がした――が、まだ七時十五分だった。

ヘイドックがいった。「うん、そうだな。あのうぬぼれたまぬけが、わたしに用があるといいだしたら、うちに来るようにいってくれ。では、失礼」

「おくさんがお帰りになりました」メアリが台所からひょいと顔を出した。興奮のあまり、目がまんまるにみひらかれている。なにがどうなっているのか知りたくて、うずうずしているようだ。「五分ほど前に」

グリゼルダは応接室にいた。驚愕し、メアリと同じように興奮している。

わたしは妻にすべてを話した。グリゼルダは熱心に聞きいった。

「手紙の冒頭に書いてあった時刻は、六時二十分だった」締めくくりに、わたしはそういった。

「置き時計は倒れていて、六時二十二分をさしたまま止まっていた」

「そう。でも、あの時計はいつも十五分は進んでいるって、警部さんにいった？」

「いや。いわなかった。というか、わたしがそれをいおうとしても、警部はいっこうに耳を貸そうとしなかったんでね。何度もいおうとしたのに」

グリゼルダはけげんそうに眉をひそめた。「でも、レン、それじゃあ、事件ぜんたいがまったくおかしなことになるわ。だって、あの時計が六時二十分をさしていたってことは、ほんとうは六時五分だったってことだし、六時五分に、大佐が牧師館にいらしていたはずはないんですもの」

6

グリゼルダとわたしは、しばらくのあいだ、時計の問題にくびをひねっていたが、納得のいく答は出せなかった。グリゼルダはスラック警部に時計が進んでいることを伝える努力をすべきだといったが、わたしは警部に対してむかっ腹を立てていた。意地になっていた、といってもいい。

警部の態度はじつに無礼で、不愉快きわまりなかった。わたしが何度もいおうとしていた時計の件は、貴重な情報なのだ。ならば、ここぞというときにそれを披露して、警部の鼻を明かしてやりたい。そのときがきたら、やんわりと咎《とが》める口調でこういってやろう——スラック警部、わたしの話に耳を貸してくださりさえすれば……。

牧師館を引きあげるさいには、ひとこと断って帰るだろうと思っていたが、驚いたことに、メアリに教えられて初めて、わたしたちは警部が帰ったことを知る羽目となった。メアリの話では、警部は書斎のドアに鍵をかけ、誰もなかに入ってはならんと命じて帰ったという。

グリゼルダはオールドホールに行ってみるといった。

「アン・プロザローは心細い思いをしてるんじゃないかしら——警察とか、いろんなことで。わたしでも、なにか力になれることがあるかもしれないし」

わたしは心からこの意見に賛成した。グリゼルダはオールドホールで女性たちをおちつかせるとか慰めるとかしたうえで、わたしがいるほうがいいと判断したら電話をするといいおいて、出かけていった。

わたしはわたしで、日曜学校の教師たち全員に電話をかけることにした。毎週のことだが、教師たちは授業の準備のために木曜日の午後七時四十五分に、牧師館に集まることになっている。だが、こんな状況では、中止したほうがいいと思ったのだ。

電話連絡で忙しいさなかに、テニスパーティからデニスが帰ってきた。牧師館で殺人事件が起こったという事実に、デニスはすっかり舞いあがっているようだ。

「殺人事件の現場にいるなんて、すごいなあ」デニスは興奮しきった声でいった。「ずっと前から、殺人事件の渦中の人物になってみたかったんだ。警察はどうして書斎のドアに鍵をかけたりしたんだろ？　ほかのドアの鍵じゃ開かないかな？」

試すだけにしろ、そんなことをしてはいけないと、わたしが釘を刺すと、デニスはしぶしぶうなずいた。そのかわり、わたしから事件のことを細部まで聞きだすと、裏庭に行って足跡を捜しはじめた。そして、幸いに、嫌われ者のプロザローじいさんの足跡しか残ってなかったと、陽気に報告してよこした。

思いやりに欠けたいいかたに、わたしは不快感を覚えたが、そう非難するのは、まだ少年といってもいいデニスに対し、きびしすぎるかもしれないと思いなおした。この年ごろの少年たちにとって、探偵小説は退屈な日常生活のなかで痛快な楽しみのひとつなのだ。そこにもってきて、本物の殺人事件——死体もある——が自宅で起こったとすれば、たとえ健全な精神の少年といえども、舞いあがって興奮してしまうのは無理からぬことだろう。十六歳の少年にとって〝死〟はそれほど重い意味をもたないのだ。

一時間ほどして、グリゼルダが帰ってきた。グリゼルダがオールドホールに行ったとき、ちょうどスラック警部がアン・プロザローに夫の死を告げたところだったという。

ミセス・プロザローは警部にいった——六時十五分前に村で夫と別れた。それが夫を見た最後となった。事件の解明に役立ちそうなことは、なにも知らない。

警部はそれを聞くと、明日、もっとくわしく聴取させてもらうといって帰っていったという。

「警部はなかなか礼儀正しかったわよ」グリゼルダは不満そうだ。

「ミセス・プロザローの態度はどうだった？」わたしは訊いた。

「そうね、とてもおちついていたわ——彼女はいつもそうだけど」

「そうだね」わたしはうなずいた。「アン・プロザローがショックのあまり取り乱すようすなど、どうにも想像できないな」

「ひどいショックを受けたのはまちがいないけどね。それは見ててわかったもの。アンはわたしに来てくれてありがとう、心から感謝するといったけど、さしあたって、わたしにできることはなにもなさそうだったわ」

「レティスはどうだった？」

「テニスをしにどこかに行ってて、わたしが行ったときは、まだ帰ってなかった」

グリゼルダはそこで口をつぐんだ。そして、少し間《ま》をおいてから、また口を開いた。「ねえ、レン、彼女、とてもおかしかった。ひどくへんだった」

「ショックのせいだろう」

「そうね――わたしもそうだと思った。でも――」グリゼルダは当惑したように眉をひそめた。「――そうじゃないのよ。そうね……驚いているようすとはほど遠かった」

「驚いていなかった?」

「ええ。ちっとも驚いていなかった。少なくとも、そんなそぶりさえ見せなかった。でも、よくよく彼女の目を見たら、とても妙な気がして。このひとは誰が大佐を殺したか、思い当たるふしがあるんじゃないか、わたしにはそう思えた。それに、何度もくりかえし、疑われている人物がいるのかどうか訊かれたわ」

「ふうむ」わたしは考えこんだ。

「そうなのよ。もちろん、アンは充分に自制心を働かせていたけど、動揺しているのは見てとれた。わたしの予想以上に動揺したみたい。でもそれは、彼女が心から夫を愛していたからじゃないわ。あえていえば、嫌っていた」

「ときとして、死はひとの気持を変えるものだよ」

「ええ、それはわかってるけど」

そこにデニスがやってきた。花壇のひとつで足跡をみつけたと、興奮ぎみに教えてくれた。警察は見落としたにちがいない、あの足跡は事件解決の重大な鍵になるはずだ、と自信たっぷりだ。

眠れない夜が明けた。デニスは朝食のずっと前に起きだして、〝目新しい情報をみつけるため〟と称して、牧師館の内外をうろつきまわっていた。

だが、わたしたちに最新の情報をもたらしたのは、デニスではなく、メイドのメアリだった。それも驚くような報せだった。

わたしたちが朝食のテーブルにつくと、メアリが食堂に駆けこんできた。顔が紅潮して、目がぎらぎら光っている。いつものとおり、傍若無人にしゃべりだす。

「えらいことですよ。パン屋に聞いたんですけどね、ミスター・レディングが捕まったって」

「ローレンスが逮捕された？」グリゼルダは信じられないといわんばかりだ。「ありえないわ。ばかげたまちがいに決まってます」

「まちがいじゃないんですよ、おくさん」メアリはいかにもうれしそうに、ほくそえんでいる。「ミスター・レディング本人が警察に行って、白状したんですから。昨日の夜遅くに警察に行って、テーブルにぽいっとピストルを放りだすと、〝わたしがやりました〟っていったんですって。そういう話ですよ」

メアリはわたしたちの顔を見て勢いよくうなずくと、自分の爆弾発言の効果に満足して台所に引きあげた。

グリゼルダとわたしは顔を見合わせた。

「そんな！　まさか」グリゼルダはいった。「そんなこと、ありえないわ」

グリゼルダは、わたしが黙りこんでいるのに気づいた。「レン、ほんとうだと思ってるの？」

答えにくい質問だ。わたしは黙っていた。頭のなかでさまざまな思いが渦を巻いている。

「あのかた、頭がどうかしちゃったのね。気がへんになったのよ。それとも、大佐といっしょにピストルを見てたら、いきなりピストルが暴発したとか。どう思う？」

「そんなことはめったに起こりそうもないね」

「でも、きっと事故だったのよ。だって、あのかたには動機がないじゃありませんか。いったいなんだって、ローレンスがプロザロー大佐を殺さなきゃならないの？」

決定的な動機があるということもできたが、わたしとしては、なるべくアン・プロザローの名前を出したくなかった。このまま、彼女の名前を出さずにすむかもしれない。その勝算はまだ残されている。

「あのふたりがけんかをしたのを憶えているかい？」わたしは訊いた。

「レティスと、彼女の水着姿のことでしょ。ええ、それは憶えてるけど、ばかばかしい話じゃないの。たとえレティスとローレンスがひそかに婚約していたとしても――それが彼女の父親を殺す動機になるかしら」

「事件の裏にどんな真実が隠れているか、いまはなにもわかっていないんだよ、グリゼルダ」

「あなたったら、ほんとうだと思ってるのね、レン！　ああ、もう、どうして！　ローレンスが大佐に指一本触れなかったのは、ぜったいに確かよ」

「いっただろう、わたしはゲートのところで、ローレンスに会ったと。まるで狂人みたいな形相だった」

「ええ、その話も憶えてます。でも、ありえないわ！」

「それに置き時計の件がある。こういう説も成り立つ——ローレンスはアリバイを作るために、時計の針を六時二十二分にもどした。スラック警部はまんまとその罠にはまったんだ」

「それはちがうわ、レン。ローレンスは時計が進んでいることを知っていたんですもの。牧師さんの時間厳守のためですね！〟って、よくいってたぐらい。だから、彼が六時二十二分にもどすような愚かなまねをするわけがない。アリバイ作りなら、もっと確実な時刻、たとえば六時四十五分ぐらいにしたでしょうよ」

「ローレンスは、プロザロー大佐が牧師館に来た正確な時間を知らなかったんじゃないかな。あるいは、時計が進んでいることを、つい失念していたとか」

グリゼルダは同意しなかった。

「どっちもちがうと思うわ。ひとを殺したら、そういうことには慎重に気を配るんじゃないかしら」

「それはわからないよ」わたしはやんわりといった。「きみだってそんなことをしたことがないんだから」

グリゼルダが口ごもっていると、朝食のテーブルに人影がさし、おだやかな声が聞こえた。

「お邪魔でなければいいんですけど。ごめんなさいね、失礼しますよ。でも、こういう悲しい状況なので――とても悲しい状況ですものね」

声の主は我らが隣人、ミス・マープルだった。わたしたちの丁重な招きを受けて、ミス・マープルは食堂のフレンチウィンドウからなかに入ってきた。わたしは彼女のために椅子を引いてやった。

ミス・マープルの頰はかすかに上気していて、興奮しているのが見てとれた。

「恐ろしいことじゃありません？　プロザロー大佐もお気の毒に。そりゃあね、愛想のいいかたではなかったし、好感をもてるかたでもなかったけれど、それでも、悲しい出来事にちがいありません。牧師館の書斎で撃たれたって、ほんとうなの？」

わたしはそのとおりだと答えた。

「でも、そのとき、牧師さんはお留守だったんでしょう？」ミス・マープルはグリゼルダに訊いた。

わたしは自分がそのときどこにいたかを話した。

「デニスは朝食をごいっしょになさってないのね」ミス・マープルはいった。

「デニスときたら」グリゼルダがいった。「素人探偵ばりに事件に夢中なんですよ。花壇のひとつで足跡をみつけて、得意になってます。たぶん、そのことを警察に報せにいったんじゃないかしら」

「あらまあ。大騒動ってところね。デニスは自分は犯人を知っていると思っているんでしょうね。そうね、きっと誰もがそう思ってるはずですよ」

「犯人は明らかだという意味ですか？」グリゼルダは訊きかえした。

「いいえ、そうではありません。誰もがそれぞれ、犯人ではないひとを犯人だと思っている、という意味ですよ。だからこそ確かな証拠が重要なんです。たとえばわたしは、誰が犯人なのかわかっています。確信があるといっていいわね。でも、確実な証拠といえるものは、ひとつもない。こういうときは、なにかいうにしても、自分の口に気をつけるべきなんですよ――証拠もないのに、特定の誰かを犯人あつかいするのは、犯罪的誹毀《ひき》行為というんじゃなかったかしら？　わたし個人としては、いちばん気をつけるべき相手はスラック警部だと思ってます。昨夜、警部さんは、明朝、わたしに話を聞きたいと伝言をよこしたのに、つい先ほど電話があって、もうその必要がなくなったといわれましてね」

「犯人逮捕に至ったので、もう、お話を聞く必要がなくなったからじゃないですか」

「逮捕に至った？」ミス・マープルは身をのりだした。頬がピンクに染まっている。「誰かが逮捕されたなんて初耳ですよ」

わたしたちが知っている情報をミス・マープルが知らないというのはめったにないことなので、最新の情報もとっくに知っているはずだと思いこんでいたのだが。

「どうやら話がいきちがっていたようですね」わたしはいった。「じつは、警察は犯人を逮捕したんです――ローレンス・レディングを」

「ローレンス・レディング？」ミス・マープルはひどく驚いたようだ。「それだと、わたしも考えを――」

グリゼルダが強い口調でさえぎった。「わたしはいまでも信じていません。あのかたが自白したなんて、信じられないわ」

「自白した？」ミス・マープルは訊きかえした。「自白したんですね？　まあ！　ええ、わたしったら、とんでもない勘違いをしていたのね――途方もない勘違いを」

「あれは事故みたいなものだったんじゃないかしら。そんな気がしてならないんです」グリゼルダはいった。「レン、そう思わない？　事故だったから、自首した。わたしにはそう思えるんだけど」

ミス・マープルは熱意をこめて身をのりだした。「自首したというの？」

「ええ」

「ああ」ミス・マープルはふかぶかと吐息をついた。「それならよかった――ほんとうによかった」

わたしはいささか驚いて彼女をみつめた。「自責の念の表われではないかと思いますが」

「自責の念？」ミス・マープルはひどく驚いた口調でいった。「まさか、牧師さんは彼がやったと思ってるんじゃないでしょうね？」

今度はわたしのほうがびっくりした。「ですが、本人が自白して――」

「ええ、そうでしょうね。でも、それ自体が証明していますよ。そうじゃありません？　つまり、彼はなにもしていない」

「いや、わたしが鈍いのかもしれませんが、どうにも納得がいきません。ほんとうは殺していないのに、自分がやったふりをするなんて、とうてい理解できません」

「ああ、それにはもちろん、理由があるんですよ。当然です。どんなことにも、必ず理由があるんです。そうでしょう？　それに、若い殿がたはせっかちで、ともすれば、最悪の考えに陥りがちですからね」

ミス・マープルはグリゼルダに目を向けた。「そう思わない？」

「わ、わかりません」グリゼルダはいった。「どう考えていいやら、さっぱりわからないわ。ローレンス・レディングがそれほど愚かなまねをする理由なんて、見当もつきません」

「昨夜の彼のあの顔をごらんになれば——」わたしはそう切り出した。

「話してくださいな」ミス・マープルは先をうながした。

わたしが昨夜帰宅したさいのことを話しているあいだ、ミス・マープルは注意深く耳をかたむけていた。

話が終わると、ミス・マープルはいった。

「わたしはときどき頭が回らなくて、考えて然るべきことを考えないことがあります。でも、牧師さんの推測は納得できませんね。

若い殿がたが他者の生命を奪うという、はなはだしく邪《よこしま》な思いを遂げたとすれば、犯行後に取り乱したりはしないと思いますよ。あれは、前もって入念に計画され、冷静に実行された犯罪です。とはいえ、犯人も多少はあわてたり、ささいなミスをおかしたりはするかもしれませんが、犯行後に、牧師さんが推察なさったような、異様に動揺したそぶりを見せるとは、とても考えられませんよ。そういう立場に我が身を置いてみるのはなかなかむずかしいけれど、わたしだったら、自分がそんな状態になるとは想像できませんね」

「確かに、どういう状況だったのかはわかりません」わたしはうなずいた。「ですが、口論のあげく、かっとなって大佐を撃ってしまったとすれば、ローレンス・レディングが動転してしまったのも無理はないと思いますよ」わたしはそれが真相だと思うのですが」

「ええ、お気持はわかりますよ、牧師さん。物事の見かたというのは、幾通りもありますからね。でも、事実は事実としてきっちり受けとめなければなりません。わかっているかぎりの事実は、あなたの解釈にそぐわないように思えます。そうでしょう？　そして、こちらのメイドさんの話では、ミスター・レディングはほんの数分しか書斎にいなかったそうですね。そんなに短い時間では、口論のあげく、というあなたの説は成立しないのではないかしら。それに、大佐は手紙を書いているときに、後頭部を撃たれた――少なくとも、うちのメイドはそういってます」

「ほんとに、そうだわ」グリゼルダがいった。「大佐は〝もう待てない〟と書いていた。そして、手紙の冒頭には、6：20と時刻が記されていた。置き時計はひっくりかえり、針が六時二十二分をさしたまま止まっていた。そこのところが、レンもわたしも頭を悩ませている点なんです」

グリゼルダはミス・マープルに、書斎の時計を十五分進めているという習慣を説明した。

「へんねえ」ミス・マープルはいった。「とても奇妙だわ。でも、それよりも、手紙のほうがもっと奇妙に思えますけどね。つまり――」

ミス・マープルはことばを切って、周囲を見まわした。

フレンチウィンドウの外に、レティス・プロザローが立っていた。

レティスは食堂に入ってきて、わたしたちに会釈しながら、つぶやくようにいった。「おはようございます」

どすんと椅子に腰をおろしたレティスは、いつもより少しばかり元気な声でいった。「ローレンスが逮捕されたんですって」

「そうなのよ」グリゼルダがいった。「とてもショックだわ」

「父を殺してやろうなんてひとがじっさいにいたなんて、思いもしなかった」レティスは心痛や感情の揺れを見せようとしなかったし、それを誇らしく思っているのはまちがいない。「父を殺したがってたひとは、けっこうたくさんいたわ。それは確か。あたしがこの手でそうしたいと思ったことさえ、何度かあるぐらいだもの」

「レティス、なにか食べる？　それとも飲み物はどう？」グリゼルダは訊いた。

「いいえ、けっこうです。あたしのベレー帽がここにあるかどうか、ちょっと見にきただけ。黄色のへんてこなやつなんだけど。このあいだ来たときに、書斎に忘れたんだと思う」

「それなら、まだ書斎にあるんじゃないかしら」グリゼルダがいった。「メアリはちゃんと片づけるなんてことをしないから」

「じゃ、見てみます」レティスは立ちあがった。「すみません、お騒がせして。でも、あたし、このところ、いろんなものを失くしちゃってるみたいで」

「書斎には入れないよ」わたしは注意した。「スラック警部がドアに鍵をかけて封印してしまったから」

「まあ、ひどい！　フレンチウィンドウからも入れないの？」

「だめだろうね。内側から鍵をかけてある。レティス、黄色いベレー帽なんて、いまのきみにはそれほど必要ないんじゃないかね？」

「喪中だからってこと？　喪中だって、かまやしないわ。そんなの、おっそろしく古めかしい考えだと思うし。でも、ローレンスのことは困るなぁ——ほんと、いやになっちゃう」

レティスは椅子から腰をあげたものの、眉をひそめてぼんやりと立ちつくした。「全部あたしのせいかしら。水着のこととか。ばかげてる。なにもかもばかげてる……」

グリゼルダはなにかいおうとしたが、どういうわけか、開きかけた口をつぐんだ。

レティスは口もとに奇妙な微笑を浮かべた。「そうね」静かな口調だ。「うちに帰って、アンにローレンスが逮捕されたってことを伝えよう」

そして来たときと同じく、レティスはフレンチウィンドウから出ていった。

グリゼルダはミス・マープルにいった。「どうしてわたしの足を踏んだんですか？」

老婦人はにっこり笑った。「あなたがなにかいおうとなさったから。でもね、物事には、なりゆきに任せたほうがいい場合が、わりあいに多いんですよ。あの娘《こ》は見かけほどぼんやりしちゃいません。わざとそう見せているだけ。なにか明確な意図があって、そんなふうにふるまっているんですよ」

食堂のドアが乱暴にノックされ、メアリが駆けこんできた。

「どうしたの？」グリゼルダが小言口調でいった。「メアリ、憶えてくれなくちゃ。ドアはノックしないこと。前にちゃんといったはずよ」

「急がないといけないと思って」メアリはいった。「メルチット大佐が来たんです。牧師さんに会いたいって」

メルチット大佐は州警察本部長だ。わたしはさっと立ちあがった。

「玄関ホールで待たせてはいけないかと思って、応接室に通しました」メアリはさらにいった。

「テーブルを片づけましょうか？」

「いいえ、まだいいわ」グリゼルダはいった。「あとでベルを鳴らします」

グリゼルダはミス・マープルに目を向けた。

わたしは食堂を出た。

7

メルチット大佐はきびきびした小柄な男で、唐突に鼻を鳴らす癖がある。髪は赤いが目は青く、するどい光をたたえている。

「やあ、おはよう。嫌な事件だな。プロザローも気の毒に。いや、べつに、大佐のことを好きだったわけじゃない、うん。好きだった者など、いないんじゃないかね。あんたにとっても、迷惑なことでしょうなあ。おくさんが動揺してないといいが」

グリゼルダなら事件を気丈に受けとめていると、わたしはいった。

「それはなによりだ。こんないやな事件が自宅で起こるとはねえ。レディングという若者には驚いたよ――あんなことをするなんて。まったく、思慮が足りない。他人の迷惑なんておかまいなしなんだからな」

わたしはつい笑いたくなった。だがメルチット大佐は、人殺しに思慮を求めるというのが、そもそもおかしな考えだとは思ってもいないようすなので、わたしも笑いをこらえ、平静な表情を保った。

「やつが署にずかずかと入ってきて、自白したという話を聞いて、わたしもめんくらったよ」

メルチット大佐は話をつづけながら、椅子に腰をおろした。

「いったいどんなぐあいだったんです？」わたしは訊いた。

「昨夜の十時ごろ。あの男が署にふらっと現われ、ピストルをデスクにぽいと放り投げて、こういった――わたしです。わたしがやりました。

とまあ、そんなぐあいだったそうだ」

「事件のことは、どういってるんです？」

「たいしたことはなにも。もちろん、正式に供述書を作成すると通告したよ。だが、それには声をあげて笑いおった。やつがいうには、牧師さんに会いにいったら、あんたは留守で、プロザローがいた、と。そして口論になり、自分がプロザローをピストルで撃った。口論の内容はいいたくない。なあ、クレメント、ここだけの話だが、あんた、なにか知ってるんじゃないか？　わしもいろいろと噂は聞いとる。大佐がレディングを出入り禁止にしたとか。どういうことなんだ？　あいつ、娘を誘惑したとか、なにかけしからんことをしたのか？　できることなら、娘を巻きこみたくないんだがね。それがトラブルのもとだったのか？」

「いや、それはまったくお門違いだといえますね。だが、わたしとしては、いまここで、それ以上のことはいえない」

わかったというようにうなずいてから、メルチット大佐は立ちあがった。

「知るは喜びだな。いろんなひとがいろんなことをいってくれてる。だいたい、この村には女性が多すぎるんだ。じゃ、そろそろ失礼するよ。これからヘイドックに会わなきゃならん。往診かなにかで出ていたようだが、もう帰っているはずだ。あんたにはいっておくが、レディングの件は残念だよ。ちゃんとした若者だと思っていたんだがねえ。まあ、彼に有利なようにもっていけるんじゃないかな。戦争の後遺症、シェルショックのせいだとかなんとか。ことさらに強い動機が見あたらないのなら、なおのこと。ところで、あんたも行くかね?」

渡りに船とばかりに、わたしはメルチット大佐に同行した。

ヘイドックの自宅兼診療所は牧師館のすぐ隣だ。使用人にドクターはちょうどお帰りになったところですといわれて、食堂に案内された。ヘイドックは朝食のテーブルについていた。ほかほかと湯気をあげている卵とベーコンに手をつけているところだったが、顔をあげてわたしには愛想よくうなずき、メルチット大佐にはこういった。

「留守にしてすみませんでした——お産でね。そうそう、そちらの件では、ほとんど徹夜でしたよ。弾丸は摘出してあります」ヘイドックは小さな箱をテーブルの上にすべらせてよこした。

メルチット大佐が箱のなかをあらためる。「二五口径だね?」

ヘイドックはうなずいた。「専門的な詳細は、検死審問まで保留にしておきます。被害者は即死だったとだけいっておきましょう。レディングもばかなことをしたものだ。いったいどうしてあんなまねをしたのか。それにしても、銃声を聞いた者がひとりもいないとは」

「そうなんだ」メルチット大佐はうなずいた。「わたしもそれが不思議でたまらん」

「牧師館の台所は書斎から離れた奥にあり、窓も反対側を向いています」わたしは説明した。

「それに、書斎、台所に隣接した食料室《パントリー》、台所、そのすべてのドアが閉まっていれば、台所にいて、ほかの部屋の物音が聞こえるかどうか。それに、事件当時、牧師館にはメイドのメアリしかいなかったんですよ」

「ううむ」メルチット大佐は唸った。「とはいえ、やはり不思議だ。隣家のあの老婦人、えーっと、名前はなんだっけ……ああ、そうそう、ミス・マープルも銃声を聞いていないんだろうか。書斎のフレンチウィンドウは開いていたんだから」

「おそらく聞いてますよ」ヘイドックはいった。

「そうは思えない」わたしは反論した。「ミス・マープルは今朝がた牧師館にみえましたが、そういう話はいっさい出なかった。いうべきことがあるなら、必ず話してくれたと思いますよ」

「聞いたけれども、気にしなかった――車のバックファイアだと思ったとか」

今朝のヘイドックはいやに機嫌がいい。ほんとうはもっとはしゃぎたいのだが、状況を考慮して、なんとか抑えているという感じがする。

「消音装置を使った？」ヘイドックはいった。「ありそうな話じゃないですか。それなら銃声は聞こえない」

メルチット大佐はくびを横に振った。「スラック警部はそんな装置はどこにもなかったし、レディングに訊いても、最初はなにをいわれているのかわからないようすだったという。意味がわかると、そんなものは使わなかったと否定した。その言は信用していいと思う」

「ああ、そうですな」とヘイドック。

「ばかな男だ、ちくしょうめ」メルチット大佐は罰当たりなことばを吐き捨ててから、急いでつけくわえた。「すまん、クレメント、失礼した。だが、そうもいいたくなる！　あの男が人殺しだなど、どうしても納得できん」

「で、動機は？」ヘイドックはコーヒーを飲みほし、椅子をうしろにずらしながら、そう訊いた。

「口論になったあげく、かっとなって大佐をピストルで撃った。そういってるよ」メルチット大佐は答えた。

「一時的な激情による故殺か」ヘイドックは頭を振った。「その説には無理がある。書きものをしている被害者の背後にそっとしのびよって、後頭部を撃ったんだから。〝口論〟なんかしてる時間なんぞ、あったかどうか」

「いや、そんな時間はなかったはずだよ」ミス・マープルの話を思い出したわたしは、そういった。「しのびよって、大佐を撃ち、時計の針を六時二十二分にもどしてから立ち去る。それだけで時間いっぱいだ。ゲートのところで会ったときの彼の顔は、忘れられない。それに、あのいいかた。〝プロザローに会う？――ああ、プロザローには会えますよ！〟。ついいましがた、なにかあったのかと、疑念を抱かざるをえないいいかただった」

ヘイドックはわたしをみつめた。「どういう意味なんだね、ついいましがたとは？　レディングが大佐を撃った直後だったということかい？」

「わたしが牧師館に帰りつく直前に、なにか変事が起こったと察しがつく態度だった」

ヘイドックはくびを横に振った。「それはありえない。とうてい不可能だ。大佐はあんたがレディングに会った数分前ではなく、もっと前に死んだんだから」

「ちょっと待った」メルチット大佐は声をはりあげた。「きみだって、死後三十分というのは、おおよその見当だといったじゃないか」

「死後三十分か、三十五分か、二十五分か、二十分か――そのどれでもありうるが、それより短いことはありえない。もしそうなら、わたしが行ったとき、死体はまだ温かかったはずです」

メルチット大佐とわたしは顔を見合わせた。ヘイドックの変化に気づいたからだ。ヘイドックの顔から血の気が失せ、一気に老けこんでしまった。いったいどうしたのだろう。

「なあ、ヘイドック」メルチット大佐はなんとか声を絞りだした。「レディング本人が、七時十五分前に撃ったと認めているのなら――」

ヘイドックはとびあがるように、椅子から立った。「だから、それは不可能だといっている！」吠えるような大声だ。「レディングが七時十五分前にプロザローを撃ったといいはっているとしても、それは嘘だ。いいかね、わたしは医者だよ。わたしがざっと検視したとき、傷口の血液は凝固しはじめていた」

「レディングが嘘をついているんなら――」メルチット大佐はそこで口をつぐみ、頭を振った。そして、口調をあらためてこういった。「署に行って、本人に会うとするか」

8

マッチ・ベナムの警察署まで歩いていくあいだ、わたしたち三人は押し黙っていた。ヘイドックは少しうしろにさがって、小声でわたしにいった。

「この事件はどうも気にくわん。好かんね。なにか裏があるんじゃないかな」

ヘイドックはひどく不安そうで、動揺を抑えきれないようすだ。

スラック警部は署にいた。警部が同意したので、わたしたちはローレンス・レディングと顔をつきあわせることになった。

レディングは青ざめて、内心は緊張しきっているようだが、態度はおちついていた——状況を考えれば、おちつきすぎているように思える。メルチット大佐は鼻を鳴らし、口ごもった。神経をとがらせているのが見てとれる。

「やあ、レディング。スラック警部に自供したそうだな。七時十五分前ごろ牧師館に行き、書斎にいたプロザロー大佐と口論になって彼を撃ち、牧師館を出た。きみの供述書はまだ読んでいないが、内容はおおむねそういうことなんだね」

「そうです」

「きみにいくつか質問したい。もちろん、いいたくないことはいわなくていいと通告されたはずだ。きみの弁護士が――」

レディングがさえぎった。「隠していることはなにもありません。ぼくがプロザローを殺したんです」

「ふふん」メルチット大佐は鼻を鳴らした。「どうしてまた、ピストルなんか持っていたんだ?」

レディングはためらった。「ポケットにあったんです」

「ピストルを持って牧師館に行った?」

「はい」

「なぜだね?」

「いつも持ってるんで」

こう答える前に、レディングはまたためらった。わたしは彼が真実をいっていないことを確信した。

「なぜ時計の針をもどしたんだ?」

「時計?」レディングはけげんそうに訊きかえした。

「そう。置き時計の針は六時二十二分をさしていた」

レディングの顔にさっと恐怖の影がよぎった。「ああ、そう――そうです。ぼ、ぼくが針をもどした……」

唐突にヘイドックが口をはさんだ。「プロザロー大佐を撃ったのはどこだった?」

「牧師館の書斎です」

「大佐のどこを狙って撃ったのかと訊いたんだよ」

「ああ。頭を狙ったと思います。ええ、そうです、頭です」

「ほんとうに？」

「知っているくせに、どうしてぼくに確認する必要があるんです？」

反論というには、激した口調とはいいがたい。

部屋の外であわただしい動きがあった。制帽をかぶっていない巡査が手紙を持って、部屋に入ってきた。「牧師さんに手紙が届いてます。至急だとか」

わたしは封を切って、手紙を取りだした。


どうか、どうかお願いです——ぜひとも拙宅までいらしてください。どうすればいいか、わかりません。あまりにも恐ろしくて。どなたかにお話ししたいんです。どうぞ、いますぐ来てくださいませ。どなたをお連れになってもかまいません。

アン・プロザロー

わたしはメルチット大佐に目くばせした。メルチット大佐はその意を正確に受けとめた。スラック警部も含め、全員が取り調べ室を出た。そのさい、わたしは肩越しにレディングを見た。彼の目はわたしが持っている手紙に釘づけになっている。いまだかつて、これほど苦悩と絶望に満ちた人間の目を見たことがなかった。

先日、アン・プロザローが書斎のソファにすわり、こういっていたのを思い出した――わたしは絶望しきっているんです。

ずんと気が重くなった。ローレンス・レディングが自首した理由が腑《ふ》に落ちたからだ。英雄的行為といっていい。

メルチット大佐はスラック警部にいった。「事件当日のレディングの行動を把握しているかね？　事件が起こったのは、彼が供述した時刻より前だと考えられる証左があるんだ。そこを重点的に調べてくれ」

そしてこちらを見たメルチット大佐に、わたしは黙ってアン・プロザローの手紙を渡した。手紙を読み終えると、大佐は驚いたように口もとを引き締め、わたしをみつめた。「今朝がた、あんたがいうにいえなかったこととは、これに関係があるのか？」

「そのとおり。あのときはまだ、いうべきかどうか迷っていました。だがいまは、いうべきだと思っています」わたしはあの夜、アトリエで見た光景のことを話した。

メルチット大佐はスラック警部に短くなにか伝えた。

わたしはオールドホールに向かった。メルチット大佐とヘイドックも同行した。

職務をわきまえた執事が玄関ドアを開けた。喪中にふさわしい、沈鬱《ちんうつ》な雰囲気をまとっている。

「おはよう」メルチット大佐はいった。「ミセス・プロザロー付きの小間使いに、わたしたちが来ていること、おくさんにお会いしたいといっていることを伝えさせるよう、取りはからってほしい。それから、あんたはここにもどって、質問に答えてくれ」

執事は急いで奥に行き、まもなく足早にもどってきて、夫人に用件を伝えるよう、小間使いに命じたといった。

「それじゃあ、昨日のことを聞かせてもらおうか。ご主人は自宅で昼食をとった?」

「はい、さようでございます」

「とりたてて変わったようすはなかったかね?」

「わたくしの知るかぎりでは、そういうことはございませんでした」

「昼食後は?」

「昼食をおとりになると、おくさまは横になるとおっしゃって、お部屋にさがり、だんなさまは書斎にお入りになりました。レティスお嬢さまはツーシーターの車で、テニスパーティにお出かけになりました。だんなさまとおくさまは、午後四時半に居間でお茶を召しあがりました。そのさい、村に行くので、五時半に車を用意するよう命じられました。ご夫妻がお出かけになられた直後に、牧師さまから電話がございまして——ここで執事はわたしにお辞儀をした——ちょうどお出かけになったところだと申しあげました」

「ふむ」メルチット大佐はうなずいた。「ミスター・レディングがここに最後に来たのは、いつだった?」

「火曜日の午後でございます」

「なにやら意見の相違があったと聞いているが」

「わたくしもそうぞんじています。今後、ミスター・レディングを当家に入れてはならんと、だんなさまから申しつけられました」

「どうだね、たまたま口論の内容が聞こえたのでは？」メルチット大佐は直截《ちょくせつ》に訊いた。

「だんなさまはもともと声の大きなかたでして。特にお怒りになったときは、いっそう大きな声をだされます。聞くつもりはなくても、とぎれとぎれながら、ことばが耳に入ってまいりました」

「口論の原因がわかるほどに？」

「ミスター・レディングがお描きになっている肖像画に関することだと、わたくしにもわかりました――レティスお嬢さまの肖像画です」

メルチット大佐はううむと唸った。「ミスター・レディングが帰るところは見たのか？」

「はい。わたくしがお見送りいたしました」

「怒っていたかい？」

「いいえ。こう申しあげてよろしければ、なにやら愉快そうなごようすでした」

「ほほう。で、昨日、ミスター・レディングはこちらに来なかったんだね？」

「はい」

「誰か訪ねてきたひとは？」

「昨日はどなたも」

「では、一昨日は？」

「午後に、ミスター・デニス・クレメントが。それから、ストーン博士が来られて、しばらくいらっしゃいました。あと、夜にご婦人がおひとり」

「ご婦人？」メルチット大佐は驚いたようだ。「どなたかね？」

執事は婦人の名前を思い出せなかった――以前に会ったこともないという。

――そう、確かにお名前はうかがいました。みなさま、お食事中だと申しあげると、では待たせてもらうとおっしゃるので、朝の間にお通ししました。

ご婦人が会いたいとおっしゃったのは、おくさまではなく、だんなさまのほうでございました。お食事がすむとすぐに、大佐は朝の間に行かれました。

そのご婦人はどれぐらいの時間、この家にいたか？

――そうですね、三十分ほどです。お帰りになるときには、だんなさまご自身がお見送りなさいました。ああ、そうだ、名前を思い出しましたよ。ミセス・レストレンジとおっしゃいました。

思いがけない名前がとびだした。

「妙だ」メルチット大佐はくびをかしげた。「じつに妙だ」

しかし、その件はそれ以上追及できなかった。ちょうどそこに小間使いが来て、ミセス・プロザローがお待ちですといったからだ。

アンはベッドにいて、上体を起こしていた。顔には血の気がなく、目がぎらぎら光っている。

その顔に浮かんだ表情に、わたしは当惑した——なんというか、恐ろしいほど決然とした表情だったのだ。アンはわたしにいった。

「さっそくおいでくださって、ありがとうございます。どなたをお連れになってもかまわないという意味を、きちんと理解してくださったんですね」そこでいったん口をつぐみ、少し間《ま》をおいてから、ことばを継いだ。「さっさとすませたほうがよろしいわね」なかば哀しげな、不思議な笑みを浮かべている。「お話しするなら、あなたにすべきでしょうね、メルチット大佐。ええ、わたしが夫を殺しました」

メルチット大佐はおだやかにいった。「おやおや、ミセス・プロザロー……」

「ああ、ほんとうなんです！　平然としているように聞こえたでしょうが、なにごとにしろ、わたしは感情的ないいかたができないんです。わたしは長いこと、夫を憎んでいました。それで、昨日、夫を撃ち殺したんです」

アンは枕に頭をもたせかけ、目を閉じた。「それだけです。わたしは逮捕されるんでしょうね。できるだけ早く起きて、着替えます。でもいまはちょっと、ぐあいが悪くて……」

「ミセス・プロザロー、ミスター・ローレンス・レディングが自首して、犯行を認めたのは、あなたもごぞんじでしょう？」

アンは目を開け、はっきりとうなずいた。「ええ、ぞんじてますわ。ばかなひと。あのひとはわたしを心から愛してくれているのね。気高い行為だわ——でも、とても愚か」

「あなたが殺したと、彼は知っていた？」

「はい」

「どうして知ったんです？」

アンは口ごもった。「あ、あのう、わたしが話したんで……」じれったそうに肩をすくめる。そしてメルチット大佐にいった。「もうひきとっていただけません？　いまはこれ以上、お話ししたくないんです」

「ピストルはどこで手に入れたんですか、ミセス・プロザロー」

「ピストルって！　ああ、あれは夫のものです。夫のドレッシングテーブルの引き出しに入ってました」

「なるほど。で、あなたはそれを持ちだして牧師館に行った？」

「そうです。夫がそこにいるのはわかってましたので――」

「牧師館に着いたのは何時ごろでしたか？」

「六時十五分か二十分。それぐらいだったと思います」

「夫を殺すつもりで、ピストルを持ちだした？」

「いえ、そうじゃなくて――わたし、自殺するつもりだったんです」

「ふうむ。だが、あなたは牧師館に行った」

「ええ。フレンチウィンドウまで行きましたが、ひとの話し声は聞こえませんでした。それで、なかをのぞいたんです。夫がいました。わたし、衝動的に――ピストルで撃ったんです」

「それから？」

「それから？　ああ、すぐに逃げました」

「そして、ミスター・レディングに自分がなにをしたか話した」

ほんの一瞬だったが、答える前に、アンはまたもや口ごもった。「……そうです」

「牧師館に入るところか、あるいは出てきたところを、誰かに見られましたか？」

「いいえ――ああ、そうです。ミス・マープルに。ちょっと立ち話をしましたから。あのかたがご自宅のお庭にいらしたんで」

アンはおちつかないようすで、枕の上で頭を動かした。「もうよろしいでしょう？　わたしの話は終わりました。これまでにしていただけませんか？」

ヘイドックがベッドに近づき、アンの脈を測った。そしてメルチット大佐をわきに呼んで、小声でいった。「わたしはここに残ります。そちらは必要な手配をしてください。いまは彼女をひとりにするべきではない。自傷行為に走ったりするかもしれないんで」

メルチット大佐はうなずいた。

わたしたちは部屋を出て階段を降りた。その途中、アンの部屋の隣室から、死人のように血の気のない顔の、やせた男が出てくるのが見えた。わたしは衝動的に階段をまた昇った。

「プロザロー大佐の従僕だね？」

わたしが声をかけると、やせた男は驚いた顔をした。

「はい、そうです」

「亡くなったご主人がピストルを保管していたかどうか、知らないかい？」

「いえ、ぞんじません」

「ドレッシングテーブルの引き出しに入れてなかったかい？　どうだろう？」

従僕はきっぱりとくびを横に振った。「そういうことはありませんでした。もしどこかに保管されていれば、わたしの目に留まったはずです。でも、見た憶えはありません」

わたしは急いで階段を降りた。

アン・プロザローはピストルのことで嘘をついた。

なぜだろう？

9

警察署で必要な手配をすませると、メルチット大佐はミス・マープルを訪ねるといった。

「いっしょに来てくれないか、クレメント。あんたの教区民にヒステリーを起こしてほしくないんでね。あんたがいっしょなら、心づよいだろう」

わたしは思わず微笑した。ミス・マープルは見かけはかよわいが、相手が警官であろうと州警察本部長であろうと、逆上してヒステリーを起こすようなひとではないからだ。

「どういうひとなんだい？」ミス・マープルの家の呼び鈴を押しながら、メルチット大佐はわたしに訊いた。「そのひとの話を信用していいものかどうか、どうなんだい？」

「信用できるひとだと思いますよ」わたしは慎重に答えた。「彼女が自分の目で見たことを話すときは、とことん信用できます。もちろん、それを超えて、彼女自身の考えとなると――それはまた別の問題で。想像力が豊かなうえに、理路整然と思考して、最悪の結論を導きだすひとでしてね、じつに手ごわい」

「典型的な未婚のばあさんってことか」メルチット大佐は笑った。「うん、そういうばあさん連中のことなら、わたしもよく承知しているよ。この教区のお茶会は、さぞおっかない集まりだろうな」

玄関ドアが開き、いやに小柄なメイドに案内されて、こぢんまりした応接室に通された。

「ちょっとごたごたしているな」部屋のなかを見まわしながら、メルチット大佐はいった。「だが、いいものばかりだ。まさにレディの部屋だ。そうじゃないか、クレメント?」

わたしはうなずいた。

ドアが開き、ミス・マープルが入ってきた。

わたしはメルチット大佐を紹介した。

「お手間をとらせて申しわけありません、ミス・マープル」大佐は軍隊式の率直な態度をとった。このほうが老齢の婦人には受けがいいと思っているらしい。「職務上、やむをえないものですから」

「ええ、そうでしょうね。よくわかっていますとも。どうぞ、おすわりになって。チェリーブランディはいかがですか? わたしの手作りなんですよ。祖母のレシピどおりにこしらえているんです」

「ご親切に、どうもありがとうございます、ミス・マープル。ですが、辞退いたします。昼食まではなにも口にしない。それがわたしのモットーでして。さっそくですが、事件のことでお訊きしたいことがあるのですが——ええ、非常に痛ましい、あの事件のことです。誰もが動揺しています。それで、お宅とお宅の庭の位置を考えますと、昨日の夕方のことで、あなたがなにかごぞんじなのではないかと思いまして。それをぜひともうかがいたいのです」

「確かに、昨日の午後五時ごろ、わたしはうちのささやかな庭におりました。もちろん、庭にいれば――ええ、そうですね、どうしてもお隣のようすが見えてしまいます」

「そうでしょうな、ミス・マープル。で、昨日の夕方、ミセス・プロザローはお宅の庭の前を通った？」

「ええ、そうです。わたしが声をかけると、彼女はうちの薔薇《ばら》を褒めてくれましてね」

「それは何時ごろでしたか？」

「六時十五分を一分か二分、過ぎたころでしょうか。ええ、そうです。教会の時計が六時十五分のチャイムを鳴らした、ほんのちょっとあとでした」

「なるほど。で、それから？」

「それから、ミセス・プロザローは、牧師館にいる夫を迎えにきた、いっしょにうちに帰るといってましたよ。彼女はそのまま路地を進み、牧師館の裏木戸から庭に入りました」

「ミセス・プロザローは路地を通ってきた？」

「そうです。じっさいに見ていただいたほうがいいですね」

ミス・マープルはいそいそとわたしたちを庭に案内して、庭の前の路地を示した。

「そこの踏み越し段の向こうの小径は、オールドホールに通じています」ミス・マープルは説明した。「プロザローご夫婦は、その小径を通ってご自宅に帰るつもりだったんでしょう。ミセス・プロザローはご自宅からではなく、村のほうからこの路地に入ってこられました」

「ふうむ、なるほど」メルチット大佐はうなずいた。「そして、彼女は牧師館の裏庭に入った。そうですね？」

「ええ。彼女が牧師館の横手のほうに行くのが見えました。でも、大佐はまだいらしてなかったんじゃないかと思います。彼女はすぐにもどってきて、アトリエに向かったので。アトリエというのはあの建物です。なぜなら、本来は納屋なんですけどね。牧師さんに借りたあの納屋を、ミスター・レディングはアトリエに使ってたんですよ」

「わかりました。それで、そのう、銃声をお聞きになりましたか、ミス・マープル？」

「そのときは聞きませんでした」

「では、別のときに聞いた？」

「ええ。森のほうから銃声が聞こえたように思います。でも、それは、ミセス・プロザローがアトリエに行ってから、五分か十分はたっていましたよ。それも森のほうから聞こえたんです。少なくとも、わたしにはそう思えます。まさか——まさかあの銃声が——」

ミス・マープルは絶句した。顔が青ざめている。

「ええ、はい、その点は調べてみます」メルチット大佐はいった。「どうぞ、先をつづけてください」

「はい。彼女はアトリエに入りました。やがて、ミスター・レディングが村のほうから路地を歩いてきて、牧師館の裏木戸の手前であたりを見まわし——」

「あなたに気づいたんですな、ミス・マープル」

「じっさいのところ、わたしに気づいたわけではありません」青ざめた顔にほんのりと血の気がもどった。「というのも、ちょうどそのとき、わたしはしゃがみこんで——困りもののタンポポを引き抜こうとしていたんですよ。わたしがタンポポに手を焼いているあいだに、ミスター・レディングは裏木戸を通って、アトリエに向かったんです」

「牧師館には近づかなかった?」

「ええ、そのとおり! まっすぐにアトリエに行きました。ミセス・プロザローが戸口で彼を迎え、ふたりはなかに入りました」

そういったあと、ミス・マープルは口をつぐんだ。きわめて雄弁な沈黙だった。

「たぶん、肖像画のモデルとしてポーズをとっていたんでしょう」わたしはつい口をはさんだ。

「たぶん、そうでしょうね」とミス・マープル。

「で、ふたりはアトリエから出てきた——何時ごろでしたか?」メルチェット大佐は訊いた。

「十分後ぐらいに」

「見当をつければ、それぐらいだと?」

「教会の時計のチャイムが鳴りました——六時半のチャイムが。ふたりは裏木戸から路地に出て歩きだしました。ちょうどそのとき、ストーン博士がオールドホールから小径をやってきて、踏み越し段を通り、ふたりと合流したんです。三人はいっしょに村に向かいましたよ。路地の端までは三人だったと思いますが、どうやらそのあたりでミス・クラムが加わったようです。ミス・クラムだと思ったのは、スカートがとても短かったからです」

「そこまでわかったとは、視力がいいんですねえ、ミス・マープル」

「ちょうどバードウォッチングをしていたんですよ。羽冠が金色の小鳥をみつけましてね。とてもきれいな小鳥で、ミソサザイだと思いました。その小鳥を双眼鏡で観察していたら、たまたまミス・クラムが三人と合流するのが見えたんです。あれがミス・クラムなら、の話ですけれど、ええ、まちがいないと思いますよ」

「ふうむ。そうかもしれませんな」メルチット大佐はうなずいた。「ミス・マープル、あなたは観察力にすぐれていらっしゃるようなので、重ねてお訊きしますが、ミセス・プロザローとミスター・レディングが路地を通っているとき、ふたりがどういう表情をしていたか、お気づきになりましたか？」

「にこやかにほほえみながら、話をしていましたよ。いっしょにいるのがうれしいといったふう。この意味はおわかりでしょう？」

「ふたりとも、動転しているとか惑乱しているとか、そういった表情ではなかった？」

「いいえ、とんでもない。その逆でした」

「なんとも奇妙だ」メルチット大佐はいった。「この事件は、どうもおかしい……」

次の瞬間、わたしもメルチット大佐もはっと息を呑んだ。ミス・マープルがおだやかな声でこういったからだ。「今度はミセス・プロザローが犯行を自供したんですね？」

「いやはや、これはどうも！　どうしてそう思ったんです？」

「いえね、つまりはそういうことになりそうだと思っていたんですよ。レティスもそう思っていたんじゃないかしら。なかなかするどい娘ですからね。几帳面《きちょうめん》だとはいえませんけど。そうですか、アン・プロザローが夫を殺したと自白したんですか。おやおや。でも、それは真実ではないと思いますよ。アン・プロザローはそういう性質《たち》の女性ではありません。ひとの心の内は、とうていうかがいしれませんけれど。少なくとも、わたしの見るかぎり、彼女はあんなことはできないひとだと思います。あのひと、銃を撃ったのは何時ごろだといってます？」

「六時二十分ごろ。あなたとちょっと立ち話をしたあとだと」

ミス・マープルはゆっくりと哀しそうに頭を振った。哀しそうなのは、大の男がふたりしてそんな話を信じるなんて頭が悪いにもほどがある、という気持の表われなのだろう。少なくとも、わたしはそう感じた。

「彼女はどんな銃を使ったといってます？」

「ピストルです」

「どこにあったと？」

「自分で持ってきたそうです」

「それはありえませんね」ミス・マープルは意外なほどきっぱりといった。「ぜったいにありえません。彼女はそんなものは持っていませんでした」

「あなたに見えなかっただけでは？」

「もちろん、彼女が持っていたら、それとわかりましたとも」

「ハンドバッグのなかに入れてあったのでは？」

「ハンドバッグは持っていませんでした」

「そのう、体のどこかに隠しもっていたとか？」

ミス・マープルは憐憫《れんびん》をこめて、じろりとメルチット大佐を見た。「メルチット大佐、いまどきの若い女性のことはごぞんじでしょう？　神がお造りになった姿を見せつけるのを、恥じたりはしません。あのひとはストッキングの縁に、ハンカチ一枚たりともはさんでいませんでしたよ」

　メルチット大佐はがんこに反論した。「しかし、彼女の自供は筋が通っています。時間ですよ。倒れていた置き時計の針は、六時二十二分をさしていた――」

　ミス・マープルはわたしに目を向けた。「時計のこと、まだお話しになっていないんですか？」

「時計のことって、なんだね、クレメント？」

　わたしは説明した。

　メルチット大佐は不快感をあらわにした。「どうして昨夜のうちに、スラック警部にいわなかったんだ？」

「どうしてかというと、警部がわたしの話を聞こうとしなかったからですよ」

「ばかな。あんたはきちんというべきだった」

「たぶん、スラック警部はあなたに対するときと、わたしに対するときとでは、態度がちがうんでしょう。説明したくても、わたしにそのチャンスさえ与えてくれなかった」

「まったく異常な事件だ。もし第三の人物が自分が犯人だと名のりでてきたりしたら、頭がどうかなってしまう」

「ちょっと考えたんですが——」ミス・マープルがひかえめに、つぶやくようにいった。

「はい？」

「大佐からミスター・レディングに、ミセス・プロザローが犯行を自供した、だが、とうてい信じられないといってみてはいかがでしょう？　そしてミセス・プロザローには、ミスター・レディングは犯人ではないというんです。そうすれば、ふたりともほんとうのことを話すんじゃないでしょうか。真実というのは役に立ちます。たとえふたりが、重要なことを知っているわけではなくても」

「それはそうですが、プロザローを殺す動機があったのは、あのふたりだけなんですよ」

「おや、そんなことはありませんよ、メルチット大佐」ミス・マープルはいった。

「ほかにもいると？」

「ええ、います」ミス・マープルは指を折ってかぞえはじめた。「そうですね、一、二、三、四、五、六——ええっと、たぶん、もうひとり。プロザロー大佐をこの世から消してしまいたいひとは、少なくとも七人はいます」

メルチット大佐は力の失せた目でミス・マープルをみつめた。「七人？　このセント・メアリ・ミード村に？」

ミス・マープルはきっぱりとうなずいた。「そのひとたちの名前をいう気はありません。それは正しいことではありませんからね。でも、恐ろしいことに、この世には悪がはびこっています。ですが、メルチット大佐、あなたのように志操正しい高潔な軍人は、そういうことはごぞんじないのでは」
大佐が卒中を起こすのではないかと、わたしははらはらした。

10

ミス・マープルの家を辞去したあと、メルチット大佐が口にした彼女への感想は、とうてい賛辞とはいえないものだった。

「あのしなびたばあさんときたら、自分はなんでも知っていると思っているにちがいないね。そのくせ、生まれてから一度も、この村を出たことはないんじゃないか。まったく、とんでもない。そんなばあさんが、世間のなにを学べるというんだ？」

わたしはおだやかに反論した——ミス・マープルは広い意味での〝世間〟についてはたいして知らないかもしれないが、セント・メアリ・ミードという村での出来事なら、なにもかも熟知しているのは確かだ、と。

これにはメルチット大佐もしぶしぶ同意した。ミス・マープルは貴重な目撃者なのだ——特に、ミセス・プロザローの立場からいえば。

「あのばあさんの話に疑いの余地はないようだ。あんたもそう思うだろう？」

「ミス・マープルが彼女はピストルを持っていなかったというのなら、そのとおりに受けとっていいと思います。もしミセス・プロザローが凶器らしきものを持っていた可能性があるとすれば、ミス・マープルはきっと、ナイフのようなものだろうといったでしょうね」

「うむ、そうだろうな。そうだ、ついでに、アトリエをちょっとのぞいてみようか」

その〝アトリエ〟なるものは、粗末な造りの納屋なのだが、天窓がついている。ほかに窓はないし、出入りに必要なドアがひとつあるきりだ。その点では満足したらしく、メルチット大佐はのちほど牧師館にスラック警部を連れてくるといった。

「いったん署にもどるよ」そういってメルチット大佐は去っていった。

牧師館の玄関ドアからなかに入ると、応接室からぼそぼそと話し声が聞こえてきた。応接室のドアを開ける。

ソファにグリゼルダがすわり、ミス・グラディス・クラムと楽しげに話していた。ミス・クラムは光沢のあるピンクのストッキングに包まれた脚を組んでいるため、わたしは否応なく、ピンクのストライプが入った絹の下着を拝見することになった。

「お帰りなさい、レン」

「おはようございます、牧師さん。事件の新しいニュース、とっても怖いですね。お気の毒な大佐」

「ミス・クラムは」グリゼルダがいった。「ご親切に、ガールガイドのことで、なにかお手伝いしたいと申し出てくださったのよ。ほら、先週の日曜日に、手伝ってくださるかたを募集したでしょ。憶えてらっしゃる？」

憶えている。それはそれとして、グリゼルダの声の調子から、ミス・クラムが殊勝にもボランティアを申し出てきたのは、決して善意からではなく、牧師館で起こった事件に野次馬的興味を抱いているからだろうと考えているのがわかった。

「ちょうどおくさんと話していたところなんですよ」ミス・クラムはいった。「そのニュースを聞いたときには、ほんと、びっくり仰天。思わずひとりごとをいってしまいましたよ――殺人？　この小さな静かな村で？

静かなのは確かですものね。映画館ひとつない、この村で、トーキー映画みたいなことが起こるなんて！　しかも、被害者はプロザロー大佐！　とても信じられないわ。殺されるようなかたには見えませんでしたから」

ミス・クラムが思い描いている、殺されて然るべき人物像とはどんなものか、わたしにはわからない。殺されるのは特別な範疇《はんちゅう》の人間だとは、いまだかつて考えたこともないが、ミス・クラムの金髪を短く刈りあげた頭のなかには、そういう区分けがあるにちがいない。

「それでね」グリゼルダがいった。「ミス・クラムはくわしいことを知りたくて、わざわざ来てくださったのよ」

妻の率直なものいいに、わたしはミス・クラムが気を悪くするのではないかと心配したが、当人は顔をのけぞらせ、口を大きく開けて笑った。きれいに並んだりっぱな歯が丸見えだ。

「まあ、ひどい。でも、ミセス・クレメント、カンがいいわ。だって、こんな事件ですもの、くわしく知りたいと思うのは、自然な感情じゃありません？　それに、ガールガイドのことでお手伝いしたいのはほんとですよ。喜んで、そちらのご希望どおりに動きますとも。楽しそうでわくわくしてます。このところ、楽しいことなんかなかったんで。もう長いこと、そういうのとは縁がなくて。いえ、仕事がつまらないわけじゃありません。お給料はいいし、ストーン博士は紳士ですし。だけど、若い女には、仕事以外に、ちょっとした楽しみが必要なんです。この村じゃ、おしゃべりをしたくても、おくさんのほかは意地悪ばあさんばっかりで、歳の近いひともいないでしょ?」

「ミス・レティス・プロザローがいますよ」

ミス・クラムはつんとあごをあげた。「あのひとはお高くとまってて、あたしみたいな者なんか相手にしません。自分が不自由なく暮らしてるから、生活するために働かなきゃならない、あたしみたいな若い女には目もくれませんよ。自活したいなんて話を、ちらっと聞いたこともあるけど、雇ってくれるひとがいるかどうか、知りたいもんです。運よく職に就けたとしても、一週間もたたないうちにクビになるわね。婦人服店のマネキンにでもなって、きれいな服を着てしゃなりしゃなりと歩くだけなら、彼女にもできるかもしれないけど」

「そうね、彼女ならきっとすてきなマネキンになると思うわ」グリゼルダがいった。「すばらしいプロポーションの持ち主ですもの」その口調には、意地悪なところなど、みじんもなかった。「自活したいって話、いつごろお聞きになったの?」

一瞬、ミス・クラムはまごついたようだったが、すぐに持ち前の抜け目のなさを発揮した。「いつだったかしら。でも、確かにそういってましたよ。うちにいても、おもしろくないみたいで。あたしなら、継母と暮らすなんて、冗談じゃないわ。そんなの、一分だってがまんできない」

「まあ。あなたって気概があって、独立心旺盛なのね」グリゼルダは大まじめな口ぶりでいった。わたしはつい、あやしむような目で妻を見てしまった。

ミス・クラムはグリゼルダの評価を喜んで受け容れた。「そうなんですよ。ほんと、そのとおり。指示されるのはかまわないんですけど、有無をいわせない命令にしたがうのはいやですね。ずっと前に、手相を見てもらった占い師にもいわれましたけど、あたしはおとなしくすわって、他人のいいなりになる人間じゃないんです。ストーン博士にもはっきりいいました――仕事時間以外は、自由にさせてもらいますって。ああいう学者さんって、若い女を機械も同然だと思ってるらしくて――たいてい、そばにいても気づかないし、いることすら忘れてしまうんですよ」

「ストーン博士のもとでは楽しくお仕事ができてるの？　考古学に関心があるのなら、おもしろいでしょうね」

「じつはあたし、考古学のことなんかほとんど知らないんです」ミス・クラムはいった。「何百年も前に死んで、静かに地中で眠っている人々を掘りだすなんて、なんだか、よけいなお世話みたいじゃありません？　ストーン博士は仕事に夢中になると、あたしが注意しないと、食事も忘れてしまうんですよ」

「今朝もあのお墓でお仕事を？」グリゼルダは訊いた。

ミス・クラムはくびを横に振った。「今朝のお天気じゃ、作業は無理。つまり、このグラディスにとっては、臨時の休日ってことになるわけです」

「そりゃあ、あいにくですね」わたしはいった。

「いいえ、どういたしまして。ねえ、まさか、第二の殺人が起こるなんてことはないですよね？　牧師さん、今朝は警察のひとといっしょだったとか。警察の考えはどんなです？」

「そうですね」わたしはのんびりといった。「まだこれといって確かなことは、あんまり――」

「あら！　それじゃあ、警察はミスター・ローレンス・レディングを犯人だとみなしてないんですか。それにしても、あのかた、ハンサムですねえ。映画スターみたい。おはようとあいさつしてくれるときの笑顔が、とってもすてき。あのかたが逮捕されたと聞いたとき、あたしは自分の耳を疑いましたよ。でも、よくいいますよね――田舎の警察はぼんくらだって」

「でも、この件に関しては、警察を責めるわけにはいきませんよ。なにしろ、本人が警察に出頭して、自白したんですから」

「えーっ！」ミス・クラムは心底驚いたようだ。「なんてまあ――なさけない。もしあたしなら、たとえ人を殺しても、自首なんかしません！　ローレンス・レディングって、もうちょっと骨のあるひとだと思ってたのに。あっさり自首するなんて！　どうしてプロザロー大佐を殺しちゃったんです？白状したんでしょ？けんかしたんですか？」

「いまのところ、彼が犯人だと確定したわけではないようです」

「でも、自分がなにをいったか、本人はわかってるでしょうに、ちゃんと承知してるはずだわ」

「確かにそうですね」わたしはうなずいた。「ですが警察は、彼の供述内容に納得していないんですよ」

「だけど、やってないのなら、なんだって自分がやったなんていうんです？」

その点に関して、ミス・クラムの蒙《もう》を啓《ひら》いてやるつもりはなかった。かわりに一般論めいたことをいった。

「世間を騒がすような殺人事件では、自分がやったという手紙が山のように警察に届くそうですよ」

これに対して、ミス・クラムはこういいはなった。「みんな、頭がおかしいのよ！」あきれたといわんばかりの口調だ。そしてさらにいった。「あたしなら、ぜったいにそんなことはしないわ」

「ええ、そうでしょうね」わたしはうなずいた。

「ところで」ミス・クラムはため息をついた。「そろそろ失礼しなくちゃ」立ちあがって、つけくわえる。「ミスター・レディングが自首したこと、ストーン博士にはちょっとしたニュースだわ」

「博士も関心をおもちなの？」グリゼルダが訊いた。

ミス・クラムは顔をしかめた。「変わったかたなんですよ、博士は。なにを考えているのか、ちっともわからない。興味があるのは、過去のことだけ。あのクリッペン医師がおくさんを切り刻んだナイフを見る機会があるとしても、博士にとってはその百倍も、大むかしのお墓から掘りだされた、古くて汚い青銅のナイフのほうが価値があるんですもの」

「なるほど」わたしはいった。「わたしも博士に同感ですよ」

ミス・クラムは理解しかねるといわんばかりに、軽い侮蔑の目でわたしを見た。そして、何度もさようならといいながら、去っていった。

「べつに悪いひとじゃないわね」きっちりとドアを閉めてから、グリゼルダはいった。「ごく平凡なひと。大柄で、元気がよくて、愛想のいい若い女。あなたの苦手なタイプね。それにしても、なんの用があって牧師館に来たのかしら？」

「野次馬根性」

「ええ、わたしもそう思う。ねえ、レン、わかったことをすべて話してちょうだい。聞きたくて死にそう」

わたしは順を追って、今朝の出来事をすべて語った。グリゼルダは驚きの声や興味津々という声をあげながら、きちんと耳をかたむけてくれた。

「すると、ローレンスの相手はアンだったのね。レティスじゃなかった……。わたしたち、ほんと、ぼんくらだったわね！　昨日、ミス・マープルがほのめかしていらしたのは、そのことだったのね。あなたもそう思うでしょ？」

「うん、そうだね」わたしはやましい気持で、グリゼルダから目をそむけた。

メアリが部屋に入ってきた。

「男のひとがふたり――新聞社から来たっていってます。会いますか？」

「いや。とんでもない。スラック警部に会うようにいいなさい」

メアリはこっくりとうなずいて、部屋を出ていこうとした。

「そのひとたちを追い払ったら、またこっちに来ておくれ。ちょっと尋ねたいことがあるんでね」

もう一度、メアリはこっくりとうなずいた。

数分すると、メアリがもどってきた。

「追っぱらうの、たいへんでした。しつこいったら。あんなの、初めてです、〝ノー〟ということばが通じないなんて」

「これからも彼らに悩まされるのは、覚悟しておかなくてはならないな」わたしはいった。

「メアリ、訊きたいことがあるんだ。昨日の夕方、銃声を聞かなかったというのはまちがいないんだね?」

「あのひとが殺されたときの? いいえ、聞いてません。もし聞こえてたら、なにかあったんだろうって、確かめてますよ」

「うん、そうだろうけど──」そういえば、ミス・マープルは〝森のほう〟から銃声が聞こえたといっていた。わたしは質問を変えた。

「べつの銃声は聞こえなかったかい? たとえば、森のなかで誰かが銃を撃ったとか」

「ああ、それなら」メアリはちょっと考えてからいった。「いま思い出したんですけど、うん、聞きました。何度もじゃなくて、一度だけ。なんだかへんな音でした」

「なるほど。で、それは何時ごろだった?」

「何時かって?」

「そう、何時ごろだった?」

「時間なんてわかりません。お茶の時間が終わって……そのずいぶんあとだったような。それはわかってるんですけど」

「もう少しはっきりいえないかね?」

「無理です。やんなきゃいけない仕事がどっさりあるんですよ。いちいち時計を見たりしてられません。どっちみち、時計はあてにならないし。台所に置いてある目覚まし時計は、一日に四十五分も遅れるんです。針が正しい時刻をさしているかどうかなんて、わかりゃしません」

食事時間が定刻ではないわけが、これでわかった。いやに遅いときもあれば、驚くほど早いときもあるのだ。

「ミスター・レディングが来られるよりもずっと前だったかい?」

「いえ、ずっと前ってことはありません。十分か、十五分ぐらい。それよか前ってことはありません」

わたしは満足してうなずいた。

「もういいですか? だって、オーヴンに骨つき肉を入れっぱなしだし、プディングも煮えたってるかもしれないし」

「ああ、もういいよ。行きなさい」

メアリが部屋を出ていくと、わたしはグリゼルダにいった。「メアリに〝サー〟や〝マム〟を使いなさいと教えるのは、できない相談なのかい?」

「ちゃんと教えてるわ。でも、あの娘、すぐ忘れてしまうの。まだ仕事に慣れてないし」

「それは重々承知しているよ。だが、慣れない仕事でも、永遠に慣れないままでいいということはない。メアリにも料理の基本ぐらいは仕込めるんじゃないかね？」

「それはどうかと思うわ。うちでは、召使いにそこそこのお給料すら払えないのよ。有能なメイドに仕立てあげたとたん、あの娘はうちを出ていってしまうでしょうよ。それも当然だけど。よそでなら、もっといいお給料をもらえますからね。でもね、メアリがまともな料理もできず、行儀作法もなってないかぎり、出ていかれる心配はしなくていいのよ。だって、そんなメイド、誰も雇いたがらないでしょうから」

妻の家政方針は、わたしが考えていたほどいいかげんなものではないようだ。これほど遠謀をめぐらしていたとは。しかし、高い給料を払えないからといって、料理が下手だというだけではなく、皿をテーブルにどんと放りだすとか、敬語も使わずに話しかけて相手を困惑させるとか、ことばづかいも作法もなっていないメイドを、がまんして雇っておく必要があるのだろうか。これは疑問を呈するに値する問題だ。

「それはともかく」グリゼルダは話をつづけた。「今日、メアリのマナーがいつもより悪いのは許してあげてね。プロザロー大佐が亡くなったからといって、あの娘に同情を期待するのはむずかしいんですもの。大佐のせいで、あの娘のいいひとが刑務所に入れられたから」

「大佐のせいで、あの娘のいいひとが刑務所に？」

「ええ、密猟の罪で。あなたも知ってるわよね、アーチャーっていう青年。メアリはもう二年もその男とつきあってるのよ」

「それは知らなかった」

「レン、あなたってば、なんにも知らないのね」

「でも、おかしいんだ。誰もが、森のほうから銃声が聞こえたというんだよ」

「ちっともおかしくないわ。だって、森で銃声がするのはいつものことで、みんな聞き慣れてるんだもの。だから、銃声が聞こえたら、反射的に、ああ、森で銃を撃ったんだなと思う。もしかすると、昨日はいつもより音が大きかったのかもしれない。もちろん、書斎の隣の部屋にいたのなら、うちのなかで銃声がしたとわかるでしょうけど、メアリがいた台所の窓は、書斎とは反対側に向かって開いてるのよ。うちのなかで銃声がしたなんて、思いもしないんじゃないかしら」

　ドアが開き、メアリが顔をのぞかせた。

「メルチット大佐がまた来ました。今度は警部さんもいっしょで、牧師さんに来てくれって。書斎で待ってますよ」

11

ふたりの顔を見たとたん、メルチット大佐とスラック警部の意見が一致していないのがわかった。メルチット大佐は顔が紅潮し、腹を立てているようすだが、スラック警部はむっつりと渋い顔をしている。

「残念だがね」メルチット大佐はいった。「わたしはレディングは無実だと考えているが、スラック警部は同意せんのだ」

「あの男がやっていないのなら、なぜ、わざわざ出頭してきて、やったと自供したんです?」不信感のこもった口調だ。

「忘れたのか、ミセス・プロザローもまったく同じように自白したんだぞ、スラック」

「それはちがいますね。彼女は女です。女というやつは、ばかなまねをするものです。いやいや、愚かにもあの女が夫を殺したといってるんじゃありません。あの女はレディングが自首したと聞いて、自分がやったという話をでっちあげたんですよ。そういう駆け引きみたいなことには、わたしも慣れてます。女というやつがどれほどばかげたまねをするか、耳を疑うような話なら、いやになるほど知ってますよ。だが、レディングはちがいます。あの男は頭がいい。この点ですから、本人がやったというのなら、そう、彼がやったんです。彼のピストルで――

は無視できませんよね。ミセス・プロザローが自白するという意外な展開になったおかげで、やつの動機も発覚しました。これまでは動機が明白でなく、そこが捜査上の穴になっていましたが、いまは動機もわかった——事件ぜんたいがすっきり見通せるじゃありませんか」

「レディングなら、もっと早い時間に犯行が可能だったというのかね？　たとえば、六時半とかに？」

「いえ、それは無理です」

「犯行時刻の足どりは調べたんだな？」

スラック警部はうなずいた。

「六時十分、ブルーボア亭の近くで目撃されています。そこから牧師館に至る路地に入りました。そこを通るレディングを、牧師館の隣家の老婦人が見ています。彼女がなにかを見逃すなんてことは、ほとんどありそうもないといえます。レディングは牧師館の裏庭にあるアトリエに入り、そこでミセス・プロザローと接触。六時半には、ふたりいっしょにアトリエから出て路地を歩いていたところ、途中でストーン博士に出会い、そこから先は、三人で村に向かった——ストーン博士の話もそれを裏づけています。ええ、ちゃんと博士に確認しましたとも。三人は郵便局の前で数分間、立ち話をした。そのあと、ミセス・プロザローはミス・ハートネルを訪ねてガーデニングの本を借りています。これも確かです。ミス・ハートネルに確認しました。ミセス・プロザローはミス・ハートネルとおしゃべりをしていましたが、七時ちょうどに、もうこんな時間になったなんて、急いで帰らなくてはとあわてたそうです」

「彼女はどんなようすだったのかね？」

「ミス・ハートネルの話では、気どったところがなく、陽気だったとか。さらに、ミセス・プロザローがなにかを気に病んでいるようすなど、まったく見受けられなかったともいってます」

「ふむ、なるほど」

「レディングはストーン博士とブルーボア亭に入り、いっしょに一杯飲《や》りました。六時四十分にそこを出ると、村の本通りを急ぎ足で進み、角を曲がって、牧師館に向かいました。多数の目撃者あり」

「このときは路地を使わなかったんだね？」

「そうです――牧師館の正面玄関を訪れ、応対に出たメイドに牧師に会いたいといったところ、牧師は留守で、プロザロー大佐が来ている、大佐も牧師を待っているといわれ、書斎に行った――そして、大佐を撃った。自供どおり、彼が殺したんです！　それが真相ですよ。これ以上、捜査をする必要はありません」

メルチェット大佐は頭を振った。「医者の証言がある。それを無視することはできん。プロザローが撃たれたのが六時半以降だということはありえん」

「ははん！　医者の証言ですか！」スラック警部はばからしいという顔でいった。「医者たちのいうことを真に受けるなんて。いいですか、歯を全部抜かれて、そのあげく、すみません、悪いのは歯ではなく、虫垂の炎症でしたといわれてもね。ふん、医者なんて！」

「診断がどうこうという問題ではない。ヘイドック医師はその点に関してはぜったいの確信をもっている。医学的な証拠を無視するわけにはいかんぞ、スラック警部」

「それに、わたしも重要な証言ができます」わたしは忘れていたことをふいに思い出した。「わたしがご遺体にさわったときは、もう冷たくなっていました。誓ってそういえます」

「わかったかね、スラック？」

スラック警部は鷹揚《おうよう》にうなずいた。「そりゃあ、もちろん、そこまでおっしゃるなら、そうなんでしょうな。ですが、なんというか、涙ぐましい事例といえますな。レディング本人は、いわば、絞首刑を望んでいるんですから」

「そこなんだ、不自然だと思えるのは」メルチット大佐はいった。

「人の好みは測りがたし」とスラック警部。「戦後は少しばかり神経がおかしくなった男が増えましたからね。つまるところ、捜査は初手にもどらざるをえないということですか」

警部はわたしを見すえた。「どうして置き時計の件で、わたしが誤解するように仕向けたんですか？　理解できませんな。捜査妨害にあたりますぞ」

わたしはここぞとばかりにいった。「時計のことは、三度もあなたにいおうとしたんですよ。そのたびに、あなたはわたしをさえぎり、話を聞こうともしなかった」

「それは話しかたによりますよ、牧師さん。本気で伝えたいと思っていれば、話す機会があったはずです。時計と書きかけの手紙。双方が完璧につながっているように見えた。それなのに、いまになってあなたは、時計は進んでいたとおっしゃる。そんな話は聞いたことがない。十五分も時計を進めておくなんて、どういう意図があったんです？」

「そのほうが時間厳守できると思いまして」わたしは説明した。

スラック警部はふふんと鼻を鳴らした。

「警部、その件はもういいじゃないか」メルチット大佐は如才なく割って入った。「いまやるべきは、ミセス・プロザローとレディングの両者から、真相を聞きだすことだ。ヘイドック医師に電話をして、ミセス・プロザローをここに連れてきてくれとたのんでおいた。十五分ぐらいで来るはずだ。先にレディングを連れてこさせてもいいと思うが」

「わたしが署に連絡します」スラック警部は電話の受話器を取り、署員に用件を伝えた。

「じきに来ます」受話器を架台にもどし、警部はいった。「この部屋で聴取しましょう」そして、警部は意味ありげにわたしを見た。

「わたしは席をはずしたほうがいいでしょうね」警部の意を忖度して、わたしはそういった。

警部はすぐさまドアを開けて、わたしに出ていくよう、うながした。

だが、メルチット大佐はこういった。「レディングが着いたら、あんたもいっしょにここに来てくれんかね、牧師さん。あんたは彼の友人だから、あんたが説得してくれれば、彼もすなおに真実を話す気になるかもしれん」

応接室にもどると、グリゼルダとミス・マープルが頭を寄せて話しこんでいた。

「わたしたち、いろんな可能性を検討していたのよ」グリゼルダがいった。「ミス・マープル、あなたにこの事件を解明していただきたいわ。ミス・ウェザビーの殻《から》をむいた小エビが消えたときみたいに。あの謎が解けたのも、石炭の袋がどうもおかしいと、あなたのカンにぴんときたからでしょ」

「あらまあ、あなた、笑ってますね。でも、けっきょく、カンといいますか、そういう感覚が働くおかげで、まっとうに真相にたどりつけるんですよ。世間のかたがたはそれを直観とかいって、騒ぎたてますけどね。直観というのは、いわば、アルファベットを並べずに単語を読みとるようなものなの。子どもは人生経験が浅いから、直観を働かせることはできない。でも、歳を重ねた者なら、経験がものをいって、適切なことばを思いつくことができます。どういう意味かおわかりになりますよね、牧師さん」

「ええ」わたしはゆっくりといった。「わかると思います。ある事物がほかの事物を連想させるのならば――つまりそのふたつは、同じ範疇に入るということですね」

「そのとおり」

「では、プロザロー大佐の殺害事件で、あなたはなにを連想なさったんですか？」

ミス・マープルはふっとため息をもらした。「それがむずかしくてね。似ている事柄はたくさん思いつけるんですけど……。たとえば、ハーグリーヴズ少佐。教区委員で、あらゆる点で非の打ちどころがないと、教区民に尊敬されていたかた。でも、その少佐が、じつは別宅をかまえて女を囲っていたんですよ。それも、前に雇っていたハウスメイドを！　しかも子どもが五人。五人ですよ。おくさんと娘さんにはひどいショックでしたよ」

プロザロー大佐がひそかな罪人だったと想像してみようとしたが、とうてい無理だった。

「それに、あの洗濯屋さんの件」ミス・マープルは話をつづけた。「ミス・ハートネルのオパールの飾りピンなんですけどね、彼女ったら、それをフリルのついたブラウスに留めたまま、洗濯に出してしまったんですよ。洗濯女はべつにそれがほしかったわけじゃなかった。少なくとも盗む気はなかったんです。でも、彼女はそれをほかの女性の家にこっそり隠してから、警察にその女性が盗んだといったんです。悪意。純然たる悪意。びっくりするような動機です――悪意でひとを陥れるなんて。もちろん、男がらみのいざこざです。いつだって、そうなんですよ」

その件から連想できる事柄もまた思いつけなかった。

ミス・マープルは夢見るような口調で話をつづけた。

「それから、あのかわいそうなエルウェルの娘の件。この世の者とは思えないほどきれいな娘でしたけど、その娘が幼い弟を窒息させて殺そうとしたんです。また、少年聖歌隊の遠足のお金が失くなった件。牧師さんが赴任してこられる前の出来事ですけどね、オルガン奏者がそのお金を盗んだんです。おくさんが借金に苦しんでいたんで。ええ、今度の事件から連想できる事件はいろいろ思い出せます――多すぎるほど。こんなに多くては、真相にたどりつくのはむずかしい」

「あの、もしよかったら」わたしはいった。「七人の容疑者のことを教えてもらえませんか」

「七人の容疑者？」

「先日、プロザロー大佐を殺したいと思っているひとなら、七人はいるとおっしゃいましたよ」

「そうでしたっけ？　ああ、はい、そういいましたね」

「ほんとうに七人もいるんですか？」

「あら、ほんとうですとも。でもここで、いちいち名前をあげるわけにはいきません。ですけど、牧師さんにも容易に察しがつくと思いますよ」

「とんでもない。ええっと、うーん、そうですね、レティス・プロザローですかねえ。父親の死で、彼女には相当な遺産が入るはずです。しかし、だからといって、それが動機になるとは思えないし。彼女を除外すれば、あとはまったく思いつきませんね」

「では、あなたは？」ミス・マープルはグリゼルダに目を向けた。

驚いたことに、グリゼルダの顔が赤くなっていた。目がうるみ、両手をぎゅっと握りしめている。

「たまらないわ」グリゼルダは怒りのこもった声でいった。「人間って、いやらしい――ほんとうにいやらしい。みんながいうことときたら！　耳にしたくないことばかり……」

わたしはものめずらしい気持で妻をみつめた。こんなに気持を高ぶらせるとは、グリゼルダらしくない。グリゼルダはわたしの視線に気づき、ほほえもうとした。

「レン、理解しがたい、めずらしい標本を見るような目で、わたしを見ないでくださいな。ああ、興奮して、横道にそれてはだめね。わたしはローレンスがやったともアンがやったとも考えてません。レティスでもないわ。そうねえ、真相をつかむための手がかりがあるはずよ。なにか参考になることが」

「大佐の手紙がそうじゃないかしら」ミス・マープルがいった。「今朝がた、こちらにお邪魔したときに、わたしはあの手紙のことはもっと奇妙だといいましたよね」

「あの手紙のおかげで、大佐が殺された時刻を正確に指摘できるように見えますね」わたしはいった。「ですが、あの時刻に犯行が可能でしょうか？　〝あの時刻〟というのは、ミセス・プロザローが書斎から離れた直後にあたります。アトリエに行こうとしていた時刻ですよ。唯一考えられるのは、大佐が自分の腕時計を見て、手紙にその時間を記したが、彼の時計は遅れていた、ということです。わたしにはそれがいちばんありそうなことだと思えます」

「わたしの解釈はちがうわ」グリゼルダがいった。「いいこと、レン。書斎の置き時計の針はすでにもどされていたのよ――あら、いいえ、ちがうわね。それじゃあ同じことになってしまう。ああ、わたしってばかね！」

「わたしが書斎を出たとき、針は進んだままだった」わたしはいった。「腕時計を見て、正しい時刻を確認したのを憶えている。だがそれは、いま検討している問題の確証にはならない」

「ミス・マープル、あなたはどうお思いになります？」グリゼルダはミス・マープルに水を向けた。

老婦人は頭を振った。「あのね、わたしは〝時刻〟という観点から見て、奇妙だといったわけではないんですよ。最初に奇妙だと思ったのは、手紙そのもののことなんです」

「わかりませんねえ」わたしはくびをかしげた。「プロザロー大佐はもう待てないと書いて――」

「六時二十分に？」ミス・マープルは訊きかえした。「メイドのメアリは、牧師さんは六時半までお帰りにならないと、大佐にちゃんといったんですよ。すると、大佐はそれなら待とうといった。それなのに、六時二十分には〝もう待てない〟と書いたんです」

わたしはミス・マープルの高い知性に感嘆し、敬意をこめてその顔をみつめた。彼女がこれほどするどい考察力をもっているとは、不覚にもわたしたちにはわかっていなかったのだ。ミス・マープルのいうとおり、確かに奇妙だ——非常に奇妙だ。

「あの手紙に」わたしはいった。「時刻が記されていなければ——」

ミス・マープルはこっくりとうなずいた。「そのとおり。あの手紙に時刻が記されていなければ！」

わたしは記憶をたどり、手紙を脳裏に思い浮かべた。ぼんやりと、走り書きの紙面が見えてきた。紙面のいちばん上に、きちんとした数字で、6：20と記されている。この数字と走り書きの文字とは、明らかに筆跡《て》がちがう。

わたしははっと息を呑んだ。「本来の手紙には、時刻は書かれていなかった。六時半を過ぎると、大佐は辛抱《しんぼう》しきれなくなって、ライティングテーブルに向かい、わたし宛に、もう待てないと手紙を書くことにした。そして大佐が書いているさなかに、何者かがフレンチウィンドウから入ってきて——」

「あるいは、書斎のドアから入ってきて——」グリゼルダがいった。

「それならドアが開く音を聞きつけて、大佐は目を向けるはずだよ」

「お忘れですか。大佐は少し耳が遠かったんですよ」ミス・マープルが指摘する。

「ああ、そうでした。すると、ドアが開いても、その音は聞こえなかったはずですね。ともかく、どこから書斎に入ってきたにせよ、犯人はそっと大佐の背後にしのびよって撃った。そして手紙と置き時計を見て、アイディアを思いついた。手紙の冒頭に6：20と時刻を書きこみ、時計の針を六時二十二分にもどした。じつに頭がいい。そうしておけば、確実なアリバイができる。犯人はそう思ったんでしょうね」

「だったら」グリゼルダがいった。「六時二十分に鉄壁のアリバイがあるけど、それ以外の時間にはアリバイがないひとをみつけだしたいわね――でも、簡単にはいかないわねえ。正確な犯行時刻がわからないんじゃ」

「犯行時刻はごく狭い時間帯に絞れるんじゃないかな」わたしはいった。「ヘイドックは、死亡推定時刻を六時三十分以降ではないと断言している。これまでわたしたちが検討してきた時間推移に沿っていえば、犯人は置き時計の針を六時三十五分にしておけばよかったんだ。それだと、大佐が六時半にならないうちに、待ちくたびれて辛抱しきれなくなったとはみなされなくなる。

うん、これで、事情がかなり明確になったじゃありませんか」

「それなら、わたしが聞いたあの銃声――ええ、あれが犯行の銃声だった可能性が高いわね」ミス・マープルはいった。「でも、わたしは銃声を聞き流した――なんだろうと疑問に思いもしなかったんですよ。でも、いま思い出してみると、いつも耳にしている銃声とはちがっていたような気がします。ええ、確かにちがっていました」

「いつもより大きな音だったとか？」

ミス・マープルはそうだとは思えないようすだった。そして、自分が聞いた銃声がいつもの音とどうちがうのか、うまくいえないが、確かにちがっていたと主張した。

ミス・マープルは〝銃声を聞いた〟記憶より、それが事実だったということのほうを、自分に納得させようとしているように思えた。だが、いくつかの問題点に関して、貴重な新しい見解を示してくれた彼女に対し、わたしは内心で深甚なる敬意を覚えた。

ミス・マープルはもう帰らなくてはとつぶやきながら立ちあがった。グリゼルダとこの事件について話したいという誘惑に駆られて、ついお邪魔してしまったのだという。

わたしはミス・マープルを裏木戸までエスコートしてから、牧師館にもどった。応接室ではグリゼルダがなにやら考えこんでいた。

「まだあの手紙のことで頭を悩ませているのかい？」

「ちがうの」

グリゼルダはぶるっと体を震わせ、いらだたしげに肩をゆすった。「ねえ、レン、ずっと考えていたんだけど、アン・プロザローをひどく憎んでいるひとがいるにちがいないわね」

「彼女を憎んでいるひと？」

「ええ、そう。わからない？　ローレンスには彼が犯人だというれっきとした証拠はない。あるのは、状況証拠っていうんでしたっけ、それだけよ。あの夕方、彼はたまたま牧師館に顔を出す気になった。彼がそんな気にならなければ、誰も、彼を事件に結びつけたりはしなかったはずよ。でも、アンはちがう。進んでいる置き時計の件と、手紙に記された時刻の六時二十分にアンが牧師館にいたこと、その両方を誰かが知っていたとすれば、アンに罪をきせることができる。犯人がその時刻を強調したのは、アリバイ作りのためだけじゃなくて——ええ、もっと深い意味があると思うの。まっこうからアンを事件に結びつけたいという意図があったのよ。ミス・マープルは、アンはピストルを持っていなかったし、牧師館の裏木戸から入ってまっすぐに書斎に向かったけれど、ほんの数分後にはアトリエに行ったと証言なさってる。ミス・マープルが目撃していなかったら……」グリゼルダはまたぶるっと震えた。「レン、わたしはね、アン・プロザローをひどく憎んでいるひとがいるって気がしてならないの。それがとても嫌なのよ」

12

ローレンス・レディングが牧師館に連行されてくると、わたしは書斎に呼ばれた。レディングはげっそりとやつれ、疑心暗鬼というふうに見えた。メルチット大佐はいかにも誠意のこもった態度で彼を迎えた。

「きみにいくつか質問をしたくてね——そう、ここ、まさに犯罪現場で」

レディングはうっすらと冷たい笑みを浮かべた。「フランス的なやりかたですね。犯罪再現ってやつでしょう?」

「ねえ、きみ、そんないいかたをするもんじゃないぞ。きみがやったといいはっている犯行を、じつは自分がやったといいだした人物がいるのを知っているかね?」

このことばの効果は絶大で、レディングは痛々しいほど動揺した。「だ、だれです? その人物というのは?」

「ミセス・プロザロー」メルチット大佐はレディングを見すえて、その名を口にした。

「ばかな。あのひとじゃありません。ぜったいにちがう。ありえない」

メルチット大佐はいった。「じつに奇妙なことに、警察も彼女の話を信じていないんだ。それればかりか、きみの供述も信じていない。ドクター・ヘイドックは断固として、被害者の死亡時刻はきみのいった時刻ではないといっている」

「ドクター・ヘイドックが？」

「そうだ。いいかね、きみが気に入ろうが気に入るまいが、きみの容疑は晴れたんだ。ここからはわれわれに協力してほしい。なにがあったのか、ほんとうのことを話してくれ」

それでもなお、レディングはためらっていた。「だまそうというんじゃないでしょうね——その、ミセス・プロザローのことで。彼女を疑っていないというのは確かですか？」

「名誉にかけて誓うよ」

レディングは深く息を吸いこんだ。「ぼくがばかでした。どうしようもないばかだった。たとえ一瞬にしろ、あのひとがやったと思うなんて——」

「すべて話してくれんかね」メルチット大佐はいった。

「話すことなんか、たいしてないんです。あの日の午後、ミセス・プロザローに会い——」

レディングはそこでいいさした。

「それはもうわかっている。きみのミセス・プロザローに対する想い、ミセス・プロザローのきみに対する想い。きみはそれを秘密にしおおせていると考えていたようだが、じっさいにはとっくに世間に知られていて、噂になっていたんだ。どっちみち、もはや表沙汰になるのは避けられない」

「そうですね。おっしゃるとおりだと思います。ぼくは牧師さんに（ここで彼はわたしを見た）、すぐに村を出ていくと約束しました。それで、あの日の午後六時十五分にアトリエでミセス・プロザローに会い、彼女に決意を伝えたんです。あのひともそうするしかないとわかってくれました。ぼくたちは——そう、別れると決めたんです。

ぼくたちがアトリエから出て路地を歩きだすと、ほぼすぐに、ストーン博士と出会いました。アンは気丈にも、ごく自然な態度をとっていましたよ。でも、ぼくはだめでした。路地を抜けてから、ストーン博士といっしょにブルーボア亭に行き、一杯飲《や》りました。そのあと、うちに帰ろうと思ったんですが、本通りと牧師館の前の道が交わる角のところで気持が変わり、牧師さんに会おうと思って、その道に入りました。アンと別れたことを、どうしても誰かに話したかったんです。

牧師館の玄関ドアのところで、応対に出てきたメイドから牧師さんは外出中だが、まもなく帰ってくるはずだといわれました。そして、プロザロー大佐が書斎にいて、やはり牧師さんの帰りを待っているところだと聞いたんです。ぼくは踵《きびす》を返す気がなくなってしまい——そんなことをすると、大佐から逃げるように見えるんじゃないかと……。それで、ぼくも牧師さんの帰りを待つといって、書斎に行きました」レディングはそこで口をつぐんだ。

「それで？」メルチット大佐が先をうながす。

「大佐はライティングテーブルに向かって、椅子にすわっていました——警察が死体を発見した、あの場所です。大佐に近づいたら——大佐は死んでました。周囲を見まわすと、椅子のそばの床に、ピストルが落ちてたんです。拾いあげてみると——ひと目でぼくの銃だとわかりました。

仰天しましたよ。ぼくのピストル！　とたんに、ひとっとびに結論にとびついてしまったんです。ぼくの知らないうちに、アンがこのピストルを持ちだしたにちがいない――耐えきれない状況になったら自殺するつもりで。たぶん、今日も持っていたんだ。本通りで別れたあと、あのひとは牧師館にもどり――そして――そして、ああ！　そんなことを考えるなんて、頭がどうかしてたんです。でも、そのときはそう考えてしまった。それで、ぼくはピストルをポケットに入れて書斎を出ました。そうしたら、表のゲートの手前で、帰ってきた牧師さんとばったり出会ってしまった。牧師さんはいつもと変わらない態度で、これからプロザロー大佐と会うのだといいました。それを聞くと、ぼくはふいに、大声で笑いたいという凶暴な思いに駆られてしまった。牧師さんはいつもどおり平静なのに、こちらは逆上して神経が高ぶっている。ぼくは思わずおかしなことを口走った。牧師さんの表情がさっと変わったのを憶えてます。正気を失っていたんでしょう。ぼくはやみくもに歩きまわり、最後には、もう耐えられなくなってしまった。もしアンがあんな非情なことをしたのなら、少なくともぼくには道義的責任がある。そう思って、警察に自首したんです」

レディングの話が終わると、静寂がおりた。

やがてメルチット大佐の事務的な声が静寂を破った。「ひとつふたつ質問したいことがある。まず第一に、きみは死体にさわったり、動かしたりしたか？」

「いや、さわってません。さわらなくても、ひとめ見れば、死んでるとわかりましたから」

「死体の下に、吸い取り紙と書きかけの手紙があるのに気づいたかね？」

「いいえ」

「置き時計をいじったかね？」

「時計にはさわってもいません。ライティングテーブルの上で、時計が倒れているのを見たような気がしますが、ぜったいに手は触れてません」

「きみのピストルのことなんだが、最後に見たのはいつかね？」

レディングは考えこんでからいった。「いつだったか、正確な日にちは憶えてません」

「どこにしまっていた？」

「ぼくが住んでいるコテージの居間のがらくた置き場に。本棚の棚の上です」

「ほったらかしにしてあったのかね？」

「そうです。ピストルのことなんか気にもしてませんでしたよ。そこにあるのがふつうでしたから」

「すると、きみの住まいに行った者なら、誰でも目にする？」

「そうですね」

「最後にピストルを見たのはいつか、どうしても思い出せんかね？」

レディングは眉間にしわを寄せて、ふたたび考えこんだ。「たぶんまちがいないと思うんですが、一昨日だったような。古いパイプを取ろうと、ピストルをわきにどかした……うん、確か、一昨日だったと思います――でも、その前の日だったかもしれない」

「最近、きみの住まいに誰か来たかね？」

「ああ、そりゃもうたくさんのひとが。いつも誰かが出たり入ったりしてるんです。一昨日はティーパーティみたいなのを開いたんですよ。レティス・プロザローとデニス、そのふたりの友人たち。ときどき、ばあさんたちも顔を出しましたけど」

「出かけるときにはコテージに鍵をかける？」

「いいえ。だって、その必要がありますかね？　盗まれるような貴重品なんて、ひとつも持ってませんし。それに、この村じゃ、どこの家も鍵なんかかけませんよ」

「家事をやってくれるひとがいるのかね？」

「毎朝、アーチャーばあさんが来てくれます。〝あんたさんのお世話をするために〟といって」

「そのひとなら、ピストルがいつまであったか、憶えているかな？」

「さあ、どうでしょう。憶えてるかもしれないけど、あのばあさん、すみずみまでていねいに掃除をするって柄じゃないし」

「こういうことか——誰であろうと、きみのピストルを持ちだす可能性があった」

「ええ、まあ——はい」

書斎のドアが開き、ヘイドックがアン・プロザローをともなって入ってきた。

アンはレディングをみつめた。レディングはアンに向かって足を踏みだした。

「すまない、アン」レディングはいった。「とんでもないことを考えてしまって」

「わたし——」アンは口ごもり、メルチット大佐にすがるような目を向けた。「ドクター・ヘイドックが話してくださったことは、ほんとうなんですか？」

「ミスター・レディングの容疑が晴れたということですか？　そうです。で、今度はあなたの話のことですがね。どうなんです？」メルチット大佐は訊いた。

アンは恥ずかしそうに微笑した。「わたしのことを、さぞ悪い女だとお考えでしょうね」

「そうですな――いわせてもらえば、ひどく愚かだと。ですが、その件はもう片がつきました。ミセス・プロザロー、いまは真実を知りたいんです――真実のみを」

アンはしっかりとうなずいた。「話します。警察は知っているんですよね――そのう、いろいろなことを」

「そのとおり」

「昨日の夕方、わたしはローレンス――いえ、ミスター・レディングとアトリエで会うことになってました。六時十五分ぐらいに。それで、夫の車に同乗して、村まで行きました。買い物もしたかったので、獣医さんに会ったあと、牧師館に行くという夫と村で別れました。でも、急に牧師館に行くといわれたので、それをローレンスに伝えられなくて、わたしは少しあわてました。だって――夫が牧師館にいるというのに、牧師館の裏庭のアトリエで彼に会うと思うと、なんだかひどく心が乱れて……」

そういったとき、アンの頬は燃えるように赤く染まった。きまりの悪い一瞬だったにちがいない。

「夫は牧師館に長居しないんじゃないかと思いました。それを確かめたくて、路地から牧師館の裏庭に入ることにしたんです。誰にも見られないことを願っていたんですが、案じたとおり、ミス・マープルがご自宅のお庭にいらっしゃるじゃありませんか！　呼びとめられたので、ちょっとおしゃべりをして、牧師館に夫を迎えにいくところなんだといいわけをしたんです。なにかいわなくてはと気があせって。でも、ミス・マープルがそれを信じたかどうかはわかりません。あのかたは――そう、ちょっと奇妙な顔をなさってましたわ。

それからミス・マープルにさようならといって、牧師館の裏木戸を通り、書斎に向かったんです。話し声が聞こえるかと思い、フレンチウィンドウにそっと近づきました。ですが、驚いたことに、なかには誰もいなかったんです。ちらっと見ただけですが、確かに誰もいませんでした。それで、わたしは急いでアトリエに行き、ローレンスに会いました」

「書斎には誰もいなかったとおっしゃいましたね、ミセス・プロザロー」

「はい。夫はいませんでした」

「じつに奇妙だ」

「おくさん、つまり、あなたはご主人の姿を見なかった」スラック警部が念を押した。

「ええ、見ませんでした」

スラック警部がメルチット大佐になにやら小声でいった。大佐はうなずいた。

「ミセス・プロザロー、そのとき、あなたがどういう行動をとったか、われわれに見せてくれませんか。どうです？」

「ええ、よろしいですよ」

アンが立ちあがると、警部がフレンチウィンドウを開けた。アンはそこからテラスに出て左手に進んだ。彼女の姿が見えなくなる。

スラック警部は横柄な態度でわたしにライティングテーブルの椅子にすわるよう、手まねで命じた。

そんなまねをするなんて、わたしは気が進まなかった。不快だったといってもいい。だが、もちろん、警部の命にしたがった。

やがて庭のほうから足音が聞こえた。足音は止まったが、それもほんのつかのまのことで、すぐに遠ざかっていった。スラック警部はわたしに、もとの場所、ライティングテーブルとは反対側の部屋の隅にもどるようにいった。

ミセス・プロザローがフレンチウィンドウからなかに入ってきた。

「まちがいなく、いまのとおりだったんですね？」メルチット大佐は訊いた。

「はい、まちがいないと思います」

「では、教えてください。あなたが書斎をのぞきこんだとき、牧師さんはどこにいましたか？」スラック警部が尋ねた。

「牧師さん？　あら、いいえ、牧師さんは見なかったわ」

警部はうなずいた。「それで、あなたがご主人を見なかったわけがわかりました。ご主人はあの隅のライティングテーブルの椅子にすわっていたんです」

「え！」アンは絶句した。恐怖で目が大きくみひらかれる。「そんな、まさか――」

「そうなんですよ、ミセス・プロザロー。ご主人はあそこにおられたんです」

「そんな！」アンは震えだした。

警部は質問をつづけた。「ミセス・プロザロー、あなたはミスター・レディングがピストルを持っているのを知っていましたか？」

「はい。ピストルを持っていると、一度だけ聞いたことがあります」

「手に取ってみたことは？」

「ありません」

「では、どこにあるか、知ってましたか？」

「さあどうだったかしら――ああ、そうだ、彼のコテージの本棚に置いてあるのを見た憶えがあります。ローレンス、あそこに置いてあったわよね？」

「ミセス・プロザロー、彼のコテージに最後に行ったのはいつですか？」

「三週間前です。夫といっしょに行って、お茶をごちそうになりました」

「それ以降は行ってない？」

「はい、行ってません。そんなことをすれば、村の噂になってしまいます」

「それは確かだ」メルチット大佐があっさりいった。「ちょっとお訊きしたいんだが、ミスター・レディングとはいつもどこで会っていたんです？」

「前は彼がオールドホールに来てました――レティスの肖像画を描きに。そ、そのあと、わたしたちは森で会ってたんです」

メルチット大佐はうなずいた。

「あの、もうよろしいでしょうか?」アンの声が急にかすれた。「すべてを打ち明けるのは――とても勇気が必要でした。それに、わたしたち、まちがいはおかしてはいません。ええ、なにも。わたしたちはただの友だち。おたがいに相手をたいせつに思っていただけです。抑えがたい、避けられない想いでしたが」

アンは訴えるようにヘイドックをみつめた。気のやさしい医者は前に進みでた。

「メルチット大佐」医者は州警察本部長にいった。「ミセス・プロザローの聞き取りはもういいんじゃないですか。彼女はたいへんなショックを受けたんだ。並々ならぬショックを」

メルチット大佐はうなずいた。「もうこれ以上、あなたにお訊きしたいことはありませんよ、ミセス・プロザロー。こちらの質問に正直に答えてくださって、ありがとうございました」

「では――あの、もう帰ってもよろしいのですか?」

「おくさんはいるかい?」ヘイドックはわたしに訊いた。「ミセス・プロザローはおくさんに会いたいんじゃないかな」

「ああ。応接室にいるはずだ」

アンとヘイドックは書斎を出ていった。レディングもいっしょだ。

メルチット大佐はくちびるをぎゅっと引き結び、ペーパーナイフをもてあそんでいた。

スラック警部は例の手紙をみつめている。

わたしはミス・マープルの推測をいってみた。

スラック警部は手紙を見直した。「ふうむ、あの老婦人のいったことは正しいようですな。

本部長、ここを見てください、わかりますか？　数字は本文とはちがうインクで書かれています。この時刻は牧師館の付けペンではなく、万年筆で書かれたものです。これがまちがっているなら、わたしはブーツを喰ってみせる！」

わたしたちはいささか興奮した。

「むろん、手紙の指紋は調べてあるんだよな？」大佐はいった。

「もちろんです。ただし、手紙からは指紋は一個も採取されませんでした。ピストルの指紋はレディングのものだけ。あの男がピストルを拾いあげて、ポケットに入れてしまう前なら、誰かほかの者の指紋もみつかったかもしれません。ですが、あの男がいじくりまわしたあとでは、たとえほかの者の指紋があったとしても、採取するのは困難です」

「最初は、ミセス・プロザローへの嫌疑が濃かった」大佐はいった。「レディングより、ずっと不利に見えた。ミセス・マープルは、ミセス・プロザローはピストルを身につけていなかったと証言したが、年配の婦人はよく見まちがいをするものだ」

わたしは黙っていたが、大佐の意見には反対だった。ミス・マープルがそういったからには、アンはピストルを持っていなかったのだ。断固として、そうなのだ。確かに、ミス・マープルは年配の婦人だが、見まちがいをするようなタイプではない。彼女はつねに、薄気味悪いほど正しいのだ。

「銃声を聞いた者が誰もいないというのが、引っかかってる。この書斎で発砲した者がいた――それならば、誰かが銃声を聞いているはずだ。たとえ、見当ちがいの方向から聞こえたような気がしたにせよ。スラック、ここのメイドから話を聞いたほうがいいな」

スラック警部はきびきびとドアに向かった。

「メアリには、牧師館のなかで銃声を聞いたか、という訊きかたをしたんですが、そういう訊きかたじゃないほうがよかったようです」わたしはいった。「警部さんがそう訊いたら、きっと彼女は聞かなかったというでしょうね。ですから、森で銃声がしたかと訊いたほうがいいと思います。台所のメアリに聞こえるとすれば、森の銃声だけですから」

「ああいう連中のあつかいかたなら心得ています」スラック警部は書斎を出ていった。

「ミス・マープルが銃声を聞いたのは、事件の発砲時刻よりあとだったそうだ」メルチット大佐は考えこんだ。「彼女が聞いたという正確な時間がわかるといいんだが。むろん、たまたま誰かが森で発砲しただけで、事件とは関係ないかもしれん」

「そうかもしれませんね」わたしはうなずいた。

メルチット大佐は書斎のなかを行ったり来たりしはじめた。三度目ぐらいで急にこういった。

「なあ、クレメント、この事件、最初に考えていたよりも、かなり複雑でややこしい様相を見せてきたな。まちがいなく、なにか裏がある」ふふんと鼻を鳴らす。「われわれが知らない、なにかがある。こちらはようやくスタート地点に立ったところだ。クレメント、スタート地点に立ったばかりだということを、頭に入れておいてくれ。いくつかの証拠はある。置き時計、書きかけの手紙、ピストル。だが、現状では、そのどれもが意味をなさない」

わたしはうなずいた。確かに、そのとおりだ。

「だが、必ずや真相を探りだしてみせる。スコットランドヤードに出動を要請する気はない。スラックは切れ者だ。凄腕の刑事だ。フェレットみたいなやつでね。きっと鼻を利かせて、真相にたどりつくだろう。これまでに何度も、みごとな働きをしてくれた。今回の事件でも手腕を発揮するだろう。いずれ、スコットランドヤードに捜査を要請しようという者も出てくるだろう。だが、それはしない。地元の州警察で真相をあばいてやる」

「ぜひそうしてください」わたしはいった。

熱意をこめてそういうべきなのだろうが、スラック警部に強い嫌悪感を抱いていたため、どうしても彼の成功を望む気にはなれなかった。事件解決に成功すれば、スラック警部は鼻もちならないというのを通り越して、唾棄すべき人間になってしまうのではないだろうか。

「こっち隣は誰の家なんだね？」メルチット大佐は身ぶりをまじえて訊いた。

「牧師館の前の道のつきあたりですか？　ミセス・プライス・リドリーの家ですよ」

「スラックがここのメイドの聞き取りを終えたら、その女性を訪ねてみよう。なにか聞いたかもしれん。耳が不自由とか、そういう女性ではないんだろう？」

「信じられないぐらいするどい聴覚の持ち主といえますね。彼女が〝たまたま耳にした〟といって聞かされたスキャンダルときたら、枚挙に暇《いとま》がないほどです」

「警察にとっては、そういうひとこそ得がたいものさ。ああ、スラックがもどってきた」

スラック警部は、猛烈な取っ組み合いをしてきたといわんばかりのようすだった。「まったく！　お宅のメイドは相当なしろものですね」

「メアリは根っからがんこなんですよ」

「警察を嫌ってる。いってきかせましたよ――法の怖さが身にしみるようにきつく。だが、さっぱり効果がなかった。まっこうから喰いつかれましたよ」

「威勢のいい娘ですからね」わたしはメアリに好感をもった。

「ですが、きっちり聞きだしました。彼女は銃声を聞いた――それも、一回だけ。プロザロー大佐がここに来て、けっこう時間がたってからだったとか。正確な時刻はわからないといってましたが、最後には魚の件で時間がわかりました。魚が届くのが遅れたんです。配達に来た店員を叱ったら、その若僧が六時半になったばかりじゃないかといいかえしたそうで。そして、その直後に銃声が聞こえた。もちろん、正確とはいえませんが、参考にはなります」

「ふうむ」とメルチット大佐。

「つまるところ、ミセス・プロザローが関わっているとは思えませんね」スラック警部はいささか悔しそうにいった。「そもそも、彼女には時間がなかった。それに、女は銃を使いたがらないものです。砒素《ひそ》を使うほうが合ってる。そう、彼女がやったとは思えません。遺憾《いかん》ながら」

スラック警部はため息をついた。

メルチット大佐がこれからミセス・プライス・リドリーを訪ねてみるつもりだというと、警部はすぐに賛成した。

「わたしも同行していいでしょうか?」わたしは訊いた。「この事件にちょっと興味があるもので」

許可されたので、わたしたち三人は牧師館を出た。ゲートを出たとたん、こんにちはと元気のいい声が聞こえた。甥のデニスが村の本通りのほうから駆けてきたのだ。

「あのう」デニスはスラック警部に話しかけた。「ぼくがお知らせした足跡の件、どうなりました？」

「庭師のものだった」警部はぶっきらぼうに答えた。

「誰かが庭師の長靴を失敬して履いていたとは思いません？」

「思わん」警部はつっけんどんにいった。

しかし、デニスはめげなかった。燃えつきたマッチ棒を二本、警部にさしだす。「牧師館のゲートのそばでみつけたんです」

「どうも」警部はマッチ棒を受けとり、ポケットにしまった。

「まさかレンおじさんが逮捕されたんじゃないですよね？」デニスはおどけた口調でいった。

「どうして？」警部が訊きかえす。

「だって、おじさんに不利な証拠がたくさんあるじゃないですか。メアリに聞いたでしょ。事件の前の日、おじさんは、プロザロー大佐がこの世から消えてしまえばいいのにっていったんですよ。そうだよね、レンおじさん？」

「あーむ」わたしはもごもごと口ごもった。

スラック警部はゆっくりと疑いの目をわたしに向けた。わたしは体じゅうがかっと熱くなった。デニスときたら、まったく困ったやつだ。ユーモアのセンスのある警官なんて、めったにいないことぐらい知っておくべきだ。

「ばかなことをいうんじゃないよ、デニス」わたしはとがった口調でいった。

無邪気な少年は驚いて目を丸くした。

「冗談だよ。おじさんは誰かがプロザロー大佐を殺したら、それは世間に貢献することになるっていっただけなんだ」

「ああ」警部はうなずいた。「メイドもそんなようなことをいってたな」

召使いというのもまた、ユーモアを解しない。こんな話題をもちだしたデニスを、わたしは胸の内でののしった。いまの話と、置き時計の件のせいで、スラック警部は死ぬまでわたしを疑惑の目で見るだろう。

「行こう、クレメント」メルチット大佐がうながした。

「どこに行くの？　ぼくもいっしょに行っていい？」デニスが訊く。

「いや、だめだ」わたしはぴしゃりといった。

ふくれっつらのデニスを残し、わたしたちは歩きだした。ミセス・プライス・リドリーの家のこぎれいな玄関ドアを警部がノックして、さらにドアベルも鳴らした。これが警察の公式訪問のマナーなのだろう。

かわいい小間使いがベルに応えてドアを開けた。

「おくさんはご在宅かな」メルチット大佐が訊く。

「いいえ」小間使いはちょっとためらってからつけくわえた。「警察に行かれました」

これはまた思いがけない展開だ。来た道をもどる途中、メルチット大佐がわたしの腕をつかんで小声でいった。

「これでまた、自分がやったと自白でもされたりしたら、わたしはほんとうに頭がおかしくなってしまうよ」

13

ミセス・プライス・リドリーが世間を驚かせるようなことをもくろんでいるとはとうてい思えないが、ではなぜ警察に行ったのだろう。警察に提出すべきだと思うほど重要な証拠（あるいは彼女が重要だとみなす証拠）をつかんだのだろうか。どちらにしろ、じきにわかる。

ミセス・プライス・リドリーは困惑ぎみの巡査を相手に、なにやら早口でまくしたてていた。帽子の飾りリボンが震えていることから察するに、相当に立腹しているようだ。彼女がかぶっているのは〝上品なおくさまのための帽子〟として知られているしろもので、この町、マッチ・ベナムの特産品だ。結いあげた髪の上にちょこんとのせるタイプの帽子だが、大きな飾りリボンのせいでけっこう重いらしい。グリゼルダはなにかというと、この帽子を買うといってはわたしを脅す。

わたしたちが警察署に入ってきたのを目にして、ミセス・プライス・リドリーのことばの奔流が止まった。

「ミセス・プライス・リドリー？」メルチット大佐は帽子を持ちあげながら声をかけた。

「わたしがご紹介しましょう」わたしはミセス・プライス・リドリーにいった。「こちらは州警察本部長のメルチット大佐です」

ミセス・プライス・リドリーはわたしにはひややかな目を向けたが、大佐にはとりつくろった、愛想のいい笑みを見せた。

「ちょうどお宅にうかがったところなんですよ、ミセス・プライス・リドリー」大佐は説明した。「それで、あなたがこちらにお出かけになったと聞きましてね」

ミセス・プライス・リドリーの態度はたちまち軟化した。「おやまあ！　この件にいささかなりとも注意が払われているのは、喜ばしいことですわね。まったく恥知らずですよ。ええ、恥知らずなことです」

確かに、殺されるというのは決して名誉な出来事ではないが、わたしなら〝恥知らず〟といういいかたはしない。このことばには、メルチット大佐も驚いているのが見てとれた。

「なにか捜査の参考になるようなことをごぞんじなんですか？」

「捜査するのがあなたたちの仕事でしょ。警察の。わたしたち市民がなんのために地方税やら国税やらを払っているのか、知りたいものですよ」

この質問は年に何度ぐらい発せられることだろう。

「われわれはベストを尽くしていますよ、ミセス・プライス・リドリー」メルチット大佐はあっさり応じた。

「でも、このおまわりさんは、わたしがいうまで、この件を知らなかったんですよ！」ミセス・プライス・リドリーは声をはりあげた。

わたしたちは三人とも巡査に目を向けた。

「このご婦人に電話がかかってきて」巡査はいった。「ひどく迷惑したとか。猥褻なことばをあびせられたようです」

「ふむ、なるほど」メルチット大佐の顔が晴れた。「どうやら話が錯綜していたようですな。あなたは苦情を訴えようと署にいらした。そうですね？」

メルチット大佐は抜け目のない男だ。腹を立てた年配の女性が相手の場合、できることはひとつしかない――ひたすら相手の話を拝聴するにかぎる。こういう女性は、いいたいことをすべてぶちまけると、ようやくひとの話に耳をかたむける余裕ができるのだ。

ミセス・プライス・リドリーはここぞとばかりに文句を並べた。「あんな恥知らずなまねは厳重に取り締まるべきです。とんでもないことですよ。わざわざ電話をかけてきて、侮辱するなんて！　ええ、侮辱ですとも。わたしはこの手のことに慣れておりません。前《さき》の戦争以降、モラルが低下しています。無責任なことを平気でいうし、しかも、若いひとたちの服装ときたら――」

「ふむふむ」大佐はあわてて口をはさんだ。「いったい、なにがあったんです？」

ミセス・プライス・リドリーは深く息を吸いこみ、口を開いた。「電話が鳴って――」

「いつのことです？」

「昨日の午後――正確にいえば、もう夕刻でした。なんの警戒もせずに電話に出たんです。そうしたら、いきなり汚いことばをあびせられ、脅されて――」

「じっさいにはなんといわれたんです？」

ミセス・プライス・リドリーの顔がうっすらと赤くなった。「わたしの口からはとうてい申せません」

「猥褻なことば、ですな」巡査がよく響く低い声でいった。

「品のないことばだった？」メルチット大佐が訊く。

「どんなことばを品がないというかによります」

「あなたにはそれとわかったんですね？」わたしは訊いた。

「もちろん、わかりました」

「ならば、品のないことばではなかったんでしょう」わたしはいった。

ミセス・プライス・リドリーはけげんな目でわたしを見た。

「上品なレディは」わたしは説明した。「当然ながら、品のないことばなど知らないものですからね」

「ええ、そういうことばではありませんでした」ミセス・プライス・リドリーはすぐにうなずいた。「ええ、確かに、最初はだまされました。ちゃんとしたメッセージだと、真に受けたんです。でも、それから——そのう——相手が口汚いことばを投げつけてきたんです」

「口汚いことば？」

「ひどく汚らしいことばです。わたしは動転してしまって」

「脅し文句でしたか？」

「ええ。わたしは脅し文句なんかには慣れていません」

「どんな脅しを受けたんですか？　傷つけてやるとか？」

「いえ、ちがいます」

「ミセス・プライス・リドリー、正確なことをいっていただかなければ。どういう脅しを受けたんですか？」

ミセス・プライス・リドリーはいかにもいやそうに答えた。「はっきりとは憶えてません。なにしろ、すっかり動揺してしまったもので。でも、最後に――ええ、そのせいで、ほんとうに気が転倒してしまって――その卑怯者は恥知らずにも笑ったんです」

「女の声でしたか？」

「へんな声でしたよ」ミセス・プライス・リドリーは怒りをこめていった。「作り声だったとしかいえません。しわがれ声だったり、かん高い声になったり。ほんとうに気味の悪い声でしたよ」

「たぶん、悪ふざけでしょうな」大佐はなだめるようにいった。

「だとすれば、おそろしく悪意に満ちたおふざけですわね。こちらは心臓麻痺《まひ》を起こしかねなかったんですから」

「調べてみましょう。警部、電話がどこからかかってきたか、突きとめてくれ。ところで、なんといわれたのか、正確なことをいっていただけませんか、ミセス・プライス・リドリー」

ミセス・プライス・リドリーの黒い服に包まれた豊かな胸の内で、葛藤《かっとう》が生じているようだ。いいたくないという気持と、しっぺ返しをしてやりたいという気持がせめぎあっているらしい。

しかし、復讐心のほうが勝ちをおさめた。

「ここだけの話にしてくださいましね」

「もちろんですとも」

「こういわれたんです――ああもう、とても口にできません――」

「ええ、それはごもっともですが」メルチット大佐が励ますようにうながす。

「〝おまえはひどい噂をばらまく性悪ばばあだ〟と。メルチット大佐、このわたしを、ひどい噂をばらまく性悪ばばあだといったんですよ！　そして〝今度ばかりはやりすぎたな。名誉毀損の罪で、スコットランドヤードが捜査している〟と」

「そりゃあ、恐ろしくなって当然ですね」メルチット大佐は笑みを隠そうと、口髭を噛みしめた。

「〝この先も口をつつしまないようなら、もっと悪いことになる――いろいろな面で〟。その脅しの口調ときたら、とてもまねできません。息を呑み、わたしは声を絞りだして訊きました――誰なの？　そうすると、〝復讐者〟というじゃありませんか。思わず小さく悲鳴をあげてしまいましたよ。まがまがしい響きでしたからね。ですが、その恥知らずは笑ったんですよ！　まちがいなく。そして、電話は切れました。受話器を架台に置く音が聞こえました。わたしは電話の交換手に、どこからうちにかかってきた電話なのか訊きましたが、わからないといわれました。交換手がどんなだか、ごぞんじでしょ。無作法きわまりなく、親切心などかけらもない」

「まったく」わたしはいった。

「わたしは気が遠くなりそうになって」ミセス・プライス・リドリーは話をつづけた。「気が高ぶって、神経がいらだってしまったんですわね。そしたら、森で銃声がしたんです。心底、仰天しました。とびあがってしまいそうになったぐらい」

「森で銃声が？」スラック警部が訊きかえした。

「なにしろ神経が敏感になってましたからね、大砲の音みたいに聞こえましたよ。思わず悲鳴をあげて、ソファに突っぷしてしまいました。小間使いのクララに、スモモ酒を持ってこさせなければならなかったぐらいです」

「それはショックでしたでしょうね」メルチット大佐はいった。「たいへんなショックでしたでしょう。つづけざまに災難がふりかかったというか。で、銃声はとても大きく聞こえたとおっしゃいましたね。すぐ近くで銃を撃ったような音でしたか？」

「神経が立ってましたんで、大きく聞こえただけです」

「ああ、なるほど。ごもっとも。ところで、何時ごろだったか、わかりますか？　電話をかけてきた相手を突きとめるのに、時間がわかると助かるんですよ」

「六時半ごろでした」

「もっと正確な時間はわからない？」

「マントルピースの上の小さな置き時計が、ちょうど六時半のチャイムを鳴らしましてね。わたしは時計が進んでいるんだと思いました。いつも進むんですよ。それで、腕時計を見たら、六時十分でした。でも、耳にあててみると、止まってるじゃありませんか。で、思いました――あの置き時計が進んでいるなら、あと一、二分で、教会の塔の時計が鳴るはずだ、と。そこでまた電話が鳴ったので、時計のことは忘れてしまいました」ミセス・プライス・リドリーは息を切らして口をつぐんだ。

「ええ、それで充分です」メルチット大佐はいった。「電話の件は調べますよ」

「ばかげた悪ふざけだと思いますよ。ご心配なさらないように」わたしもいった。

ミセス・プライス・リドリーはひややかな目でわたしを見た。献金の一ポンド紙幣が消えた件で、まだ腹立ちがおさまっていないのは明らかだ。

「最近、この村ではおかしなことばかり起こってます」ミセス・プライス・リドリーは大佐に訴えるようにいった。「ひとつ、とてもおかしなことがありましてね。プロザロー大佐はそれを調べてみようとなさった矢先に、あんな目にあってしまわれて、お気の毒に。次に狙われるのは、わたしでしょうかね」

不吉な予想に気が重くなったらしく、ミセス・プライス・リドリーは憂鬱《ゆううつ》そうに頭を振りながら帰っていった。

メルチット大佐は低くつぶやいた。「そんな幸運が降って湧いたりはしないだろうなぁ」そして顔をぐっと引き締めると、尋ねるようにスラック警部をみつめた。

警部はゆっくりうなずいた。「これで決まりですね、本部長。銃声を聞いた者が三人。誰が銃を撃ったのか、それを突きとめます。ミスター・レディングのおかげで、捜査が遅れてしまいました。ですが、どこから捜査を再開すればいいか、スタートポイントがいくつか判明しています。ミスター・レディングが犯人だと思っていたので、そういう事実にあえて目を向けることはしませんでしたが、いまは状況が変わりました。まず最初に、電話の件を調べます」

「ミセス・プライス・リドリーの？」

警部はにやりと笑った。「まあそうです。ちゃんと調べておかないと、あの婦人にまた苦情をいわれそうなので。いえ、わたしが気になっているのは、牧師館にかかってきた偽の呼び出し電話のほうです」

「そうか」メルチット大佐はうなずいた。「それは重要な問題だ」

「そして次は、事件当日、午後六時から七時のあいだ、誰がなにをしていたか、関係者全員を調べます。いや、オールドホールの全員という意味ですが。村の住人たちも相当数、調べることになるでしょう」

わたしはため息をついた。「エネルギッシュなんですね、スラック警部」

「粉骨砕身を厭わないのがわたしの信条ですよ。では、まず初めに、あなたの行動を聞かせていただきましょうか、牧師さん」

「いいですよ。電話がかかってきたのは、五時半ごろだったと思います」

「男の声でしたか？　それとも女だった？」

「女性でした。少なくとも、女性の声に聞こえました。それで、わたしはてっきりミセス・アボットだと思いこんでしまいまして」

「ミセス・アボットの声かどうか、判断できなかった？」

「ええ、そういうことです。特に妙な声ではなかったたし、ちがう人物だとは思いもしませんでした」

「それですぐに出かけていった？　徒歩で？　自転車は持っていない？」

「持っていません」

「なるほど。で、どれぐらいの距離です？」

「どの道を行っても、たっぷり二マイルはあります」

「オールドホールの森を抜けていくのが、いちばんの近道ではありませんか？」

「ええ、そのとおりです。ですが、近道でも歩きやすい道とはいえません。なので、行きも帰りも、草地を通っている小道を使いました」

「牧師館のゲートの正面から見える、あの小道ですね？」

「そうです」

「で、おくさんは？」

「妻はロンドンに行ってました。六時五十分着の汽車で帰ってきましたよ」

「なるほど。メイドにはもう会ったたし、牧師館のみなさんの聴取は終わった、と。では、オールドホールに訊きこみにいってきます。それからミセス・レストレンジに話を聞きたい。気になることに、彼女は事件前夜にプロザロー大佐を訪ねているんです。まったく、この事件はおかしなことだらけだ」

わたしも同感だ。

腕時計をちらっと見ると、もう昼食の時間だった。ありあわせの昼食になるがいっしょにどうかと、メルチット大佐を誘ってみた。大佐はお招きはありがたいが、ブルーボア亭で昼食をとるといった。ブルーボア亭では、骨つき肉に二種類の野菜を添えた、すばらしいランチが出る。じつに賢明な選択だと思う。スラック警部に尋問されたあとときては、うちのメアリはさぞ気が立っていることだろう。

14

牧師館に帰る途中、ミス・ハートネルに出会った。そして十分間あまり引きとめられ、持ち前の低くてよくとおる声で、下層階級の人々の先見の明のなさや恩知らずなことを、滔々と弁じたてられた。悶着の種は、ミス・ハートネルのいう〝貧乏人〟たちが、彼女に自宅を訪ねてこられるのを歓迎しないということらしい。わたしは彼らの気持がよくわかる。牧師という立場上、彼らのようにあからさまに反感を示すわけにはいかないのだが。

できるかぎりミス・ハートネルをなだめると、わたしはそそくさとその場を去った。

村の本通りから牧師館の前の道に入る角の手前で、ヘイドックの車に追い抜かれざま、声をかけられた。「ミセス・プロザローをオールドホールに送ってきたところなんだ」

ヘイドックは自宅のゲートの前でわたしを待っていた。「ちょっと寄らないか」

わたしはそうした。

「じつに奇妙な事件だな」ヘイドックは椅子に帽子を放り投げ、診察室のドアを開けた。すりきれた革の椅子にどさりと腰を落とすと、遠くを見るようなまなざしをまっすぐ前に向けた。なにやら思い悩み、困惑しているようすだ。

わたしは銃を撃った時間が確定したことを伝えたが、聞いているのかいないのか、彼はほとんど上の空の状態だ。

「それなら、アン・プロザローの容疑は晴れるな」ヘイドックはいった。「うん、そうか、あのふたりの容疑が晴れてうれしいよ。わたしはふたりとも好きだからね」

ヘイドックのことは信じている。だが、彼があのふたりを好きだといい、ふたりの容疑が晴れたというのに、なぜ憂鬱《ゆううつ》そうなのか、わたしは不思議に思った。今朝の彼は心の重しがとれてすっきりしていたように見えたのに、いまは平静さを失い、動揺している。

とはいえ、ヘイドックがいったことは信じられる。そう、彼はアン・プロザローとローレンス・レディングに好意をもっている。ならば、なぜ、これほど陰鬱にふさぎこんでいるのだろうか。

ヘイドックは自分に気合いを入れるようにして、気持を立て直した。「ホーズのことを話しておくつもりだったんだ。この事件のせいで、彼のことが頭から抜け落ちてしまって」

「病気なのかね？」

「基本的に、悪いところはまったくない。彼がかつて、嗜《し》眠性《みんせい》脳炎《のうえん》を患《わずら》ったことがあるのを知っているかい？　通常は眠り病といわれているのだが」

「いや、知らない」わたしは心底驚いた。「そういう病気にかかったことがあるとは、まったく知らなかったよ。本人からはなにも聞いてない。いつごろのことだね？」

「一年ほど前だ。いや、ちゃんと回復したよ――可能なかぎりは。奇妙な病気でね、精神的に影響が出るんだ。病気が治っても、人格が変わってしまうことがある」

そのあと、ヘイドックはしばらく黙りこんでいたが、やがてまた口を開いた。「いまのわたしたちは、かつて魔女が火あぶりにされた時代のことを思うと恐怖を覚える。だが、そのうちに必ず、犯罪者を絞首刑に処した過去を、おぞましく思う時代がくるだろう」

「死刑に反対なのかね？」

「まあ、そういうことかな」ふたたび黙りこみ、それからゆっくりといった。「そうだね、わたしはあんたの仕事ではなく、この仕事に就いてよかったといえるな」

「なぜだね？」

「あんたの仕事は、基本的に善悪に対処するものだ――しかしわたしは、明確に善悪が存在するのかどうか疑問に思っている。すべて腺分泌の問題だと考えてみたまえ。ある者は腺分泌の量が多く、ある者は少ない――そのために、人殺しや泥棒、常習的犯罪者が生まれるとすれば。なあ、クレメント、考えてみてくれ。人間が何世紀もの長きに渡り、道徳的非難という大義にのっとって病人を罰してきたことを。病気になるのは、本人にはいかんともしがたいことなのに。いつかそのうち、病人を罰した過去を恐怖の目で見返す時代がくる。わたしはそう信じているよ。いまだって、結核を患っているからといって、絞首刑にはしないじゃないか」

「社会的に危険というわけじゃないからね」

「ある意味では危険だよ。結核は感染するからね。いいかい、自分を中国の皇帝だと思いこんでいる男がいるとしよう。その男を邪悪だとはいわないよな。では、あんたのいう社会的な観点から見てみよう。社会は守られるべきだというあんたの意見は、わたしにもわかる。だから、社会に害をなす者を、害をなせない場所に閉じこめる――あるいは、もう少し穏便な方法で処置する――うん、そこまではわたしも理解できる。だが、それを罪ゆえの罰といってはならない。当人や家族に責めを負わせたりしてはならないのだ」

わたしはヘイドックの顔をしげしげとみつめた。「あなたの口から、こんな話を聞くのは初めてだ」

「ふだんは自説を披露したりはしないからな。いまは本音を語りたい。クレメント、あんたはそこいらの牧師よりも知的だ。だから、あえていわせてもらうよ。聖職者の専門用語として使われている〝罪〟というものは、じっさいには存在しないんだ、とね。あんたなら、寛大な心をもって、そういう可能性もあると認めてくれるんじゃないか」

「それは、いまわたしたちが受け容れている、あらゆる概念を根底から揺さぶる考えかただ」

わたしはいった。

「そうだな、わたしたちは狭量で、独善的で、なにもわかっていないのに、なんらかの判断をくだすことに汲々としているだけなんだよ。正直にいうと、犯罪というのは、警官でもなく聖職者でもなく、医者があつかうべき事例だと、わたしは考えている。おそらく、将来には犯罪という問題はなくなるだろうよ」

「医者が治してしまうから？」

「医者が治してしまうからだ。どうだい、すばらしいと思わないかね？　犯罪統計学を研究したことがあるかい？　いや、あるまい。そんな研究をする者はほとんどいない。だが、わたしは研究した。青少年の犯罪がどれほど多いか、じつに驚かされるよ。これもまた腺分泌のなせるわざさ。

たとえば、オクスフォードシャーの殺人鬼ニールは、容疑者として浮上する前に、五人の幼い少女を殺していた。表だってはなにひとつ問題を起こしたことのない、好青年だったよ。また、コーンウォールの少女、リリー・ローズはお菓子の量を減らされたからという理由で、おじを殺した。眠っているおじを金鎚で殴ったんだ。帰宅を許されたその少女は、二週間後に妹を殺した。ささいなことが原因で、妹に腹を立てたんだ。もちろん、ニールもリリー・ローズも未成年だから、絞首刑にはならなかった。施設に送られただけで。それでよかったのかもしれないし、よくなかったのかもしれない。少女のほうは疑わしいね。その子が好んでいたのはただひとつ、生きものが死ぬところを眺めることだったんだよ。

自殺がいちばん多い年齢層を知っているかい？　十五歳から十六歳なんだ。そして、自殺から他殺までのステップは、それほど遠くない。だけどそれは、モラルの欠如ということではなく、病理学の分野の問題なんだ」

「恐ろしいことをいうね」

「いや、あんたには耳新しいだけだろう。新しい真実から目をそむけてはならない。既成の概念を変えるべきだ。だが、ときとして、そのせいで人生がややこしくなる」

ヘイドックは眉根を寄せて考えこんでいたが、その顔には疲れきったような、なんともいえない奇妙な表情が浮かんでいた。

「ヘイドック、もしも殺人犯が誰か見当をつけているなら——その人物を知っているのなら——そのひとに法の裁きを受けさせるかい？　それとも、隠匿するかい？」

この質問にどんな反応が返ってくるか、わたしは予想すらしていなかった。

ヘイドックは怒りと疑念に満ちた目で、わたしをにらんだ。「どうしてそんなことをいうんだ、クレメント？　いったいなにを考えている？　ちゃんといってくれ」

「いや、べつに、ちょっと訊いてみただけだ」ヘイドックの剣幕に、わたしはめんくらってしまった。「いまは誰もがあの殺人のことを気にしている。もし、たまたま真相を知ったとすれば——それなら、あなたはどう考えるだろうと思ったんだよ。それだけのことだ」

ヘイドックの怒りはしぼんでいった。そしてまたまっすぐに前をみつめた。ただひたすら、頭を悩ませている謎を読みとこうとしているかのようだ。その謎は、彼の頭のなかにだけ存在しているらしい。

「もしある人物を疑っていたら——もし犯人を知っていたら——わたしは義務を果たすさ、クレメント。少なくとも、そうありたい」

「問題は——あなたが自分の義務をどちら側に置くかだ」

ヘイドックは不可解な目でわたしを見た。「それは、誰もが一生のうちに、必ずいつか直面する問題だろうな、クレメント。そして誰もがどちらかを選択せざるをえない」

「では、あなたは知らないんだね」

「ああ、知らない……」

こうなれば、いちばんいいのは話題を変えることだと、わたしは判断した。「甥はこの事件を楽しんでいるよ。一日じゅう、足跡とか煙草の灰とか、そんなものをみつけるのに夢中になってる」

ヘイドックは微笑した。「甥ごさんはいくつだっけ?」

「ちょうど十六歳。どんな悲劇であろうと、真剣に受けとめることがむずかしい年齢だね。シャーロック・ホームズか、アルセーヌ・リュパンになったつもりでいるようだ」

ヘイドックは思いやりのこもった口調でいった。「なかなか顔だちのいい少年だよな。この先、どういう方面に進ませようと思っているんだい?」

「あいにく、大学進学をさせてやる余裕はない。本人は商船に乗りこみたいらしい。海軍の試験には失敗したんで」

「そうか、人生というのはむずかしいものだね。だが、もっと悪いほうに向かったかもしれない。そう、もっと悪いほうに」

「そろそろ帰らなくては」腕時計を見たわたしは、思わず叫ぶようにいった。「昼食に三十分も遅れてしまった!」

わたしが帰宅すると、ほかの者たちはちょうどテーブルについたところだった。グリゼルダもデニスも午前中の捜査の成果を知りたがった。わたしは話して聞かせたが、成果といえるものはなく、わたし自身もそうだったように、ふたりの期待は空振りに終わったようだ。

しかしデニスはミセス・プライス・リドリーが受けた脅迫電話に大いに興味をもち、彼女が強いショックを受けたことや、それから立ち直るのにスモモ酒の助けが必要だったことを聞くと、そのたびに大笑いした。

「性悪ばあさんには当然の報いだよ」デニスはうれしそうにいった。「あのばあさんはこの村でいちばん毒々しい口をきく、おしゃべりだからね。ぼくが先に思いついて、あのばあさんに電話して震えあがらせてやればよかった。ねえ、レンおじさん、もう一回、あのばあさんに苦い薬を飲ませるというのはどう?」

わたしはあわてて、そんなことはしてくれるなとたのんだ。たとえ善意からとはいえ、若い連中が手助けしようとか同情を示そうとすると、ろくなことにならないのは目に見えている。

デニスの浮かれ気分が急に変わった。眉をしかめ、おとなびた表情になった。

「午前中はほとんどレティスといっしょだったんだ。グリゼルダも知ってるよね、彼女、ものすごく不安がってる。それを見せまいと努力してるけど、でも、不安でたまらないんだよ。ほんと、いてもたってもいられないぐらいに」

「そうあってほしいわね」グリゼルダはあごをつんとあげた。レティスにあまり好意をもっていないのだ。

「いつもそうだけど、グリゼルダはレティスにきつくあたりすぎると思うよ」

「そう?」

「いまどきは、喪に服さないひとだって大勢いるじゃない」

グリゼルダはなにもいわず、わたしも黙っていた。

デニスはさらにいった。「彼女、あんまりひとと話さないけど、ぼくとはよくしゃべるんだ。この事件のことをすごく心配してて、自分もなにか手助けすべきじゃないかと思ってるみたい」

「彼女にもそのうちわかるだろう」わたしはいった。「スラック警部もやはり手助けを望んでいるとね。今日の午後、警部はオールドホールに行く。警部はなんとしても真相を探ろうと、遠慮会釈なく質問攻めにして、屋敷の住人全員に耐えがたい思いをさせることだろう」

「真相ってどんなだと思う、レン？」いきなり妻がわたしに問いかけた。

「むずかしい質問だね。いまのところは、わからないとしかいえない」

「スラック警部が電話の発信元を突きとめるといってたでしょ？　ほら、誰かがアボットさんのうちのひとのふりをして、あなたにかけてきた電話よ」

「うん」

「でも、そんなことできるの？　発信元を突きとめるなんて、できないんじゃない？」

「そうは思わないな。電話の交換台には、呼びだし記録が残っているはずだから」

「まあ！」グリゼルダはなにやら考えこんでいる。

「レンおじさん」今度はデニスが話しかけてきた。「今朝、おじさんがプロザロー大佐が死んでしまえばいいといってたって、ぼくが冗談をいったら、おじさん、すごくあわてたよね。どうして？」

「なにごとにもタイミングというものがあるからだよ。スラック警部にはユーモア感覚がまるっきりない。おまえの話を真正面から受けとめ、メアリの証言とつきあわせて、あげくに、わたしの逮捕状を取るだろうよ」

「軽口をたたいても、警部には通じないってこと?」

「そうだ。あの男には軽口なんか通じない。生真面目に仕事に励み、職務をまっとうすることだけに熱意をかたむけて、いまの地位をつかんだんだ。だから、人生のささやかな楽しみに目を向ける気持も余裕もなかったんだろうな」

「レンおじさんは警部のこと好きなの?」

「いや、好きじゃない。最初に会ったときから、ひどく気にくわなかった。だが、警察官としては大いに成功する人物だというのは、まちがいないだろうな」

「プロザロー大佐を撃った犯人を突きとめると思う?」

「突きとめないにしても、それは警部の努力が至らないせいではないだろうね」

メアリがやってきた。「ミスター・ホーズが牧師さんに会いたいそうです。応接室に通しておきました。それから手紙が届きました。届けてきたひとが、返事がほしいといってます。口頭でいいとのことです」

わたしは手紙を広げた。

クレメント牧師さま
今日の午後、できるだけ早く拙宅にお越しいただければ幸いです。たいへん厄介な問題を抱えておりまして、ぜひとも助言をいただきたいのです。

かしこ
エステル・レストレンジ

「三十分後におうかがいすると伝えておくれ」わたしはメアリにいった。
それからホーズに会おうと、応接室に向かった。

15

ホーズを見たとたん、わたしはひどく心配になった。ホーズの両手は震え、顔はひくひくひきつっている。ベッドで寝ているべきだと思い、彼にもそういった。しかし彼はだいじょうぶだ、どこも悪くないといいはった。

「ほんとうに、一度だって、ぐあいが悪いなんて感じたことはないんです」

ホーズの主張はどうにも現実とはかけ離れていて、わたしはどう答えていいかわからなかった。病気に負けまいとする人間には敬意を払うが、ホーズは無謀にも、病気そのものを無視しようとしている。

「牧師館であんなことが起こってしまい、心から残念に思っていることをどうしてもお伝えしたくて」

「そうだね、気持のいい出来事ではないな」

「恐ろしい――ほんとに恐ろしい。けっきょく、ミスター・レディングは逮捕されなかったんですか？」

「そのとおり。誤解があったんだよ。そのう、彼は、えー、愚かな自白をしたんだ」

「警察は彼が無実だと認めてるんですか？」

「まちがいなく」

「すると、どういうことになるんでしょう？　つまり、ほかに疑わしい者がいると？」

ホーズがこれほど殺人事件の細部にまで強い関心をもつとは、わたしは夢にも思っていなかった。たぶん、牧師館で起こった事件だからだろう。それにしても、新聞記者さながらの執拗さだ。

「スラック警部が全面的にわたしを信用しているかどうか、わたしにはなんともいえない。わたしの知るかぎりでは、警部は特定の誰かを疑っているわけではなさそうだよ。現在は聞き取り捜査に励んでいるようだ」

「ああ、はあ、そりゃそうでしょうね。でも、あんな恐ろしいことをしようと思いつくなんて、いったいどういう人物なんでしょうね」

わたしは頭を振った。

「プロザロー大佐はひとに好かれてはいなかった。それはわたしも承知しています。でも、殺されるなんて！　殺す――よほど強い動機がなければ、そこまではいかないものです」ホーズはいった。

「そうだね」

「それほど強い動機をもつ者がいるんでしょうか？　警察はどう考えているんでしょう？」

「わたしにはなんともいえない」

「大佐をひどく憎んでいる敵がいたのかもしれませんね。考えてみれば、確かに大佐は敵を作りそうなタイプですし。法廷でもきびしすぎるという評判でした」

「そうらしいね」

「おや、憶えていらっしゃいませんか？　昨日の朝、アーチャーという男に脅されたと、大佐がいってたじゃありませんか」

「そうだったな。もちろん、憶えているとも。あのとき、きみも近くにいたのかい？」

「ええ、それで大佐の話が聞こえたんです。大佐の声は聞きちがえようがありませんからね。なにせ声が大きいでしょう？　それに、あなたのおっしゃったことが印象的でした。最後の審判のとき、大佐は慈悲ではなく、正義で裁かれるだろう、と」

「そんなことをいったかね？」わたしは眉をひそめた。記憶によれば、わたしはそういうふうにはいわなかった。

「とても印象に残るいいかたでしたよ。〝正義〟とは怖いものです。その日の夕方、気の毒なことに、大佐は撃たれて亡くなった。あなたにはその予感があったのかと思いました」

「予感なんてものは、まったくなかったよ」わたしはそっけなくいった。ホーズの神秘主義的な性向は好きではない。幻想に浸る傾向が強いのだ。

「アーチャーのこと、警察にお話しになりましたか？」

「その男のことはなにも知らない」

「いえ、プロザロー大佐がいったことを警察にお伝えになったかと思いまして。アーチャーが脅しめいたことをいっていたという話を」

「いや」わたしはゆっくりといった。「なにも伝えてない」

「でも、そうなさるつもりなんでしょう？」

わたしはなにもいわなかった。すでに法と秩序のもとで裁きを受けた者に、追い打ちをかけることなどしたくない。いや、アーチャーの肩をもつわけではない。彼は密猟の常習犯なのだ。どの教区にもいる、陽気なろくでなしのひとりだった。刑をいいわたされたときに、彼が腹立ちまぎれになにを口走ったにせよ、刑務所から出てもなお、まだその気持を失くしていないとは、どうにも考えられない。

「きみはわたしとプロザロー大佐の会話を聞いていた。その内容を警察に話す義務があると思うのなら、きみがそうすればいい」

「あなたがお話しになるほうがよろしいかと思いますが」

「そうかもしれない――だが、本音をいうと、わたしはそうしたくないんだよ。無実の者のくびに、ロープを巻きつける手伝いをすることになりかねないからね」

「でも、もし彼がプロザロー大佐を撃ったのなら――」

「もし、だろう？　彼がやったという証拠はないんだよ」

「脅迫したじゃありませんか」

「正確にいうと、脅迫したのはアーチャーではなく、プロザロー大佐だ。大佐がアーチャーに、次に捕まえたときには復讐がどんな報いを受けるか思い知らせてやるといって脅したんだよ」

「あなたのお気持がわかりません」

「わからない?」わたしはうんざりした。「きみはまだ若い。正義のためという固定観念にとらわれている。わたしぐらいの歳になれば、〝証拠不充分な場合は被告に有利に解釈する〟という考えかたをするようになるだろうね」

「そのう――わたしはそのう――」ホーズは口ごもって黙りこんだ。

わたしは驚いて、そんな彼をみつめた。

「そのう、あなたは犯人が誰か、心あたりがあるのかとお訊きしたかったんです」

「まさか」

ホーズはしつこく質問を重ねた。「では、動機に関してはどうでしょう?」

「わからないよ。きみはどう思う?」

「わたし? いえ、さっぱりわかりません。そのう、もしプロザロー大佐が、そのう、内密になにかおっしゃっていたとか――あなたにだけ打ち明けていたとか……」

「大佐の打ち明け話なら、昨日の朝、村の本通りにいた人々全員の耳に入っているよ」わたしはそっけなくいった。

「ああ、はい。まちがいなくそうですね。ではあなたは、そのう、アーチャーではないとお思いなんですね?」

「じきに警察がアーチャーのことをすっかり調べあげるだろうな。アーチャーが大佐を脅すのを、わたしがじかに聞いていれば話はちがうがね。だが、彼がじっさいに大佐を脅したのなら、村の住人の半数がそのことを知り、あっというまに警察にまで伝わっただろう。もちろん、きみはきみの思うようにすればいい」

おかしなことに、ホーズは、みずから進んで行動を起こす気にはなれないようだ。そういう態度もさることながら、ホーズは見るからにようすがおかしい。いやに神経が高ぶっている。ヘイドックの話によると、ホーズは病気なのだ。きっとそのせいだろう。もっとなにかいいたいことがあるのだが、うまくいえないというように、ホーズはしぶしぶ立ちあがった。

彼が書斎を出ていく前に、わたしは彼に、教区婦人世話人たちの会合の前におこなわれる、〈マザーズ・ユニオン〉のための礼拝を任せるといった。その日の午後は、わたし自身、なにやかやと用があって多忙だったからだ。

ホーズと彼の問題を頭のなかから追い出して、わたしはミセス・レストレンジの家を訪ねることにした。

出がけに気づいたのだが、牧師館の玄関ホールのテーブルには、ガーディアン紙とチャーチ・タイムズ紙が、手をつけられていないまま置いてあった。

レストレンジ家に向かう途中、わたしは思い出した——プロザロー大佐が殺される前の夜、ミセス・レストレンジが大佐を訪ねたという話を。その席で、なにかが起こったのかもしれない。それがわかれば、大佐が殺された事件の新たな手がかりになるだろう。

わたしはこぢんまりした応接室に通された。ミセス・レストレンジは立ちあがって迎えてくれた。彼女が醸しだす独特の雰囲気に、わたしはあらためて感じいった。黒い服をまとっているので、もともと異様なほど白い肌がいっそう白く見える。顔には生気というものがない。だが、目はいきいきときらめいている。その目に、強い警戒心がのぞいている。とはいえ目を別にすれば、ぜんたいに生気がない。

「おいでくださってありがとうございます、牧師さん」握手を交わしながら、彼女はいった。

「先日、お話ししたかったのですが、あのときは決心がつかなくて。でも、お話ししなかったのはまちがいでした」

「先日も申しあげたとおり、わたしでお役に立てるのなら、なんなりといたしますよ」

「ええ、そうおっしゃってくださいましたわね。それも、心から。これまで、親身になって助けてやろうといってくださるかたは、ほとんどいませんでした」

「ミセス・レストレンジ、それはとうてい信じがたいお話ですね」

「でも、ほんとうです。たいていのかたは、ええ、たいていの男性は、自分のことしか考えませんもの」苦々しい口ぶりだ。

わたしが黙っていると、彼女はいった。

「どうぞおすわりになって」

ミセス・レストレンジはわたしの向かい側の椅子に腰をおろした。ほんのつかのま、ためらっていたが、ゆっくりと、気持をこめて話しはじめた――一語一語、ことばの重みを測ってから口にするかのように。

「牧師さん、わたしはとても特殊な立場にいます。それで、ぜひ助言をいただきたくて。今後どうすればいいのか、教えていただきたいんです。過去は過去。やりなおすことはできません。おわかりですよね？」

わたしが返事をする前に、玄関で応対してくれたメイドがドアを開け、ひきつった顔でいった。「たいへんです、おくさま！　警察の警部さんが来て、おくさまと話がしたいといってます！」

ミセス・レストレンジの表情は変わらなかった。ゆっくりと目を閉じ、また開いただけだ。一、二度、唾を呑んでから、はっきりしたおだやかな声でいった。「お通ししてちょうだい、ヒルダ」

わたしが立ちあがりかけると、ミセス・レストレンジは悠揚たる手つきで、そのままますわっているように指示した。「牧師さんさえよろしければ、同席してくださるとありがたいのですが」

わたしはまた椅子に腰を落とした。「そうお望みならば」わたしがもごもごとつぶやいていると、スラック警部がいつものようにきびきびした足どりで部屋に入ってきた。

「こんにちは、マダム」

「いらっしゃいませ、警部さん」

警部はわたしに目を留めると、渋い顔になった。まちがいなく、警部はわたしに好意をもっていない。

「牧師さんに同席していただいてもよろしいでしょう？」ミセス・レストレンジはいった。

警部としては、それはけしからんとはいえないはずだ。

「そうですな」警部はしぶしぶ同意した。「しかし、できれば——」

警部のほのめかしにも、ミセス・レストレンジはいっこうに動じなかった。「どんなご用でしょうか、警部さん」

「ほかでもありません。プロザロー大佐が殺された事件に関わることです。わたしはその事件を担当し、みなさんに事情聴取をしています」

ミセス・レストレンジはうなずいた。

「形式的な質問ですが、みなさんにお訊きしています——昨日の午後六時から七時のあいだ、どこにいたか、と。ええ、形式的な質問ですよ」

ミセス・レストレンジの平静な態度は、まったく崩れなかった。「昨日の午後六時から七時のあいだ、わたしがどこにいたか、お知りになりたいんですね」

「ぜひとも」

「ええっと、そうですね」いいさして、ちょっと考えこむ。「ここにおりましたわ。自宅に」

「なるほど」警部の目が光った。「お宅のメイドが——メイドはひとりしかいないようですな——それを裏づけることができますか？」

「いいえ。昨日の午後、ヒルダはお休みで、外出していました」

「そうですか」

「ですから、わたしのことばを信用していただくしかありません。あしからず」

「午後はずっとご自宅にいたとおっしゃるんですね」

「あら、お聞きになりたいのは、午後六時から七時のあいだ、どこにいたかということでしたよね。まあいいでしょう、午後の早い時間、ちょっと散歩に出ました。五時前には帰宅しましたわ」

「それでは、あるご婦人が――たとえば、ミス・ハートネルが――六時ごろお宅を訪ねたけれど、ベルを鳴らしても応答がなかったのであきらめて帰ったといっているのですが。彼女が勘違いしたということでしょうかね？」

「いいえ」ミセス・レストレンジはくびを横に振った。

「しかし――」

「メイドがいれば、わたしは留守だといってもらえます。でも、わたしひとりだったら、そして、訪問者に会いたくない気分だったら――ベルが鳴っても、放っておくにかぎります」

スラック警部は少しばかり戸惑ったようだ。

「わたし、ご年配の女性が苦手なんですよ。ことのほか、ミス・ハートネルが苦手でして。あのかた、少なくとも五、六回ベルを鳴らしてから、あきらめてお帰りになったと思います」ミセス・レストレンジは警部にいたずらっぽく笑いかけた。

警部は攻めかたを変えた。「では、誰かがあなたを外で見かけた、それも六時から七時のあいだに――」

「まあ。でも、誰も見てないんでしょ？」ミセス・レストレンジはすばやく警部の機先を制した。「わたしは自宅にいましたから、外で見かけられるはずはありません。おわかりですね」

「ええ、よくわかりました」

警部は椅子を動かして、椅子ごとミセス・レストレンジに近づいた。「もうひとつ、わかっていることがあります。プロザロー大佐が殺された前日の夜、あなたがオールドホールを訪ね、大佐に会ったことです」

ミセス・レストレンジは淡々と答えた。「そのとおりです」

「どういう用件だったのか、聞かせてもらえますか？」

「ごく私的な用件でしたのよ、警部さん」

「すみませんが、その私的な用件とやらの、内容を聞かせてもらわなくてはなりません」

「お話しする気はありません。その内容が犯罪とはなんの関係もないということは、請け合います」

「いい判断だとは思えません」

「いずれにしても、わたしのことばを信用していただくしかありませんわ、警部さん」

「じっさいのところ、なにごとにしろ、あなたのことばを信じるしかないようですな」

「そのようですね」あいかわらず、ミセス・レストレンジはおだやかな微笑を浮かべている。

スラック警部の顔が赤くなった。「これは重大な事件なんですよ。当方としては真実を知りたい」警部は拳《こぶし》でどんとテーブルをたたいた。「そして、それを突きとめるつもりです」

ミセス・レストレンジはなにもいわなかった。

「いいですか、マダム、あなたは自分で自分を窮地に追いこんでいるんですよ。それがわかってますか？」

やはり、ミセス・レストレンジはなにもいわなかった。

「検死審問では、証言を求められますよ」

「はい」

そっけないいいかただ。語気が強くなることもなく、関心もない口調。警部はまた攻めかたを変えた。

「プロザロー大佐とはお知り合いだった？」

「ええ、知り合いでした」

「親しかった？」

少し間《ま》をおいてから、ミセス・レストレンジは答えた。「この数年は疎遠でした」

「ミセス・プロザローともお知り合いだった？」

「いいえ」

「失礼ですが、他人の家を訪問するにはおかしな時間でしたね」

「わたしからいえば、そんなことはありません」

「どういう意味です？」

ミセス・レストレンジは明瞭に、明確に答えた。「プロザロー大佐とふたりきりでお会いしたかったんです。ミセス・プロザローやミス・プロザローには会いたくなかった。用件を果たすためには、それがいちばんよかったんです」

「なぜ夫人やお嬢さんに会いたくなかったんですか」

「警部さん、それはわたしの勝手でしょう?」

「では、それ以上なにもいいたくない、と?」

「そのとおりです」

スラック警部は立ちあがった。「マダム、気をつけないと、自分から不利な立場にはまりこんでしまいますよ。すべてが悪い方向を示している——非常に悪い方向を」

ミセス・レストレンジは笑い声をあげた。この女性は容易に脅しに屈する相手ではないと、わたしはスラック警部にいってやりたかった。

「それでは」警部は威厳を損ねないうちに撤退するほうを選んだ。「警告はしましたからね。あとになって、そんなことは聞いてないなどとおっしゃらないように。では失礼します。警察は真実を突きとめるつもりだということをお忘れなく」

スラック警部は立ち去った。

ミセス・レストレンジは立ちあがり、わたしに手をさしだした。「お見送りしますわ——ええ、そのほうがいいかと。いまとなっては、助言をしていただくには遅いようです。わたしはもう、自分の行くべき道を選んでしまいましたから」

ミセス・レストレンジは哀しげな声でくりかえした。

「自分の行くべき道は、もう選んでしまいました」

16

玄関ステップのところで、ヘイドックに出くわした。彼は、ちょうどゲートを出ていくスラック警部のうしろ姿に、するどい一瞥をくれた。そして、わたしに訊いた。「彼女を尋問したのかね？」

「ああ」

「礼儀正しく？」

わたしとしては、あの警部は〝礼儀正しい〟という社交術を学んだことがないとしか思えないのだが、それはともかく、彼なりに礼儀正しかったとみなせるし、ことさらにヘイドックを刺激したくもなかった。なので、警部は礼儀正しかったといっておいた。

ヘイドックはうなずき、わたしの側を通って玄関ドアに向かった。わたしが村の本通りを進んでいくと、スラック警部に追いついてしまった。警部はちゃんと目的があって、わざとゆっくり歩いていたに決まっている。たとえわたしを嫌っていても、有益な情報を得ることを嫌うような男ではない。

「あの婦人のことをなにか知ってますか？　なんでもいいんですが」単刀直入な質問だ。

わたしはなにも知らないと答えた。

「ここに来る前はどこに住んでいたか、いいませんでしたか？」

「いいえ」

「だのに、わざわざ会いにいく？」

「教区民のお宅を訪ねるのは、わたしの務めのひとつです」彼女に来てほしいとたのまれたことは口にしなかった。

「ふうむ、なるほど」スラック警部はつかのま黙ったが、得るところのなかったミセス・レストレンジへの尋問の失敗をとりつくろいたい、という誘惑に勝てなくなったらしく、また口を開いた。

「ごく私的な用件。じつにあやしい」

「そうですか」

「なんなら、〝脅迫〟とはっきりいってもいい。プロザロー大佐が表だってはどういう人物だったかを考えれば、脅迫なんぞ、不適当に思えるでしょうな。ですが、そうとはかぎらない。二重生活を送っている教区委員は、なにも大佐が最初で最後というわけではありませんからね」

これと同じ問題について、ミス・マープルもなにやらいっていたことを、わたしはぼんやりと思い出した。

「そんなことがありうると思いますか？」わたしは訊いた。

「それだと事実に即するんですよ。あの垢抜けした、身なりのいい女性がなぜこんな田舎の、あんなつつましい住まいに引っ越してきたのか。訪問するには不適切な時間に、なぜ大佐に会いにいったのか。なぜ、ミセス・プロザローとミス・プロザローには会おうとしなかったのか。そう、すべて、つじつまが合う。だが、彼女としてはおいそれと認めるわけにはいかない――脅迫は犯罪ですからね。

とはいえ、突きとめてみせますよ。ええ、わかってますとも、この事件に重大な関係があるかもしれないとね。プロザロー大佐がなにかうしろめたい秘密を抱えていた――それも、恥ずべき秘密を。とすれば、捜査がどれほど進展するか、あなたにもわかるでしょう?」

それはわたしにもわかる。

「プロザロー家の執事から情報を聞きだそうとしたんですがね。大佐とミセス・レストレンジの会話を、ちょっとぐらい盗み聞きしたかもしれないと期待して。執事という手合は、ときどきそういうまねをするものですから。だが彼は、ふたりがどんな話をしていたか、まったく見当がつかないというんです。しかし、この件が原因で、執事はくびになりました。彼女を家に入れたということで、怒った大佐にどなりつけられたんですな。執事も負けてはいない。この屋敷に仕えているのに嫌気がさしていたので、いずれやめようと思っていたといいかえしたんです」

「ほほう」

「で、ここにまたひとり、大佐を恨んでいる人物が浮上してきたわけです」

「本気であの執事を疑っているんですか? えーっと、なんという名前だったか……」

「リーヴズ。いや、彼を疑っているとはいってません。疑わしいかどうかもわからない、といっているんです。わたしとしては、口先がうまくて、やけに愛想のいいあいつの態度が気に入らない」

リーヴズのほうは警部のことをどんなふうにいうだろうか？

「次はプロザロー家のお抱え運転手に話を聞くつもりです」警部はいった。

「それなら、車に同乗させてもらえませんか。ミセス・プロザローとちょっと打ち合わせをしたいので」

「どんな用です？」

「葬儀の件で」

「ああ」警部は意表を衝かれたようだ。「明日、土曜日は検死審問が開かれますよ」

「ええ、わかってます。ですから、葬儀はおそらく火曜日あたりになるでしょうね」

スラック警部は自分のぶっきらぼうな態度を、少しは恥ずかしく思ったらしい。平和のしるしであるオリーブの小枝のかわりに、お抱え運転手マニングの尋問にわたしも立ち会っていいといって、和解の気持を表わした。

マニングは二十五、六歳ぐらいの好青年だ。警部を怖がっているのが見てとれる。

「さてと」スラック警部は切り出した。「あんたに情報を提供してもらいたい」

「は、はい、け、警部さん」マニングはもごもごといった。

たとえマニングが殺人犯だとしても、これほど怯えたりはしないだろう。

「昨日、ご主人を村まで送ったな」

「はい」

「何時ごろだった？」

「午後五時半ごろ」

「ミセス・プロザローもいっしょだった？」

「はい」

「まっすぐ村に行ったのか？」

「はい」

「途中、どこにも寄らなかったんだな？」

「はい」

「村に着いてからはどうした？」

「大佐は車を降りて、迎えはいらない、歩いて帰るとおっしゃいました。おくさまは買い物をなさいました。買った物は車に積みこみまして。それで、もうお帰りといわれたんで、おれはお屋敷にもどりました」

「おくさんを村に残して？」

「はい」

「それは何時ごろだった？」

「六時十五分です。六時十五分ちょうどでした」

「そのとき、おくさんはどこにいた？」

「教会の前です」

「大佐はどこに行くといってなかったか？」

「獣医さんに会わなきゃならんとおっしゃってました。そのう、馬の一頭がどうとか……」

「なるほど。で、あんたは教会の前からまっすぐに屋敷に帰った？」

「はい」

「オールドホールには出入り口が二箇所あるな。南の番小屋《サウスロッジ》のそばと、北の番小屋《ノースロッジ》のそば、双方に門がある。村に行くには、南の門を通ったんじゃないか？」

「はい、いつもそうしてます」

「で、同じ道を帰ってきた？」

「はい」

「うん。そんなところかな。おや！　ミス・プロザロー」

レティスが例によって、ふらふらとただようように、こちらにやってきた。

「フィアットに乗りたいのよ、マニング」レティスはいった。「エンジンをかけてくれない？」

「はい、かしこまりました」

マニングはツーシーターの車のボンネットを開けた。

「ちょっと待ってください、ミス・プロザロー」スラック警部はレティスに呼びかけた。「昨日の午後、誰がどこでなにをしていたか、関係者全員の記録が必要なんです。恐縮ですが」

レティスは警部をみつめた。「あたし、時間のことなんか、気にしたことない」

「昨日、昼食のあとすぐに、お出かけになったはずですが、どうです？」

レティスはこっくりとうなずいた。

「どちらへ？」

「テニスをしに」

「どなたと？」

「ハートリー・ネイピアさんちのひとたちと」

「マッチ・ベナムで？」

「そう」

「で、帰宅したのは？」

「わからない。時間なんて気にしたことないって、いったでしょ」

「帰宅したのは」わたしは口をはさんだ。「七時半ごろだったよ」

「ああ、そうだ。帰ったら、大騒ぎのさいちゅうだったのよ。アンが青い顔をしてて、グリゼルダがつきそってたっけ」

「ありがとう、お嬢さん」警部はいった。「知りたいことはそれだけです」

「へんなの。ちっともおもしろくない」レティスはフィアットに向かった。

警部は額を軽く指でたたいた。「ここがちょっと弱いのかな？」

「いいえ、そうじゃありません」わたしはいった。「だが彼女自身は、そう思われるのを良しとしていますがね」

「ふうん。じゃ、次はメイドたちを尋問しよう」

スラックはとうてい好きになれない男だが、そのエネルギッシュな行動力は見あげたものだ。

わたしは警部と別れ、執事のリーヴズにミセス・プロザローにお会いしたいといった。

「ただいま、おくさまはお休みになっておられます」

「それなら邪魔をしないほうがよさそうだね」

「ちょっとお待ちいただけますでしょうか。おくさまも牧師さんにはお目にかかりたいはずですので。昼食のとき、そうおっしゃっていらっしゃいました」

リーヴズはわたしを応接室に通し、明かりをつけた。喪中のため、窓にはブラインドが下りているので、昼間でも室内が暗いのだ。

「やりきれないことになったね」

「はい、さようで」

リーヴズの声は冷静で、敬意のこもった口ぶりだ。

わたしは彼の顔を見た。平然とした態度の裏では、どんな感情がうごめいているのだろう？いったい、彼はどれほどのことを知っているのだろうか、そして、それをわたしに話してもいいと思っているのだろうか？〝有能な召使い〟という仮面はあまりにも非人間的で、素顔をうかがい知ることはできない。

「ほかになにかご用はございませんか？」

執事の仮面の裏には、さっさとこの場を去りたいという願望が隠れてはいないか？

「いや、もういいよ」

待つほどもなく、アン・プロザローがやってきた。わたしたちは葬儀の打ち合わせをして、いくつか手配すべきことを相談した。そのあと、アンはいった。

「ドクター・ヘイドックはすばらしいかたですね」

「わたしの知るかぎり、最高にいい人間です」

「驚くほど親切にしていただいてます。でも、どこか寂しげに見えますわね。そうじゃありません？」

ヘイドックが寂しげだという認識はなかった。胸の内で、よく考えてみる。

「いや、まったく気づきませんでした」わたしは白状した。

「わたしも気づかなかったんですよ、今日まで」

「悩みを抱えている者は、ときとして、目がするどくなるものです」

「それは真実ですわね」

そういうと、アンは少し間《ま》をおいてから、また話しだした。「牧師さん、わたしにはどうしても納得できないことがあるんです。夫が撃たれたのが、わたしがあの場を離れた直後だったのならば、なぜ銃声が聞こえなかったんでしょう？」

「発砲されたのは、もっとあとだったと思われます。そう信じられる理由があるんですよ」

「でも、手紙には六時二十分と記されていたんでしょう？」

「別の人物――つまり犯人があとから書きくわえた可能性があるんです」

アンの顔から血の気が引いた。「まあ、なんてこと！」

「記された時刻の数字が、大佐の筆跡《ひっせき》とちがっていたことに気づきませんでしたか？」

「あの手紙の文字も、夫が書いたようには見えませんでした」

なかなか観察力がある。確かに、読みにくいなぐり書きで、いつもの大佐の筆跡――きちきちとした几帳面《きちょうめん》な文字ではなかった。

「あのう、ローレンスがもう疑われていないというのは確かですか？」

「彼の容疑はきれいに晴れましたよ」

「それなら、いったい誰があんなことを？　ルシアスは、決してひとさまに好かれてはいませんでしたが、殺したいほど憎んでいた敵がいたとは思えません」

わたしは頭を振った。「謎ですね」

ミス・マープルは容疑者は七人いるといったが、わたしには見当もつかない。七人もの容疑者……ひとりとして思いつかない。

プロザロー家を辞去したわたしは、ちょっとした計画を実行に移すことにした。

オールドホールの私道である小径を抜けて、牧師館の裏の路地に向かう。路地の手前の踏み越し段まで行くと、少しあともどりする。そして、茂みが押し分けられたような跡のある場所をみつけた。小径をそれ、その跡をたどって進む。灌木《かんぼく》はみっしりと茂り、もつれた下草とからみあっていて、歩きにくい。のろのろと進んでいくと、いきなり、誰かが茂みのなかを歩いてくる音が聞こえた。それほど遠い距離ではない。つい立ちどまってぐずぐずしていると、ローレンス・レディングが近づいてくるのが見えた。大きな岩を抱えている。

わたしがよほど驚いた顔をしていたのだろう、レディングがわっと笑い声をあげた。

「いや、この岩は事件の手がかりなんかじゃありません」レディングはいった。「社交上の貢ぎ物なんです」

「社交上の貢ぎ物？」

「そう、交渉の基盤とでもいいますか。牧師館のお隣さん、ミス・マープルを訪問するための口実がほしくてね。以前から、彼女が造っている日本庭園用に形のいい岩や石を探しているといってたんで」

「わたしもそれは知っているよ。だが、口実をこしらえてまであの老婦人に会おうというのは、どうしてなんだね？」

「こういうことなんです——昨日の夕方、なにか見るべき事柄があったとすれば、ミス・マープルはきっと見てます。いや、必ずしも、あの事件と関係がなくていいんです——事件と関連があると、彼女がみなすようなことでなくてもいいんです。なにか日常とはかけ離れたことというか、異様な出来事とか、そういうささいなことが真相にたどりつく手がかりになるかもしれない。ミス・マープルがわざわざ警察にいうほどのことではないと思っている、そんなちょっとした出来事がね」

「それはありそうだ」

「とにかく、やってみる価値はありますよ。ぼくはこの事件の真相を探るつもりです。ほかでもない、アンのために。それに、あのスラックという警部は信用できなくて——あの男、職務熱心だけど、熱意というやつは、頭脳の働きのかわりにはなりませんからね」

「すると、きみは探偵小説の主人公、素人探偵の役を果たそうということなんだね。現実では、素人探偵がプロの警官に太刀打ちできるのかどうか、わからないが」

レディングはわたしをじろっと見たかと思うと、ほがらかな笑い声をあげた。「ところで、牧師さんは森でなにをしてるんですか？」

わたしは顔を赤らめるぐらいのつつしみはもっている。

「きっと、ぼくと同じなんだ。ぼくと同じことを思いついたんですね、そうでしょ？

〝犯人はいかにして書斎に行ったのか？〟

第一のルート——路地を抜けて裏木戸から。

第二のルート——玄関ドアから。

第三のルート——いや、待てよ、三番目はあるのかな？

ぼくはこう考えたんです——牧師館の庭の近くの茂みに、ひとが通った跡とか、枝が折れている箇所があるんじゃないか、と」

「うん、わたしもまったく同じことを考えていたんだ」

「だけど、ぼくはまだその線を追うところまでいってないんです」レディングはいった。「まず最初にミス・マープルに会ったほうがいい、とひらめいたんでね。昨日の夕方、ぼくとアンがアトリエにいたあいだ、誰も路地を通らなかったのはまちがいないか、確認すべきじゃないかと」

　わたしは頭を振った。「ミス・マープルは誰も通らなかったと断言してるよ」

「ええ、彼女が声をかけようと思うような者は、誰も通らなかった――頭のネジがゆるんでるみたいないいかたですけど、いいたいことはわかってもらえますよね？　たとえば、郵便配達とか、牛乳配達とか、ご用聞きの肉屋の小僧とか、ふだんから見慣れているんで、かえって、わざわざいわないってことがあるんじゃないかな」

「きみ、G・K・チェスタトンを読んでいるね」

　レディングはうなずいた。「でも、その考えも頭っから否定はできないでしょ？」

「うん、それは認める」

　そこで意見交換はやめにして、わたしたちはミス・マープルの家に向かった。庭仕事をしていたミス・マープルは、踏み越し段から路地に出たわたしたちを見ると、声をかけてきた。

「ほらね」レディングは小声でいった。「あのひとがなにかを見逃すことなんか、ぜったいありえない」

　ミス・マープルはわたしたちを歓迎し、レディングが抱えてきた大きな岩をうやうやしく進呈すると、とても喜んだ。

「まあ、お気遣い、ありがとうございます、ミスター・レディング。気にかけてくださって、ほんとうにありがとう」

ミス・マープルの感謝のことばに元気づいたレディングは、彼女に質問した。

それを注意深く聞いてから、ミス・マープルはいった。「ええ、あなたのおっしゃりたいことはわかりますし、そのとおりだと思いますよ。そういうひとたちを見かけても、わざわざひとにいったり、とりたてて妙に思ったりはしないものです。でも、そういうことはなかったと断言できます。なにもなかったと」

「確かですか、ミス・マープル？」

「確かです」

「それでは、昨日の午後、誰かが路地から森に入っていきませんでしたか？」わたしは訊いた。

「あるいは、その逆に、誰かが森から路地に出てきたとか？」

「ええ、何人も。ストーン博士とミス・クラムがあちらから――この路地は発掘中の古いお墓に行く近道ですからね。午後二時をちょっと過ぎたころでした。それからしばらくして、ストーン博士がもどってこられて。ええ、それはミスター・レディング、あなたもごぞんじですね。博士はあなたとミセス・プロザローに出会って、三人いっしょにあちらに向かわれましたもの」

「ところで」わたしは訊いた。「銃声のことですが。ミス・マープル、あなたが聞いた銃声のことです。あなたが聞いたのなら、ミスター・レディングとミセス・プロザローも聞いたはずですよね」

わたしはレディングに目を向けた。

「そうです」レディングは眉根を寄せた。「銃声が聞こえましたよ。一発、いや、二発だったかな」

「わたしは一発しか聞いてません」ミス・マープルはいった。

「どうも記憶がぼんやりしてて。うーん、はっきり思い出せればいいのに。ちゃんと憶えていさえすれば。あんな思いをせずに……」レディングは当惑して口ごもった。

わたしはわざとらしく咳払いをした。

ミス・マープルはさりげなく話題を変えた。「スラック警部は、わたしが銃声を聞いたのは、ミスター・レディングとミセス・プロザローがアトリエを出たあとだったか前だったか、しつこく聞きだそうとなさいましたよ。あいにく、正確なことはいえませんでしたが、わたしの感覚では――考えれば考えるほど確かに思えてきたんですけど――あとでしたね」

「どっちにしろ、高名なストーン博士は嫌疑からはずれるわけだ」レディングはため息をついた。「もっとも、博士が気の毒な大佐を撃ち殺す動機なんて、これっぽっちも思いつかないし」

「あら、わたしはいつも、相手が誰にしろ、疑ってかかることこそ、慎重なやりかただと思っていますよ。つまり、どんなことにしろ、わかっていることなど、ひとつもないんですから。そうじゃありませんか？」

じつにミス・マープルらしい考えだ。わたしはレディングに、銃声に関して、ミス・マープルと同じ意見かどうか訊いてみた。

「いや、ほんとうになんともいえないんですよ。銃声なんてめずらしくありませんからね。それに、どうも、アトリエにいたときに銃声を聞いたような気がします。アトリエにいると、銃声がくぐもって聞こえますし、へたをすると気づかない場合もあります」

音がくぐもって聞こえる理由は、ほかにもある——わたしはそう思いついた。

「アンに訊いてみるべきだな」レディングはいった。「彼女なら憶えているかもしれない。それはともかく、ほかにも説明が必要な、不可解な事実があるんですよ。セント・メアリ・ミード村の謎の女性、ミセス・レストレンジが水曜日の夜、夕食後にプロザロー大佐に会いにいった件です。いったいどんな用事があったのか、誰にもさっぱりわからないらしくて。大佐はおくさんにも娘のレティスにも、なにもいわなかったそうです」

「牧師さんはごぞんじなんじゃないかしら」ミス・マープルがいった。

今日の午後、わたしがミセス・レストレンジを訪ねたことを、ミス・マープルはどうして知っているのだろう？　彼女の情報収集ときたら、薄気味悪いほど、つねに正確なのだ。

わたしはくびを横に振り、わたしにはなにもいう権利はないといった。

「スラック警部はどう考えていらっしゃるのかしら？」ミス・マープルは質問を変えた。

「警部は執事を脅して聞きだそうと、しゃかりきになってるはずですよ。ですが、あの執事は、ドアの向こうで盗み聞きするほど好奇心が強い男じゃありません。ですから——けっきょく、誰もなにも知らないんじゃないでしょうか」

「でも、会話の断片でも、誰かがなにかしら小耳にはさんだんじゃないかしら」ミス・マープルは期待するようにいった。「だって、いつだって、そういうものなんですから。ミスター・レディングがなにかを探りだせるとすれば、そのあたりだと思いますよ」

「でも、ミセス・プロザローはなにも知りませんよ」レディングはいった。「アン・プロザローが聞いたといったわけではありません。わたしがいっているのは、メイドさんたちのことですよ。ああいうひとたちは警察に話すのをとてもいやがるんです。でも、ハンサムな若い男性で——ミスター・レディング、すみませんね、ぶしつけで——しかも、無実なのに不当に疑われたかたが相手なら。ええ、そりゃあもう、進んで話してくれますとも」

「今日の夕方にでもやってみます」レディングは意気ごんだ。「ヒントをありがとうございました、ミス・マープル。これから、牧師館でちょっと用をすませてから、さっそくそっちをあたってみます」

わたしは彼といっしょに行動したほうがいいと思いついた。

ミス・マープルに礼を述べてから、レディングとわたしはもう一度、森に向かった。

プロザロー家の小径をもどり、誰かがそこからわきにそれたと、はっきりわかる地点まで行ったた。だが、レディングはすでにその跡をたどってみたが、見るべきものはなにもなかったという。それでも、もう一度調べてみようといった。なにか見落としたかもしれないから、と。

だが、彼のいったとおりだった。十ヤードかそこいら進んでいくと、茂みの枝が折れたり、落ち葉が踏みにじられたりしている跡がぱったり途絶えてしまった。ここでレディングがあきらめて小径にもどる途中、やはりその跡を捜索していたわたしに出会ったというわけだ。

わたしたちはあともどりして、小径をさらに少し先まで行ってみた。そして新たに、茂みが荒らされたように見える地点をみつけた。その痕跡は微々たるものだったが、まちがいようのないものだ。今度はなにか収穫がありそうな予感がする。曲がりくねってはいるが、着実に牧師館に近づけるルートだ。それをたどっていくと、牧師館の塀に沿って、灌木が密生しているところに出た。高い塀の上には、割れたビンのかけらが埋めこまれている。何者かがここにハシゴをかけたとすれば、塀を乗り越えた跡がみつかるはずだ。

ゆっくりと塀に沿って歩いていくと、突然、枝がぽきぽき折れる音が聞こえた。からまりあった茂みを苦労して押し分け、前のめりに身をのりだす——と、スラック警部と顔をつきあわせることになった。

「あなたでしたか」警部はいった。「それに、ミスター・レディング。ふたりでなにを企んでいるんですか?」

いささか意気消沈して、わたしたちは説明した。

「ふうん、なるほど。われわれ警察はともすればばかにされがちですが、わたしもあなたがたと同じことを考えましてね。一時間以上もここいらを調べてたんですよ。捜査結果を聞きたいですか?」

「ええ」わたしはおとなしくうなずいた。

「誰が犯人であろうと、ここを通っちゃいません。塀のこちら側にも向こう側にも、なんの痕跡もない。プロザロー大佐を殺したやつは、正面の玄関ドアから牧師館に入ったんです。侵入口は、ほかに考えられない」

「ありえない」わたしは思わず大声をだした。

「ありえないって、なぜです？　いいですか、牧師館の玄関ドアはいつも開いている。誰でも入ってこられる。台所からは見えない。誰もが、牧師さんが留守だということも、ミセス・クレメントがロンドンに行っていることも、ミスター・デニスがテニスパーティに出かけていることも、ちゃんと知っていた。A・B・Cのように簡単で明白。犯人は、来るにしろ帰るにしろ、村を通る必要がないんです――牧師館の前には、公共の小道がありますからね。その小道を使えば、この森に入るも出るも自由自在だ。ミセス・プライス・リドリーがまさにその瞬間に自宅のゲートから出てこないかぎり、いわば順風満帆で事が運ぶというわけです。塀をよじのぼって乗り越えるよりは、簡単至極。ミセス・プライス・リドリーの家の二階側面の窓からは、塀のこちら側まで丸見えですからな。それを考えれば、犯人は塀を乗り越えたりはしなかった」

今回ばかりは、警部が正しいように思えた。

17

翌朝、スラック警部がわたしに会いにきた。前よりはうちとけた態度だ。そのうち、置き時計の針を進めてあった、あの一件を忘れてくれるかもしれない。

「やあ、牧師さん」警部はめずらしく愛想がいい。「あなたが受けた電話の発信元を突きとめましたよ」

「で？」わたしは急《せ》くように訊いた。

「それが奇妙なんです。オールドホールのノースロッジからかけられたものでしてね。いま、そこに番人は住んでません。前の番人は年金をもらって退職したんですが、新しい番人はまだ決まってないんです。誰もいないだけではなく、つごうのいいことに、裏の窓には鍵がかかってなくて。しかし、電話機に指紋はついていませんでした——きれいに拭きとられていたんですよ。そこが問題です」

「どういう意味ですか？」

「つまり、あの電話は、牧師さんをおびきだすためにかけられたということです。要するに、念入りに計画を立てていたんですよ。害のないいたずらなら、念入りに指紋を消したりはしません」

「ええ、そうでしょうね」

「しかも、犯人はオールドホールの実情にくわしい。ですが、電話をかけたのはミセス・プロザローではない。あの日の午後、彼女がどこにいてなにをしたか、すっかり調べあげていますからね。召使いたちも、おくさんは午後五時半まで屋敷にいたと証言しています。そのあとは、大佐といっしょに、車で村に向かった。村に着くと、大佐は馬のことを相談するために、獣医のクイントンに会いにいった。ミセス・プロザローは食料品店と魚屋に行って買い物をしてから、まっすぐに例の路地に向かい、ミス・マープルと立ち話をした。彼女が買い物をした店の者たちは口をそろえて、夫人はハンドバッグを持ってなかったといってます。ミス・マープルのいったとおりでした」

「あのひとのいうことは、いつも正しいんです」わたしはやんわりと請け合った。

「それから、ミス・プロザローは午後五時半にマッチ・ベナムにいました」

「そうでしょうね。わたしの甥も行ってますよ」

「それで、彼女も容疑からはずれます。メイドたちも除外できる——みんな、多少、ヒステリックになって動揺してますがね。まあ、そんなものでしょう。もちろん、執事には目をつけましたよ。やめたいといったりしてますし。だが、執事が偽電話に関してなにか知っているとは思えません」

「あまり成果はなかったようですね、警部さん」

「あったともなかったともいえます。ひとつ、非常に奇妙なことがわかりましたからね——予想外の奇妙なことが」

「はあ？」

「昨日の朝、隣のミセス・プライス・リドリーが大騒ぎしたことを憶えてますか？　ほら、電話の件で」

「ええ」

「彼女をなだめるために、その電話の発信元も調べたんですよ。で、どこが発信元だったと思います？」

「電話局とか？」あてずっぽうにいってみる。

「いや、ちがいます。発信元はローレンス・レディングの住まいでした」

「なんと！」わたしは驚いて、大きな声をあげてしまった。

「そうなんです。奇妙じゃないですか？　でも、この件に、ミスター・レディングは関係していません。ミセス・プライス・リドリーに怪電話があった午後六時半ごろ、彼がストーン博士とブルーボア亭に向かっているのを、村じゅうの者が見ています。ですが、そこが問題でしてね、じつに深い意味がある。そうでしょう？　主《あるじ》が留守のあいだに、誰かがその住まいにしのびこみ、電話を使った。いったい誰が？　一日に二件の怪電話。その二件には関連があるんじゃないかと、疑いが生じますよね。二件の発信者が同一人物でなかったら、わたしは帽子を喰ってみせますよ」

「ですが、いったいどういう目的があってそんなまねを？」

「ぜひともその点を突きとめる必要があります。ミセス・プライス・リドリーへの電話には、特別な意味はないように思えますが、しかし、裏になにかが隠れているにちがいない。その意味がわかりますか? 二件目の怪電話には、ミスター・レディングの住まいのものが使われた。そして、ミスター・レディングのピストルが殺しに使われた。どれもこれも、ミスター・レディングに嫌疑がかかるように仕向けられている」

「一件目の電話も彼の住まいからかけられていたのなら、そういいきってもいいかもしれませんがねえ」わたしは反論した。

「ああ、その点も考えましたよ。ミスター・レディングは通常、午後に、なにをしているか? つい最近までは、午後にオールドホールに行って、ミス・プロザローの肖像画を描いていた。住まいからバイクで通い、北の門から屋敷に向かう。これで、ノースロッジの電話が使われた意味がわかります。犯人は、ミスター・レディングと大佐の諍《いさか》いを知らず、ミスター・レディングがもうオールドホールに通っていないことを知らなかった」

警部のいったことが頭にしみこむまで、少し時間がかかった。よく考えると、じつに論理的で、異を唱える余地はない。

「ミスター・レディングの住まいの電話機には、彼以外の指紋がありましたか?」

「いっさいありませんでした」警部は苦々しげに答えた。「まずいことに、昨日の朝、彼の世話を引き受けているばあさんが掃除をして、きれいさっぱり拭きとってしまったんですよ」つかのま、警部は怒りを嚙みしめていた。「頭の鈍い、ばかなばあさんです。最後にピストルを見たのがいつかも憶えていない。事件が起こった日の朝はあったような気がするけど、なかったかもしれないそうです。〝よくわからない〟としかいわない。まったく、ああいう連中は、みんなそんなもんです！

それから、形式的な捜査の一環として、ストーン博士にも会いました。いやに愛想がよかったな。昨日、博士はミス・クラムといっしょに、午後二時半には例の墓というか、古墳というんですかね、とにかくそこに行って、午後いっぱいすごしたそうです。それから博士が先に帰り、ミス・クラムはあとから帰った。博士は銃声など聞かなかった、ほかのことで頭がいっぱいだったそうです。ですが、それはわれわれの考えていることを裏づけてくれましたよ」

「ただし」わたしはいった。「まだ犯人を捕らえるには至っていない」

「ううむ……。あなたが受けた電話の声は女のものだった。ミセス・プライス・リドリーが受けた電話の声も、女だった可能性があります。電話が切れたすぐあとに銃声がしたのなら――まだ手の打ちようがあるんですが」

「どんな手です？」

「いや、それはいわないことにしますよ、牧師さん」

わたしは臆面もなく、年代もののポートワインはいかがと訊いた。ふつう、午前十一時はポートワインにふさわしい時間とはいえないが、スラック警部はそんなことにやかましい人物ではないと思ったのだ。もちろん、ヴィンテージワインを味わうのに、もってこいの状況とはいえないが、いまはそんなことにこだわっていられない。

二杯目を飲みほすと、スラック警部の態度がぐっとやわらぎ、うちとけてきた。上等なポートワインにはこういう効用がある。

「うん、あなたならいいか」警部はいった。「ただし、胸ひとつにおさめておいてもらえますか？　教区民たちには知られないように」

わたしはそうすると請け合った。

「牧師館で起こった事件だということを考えれば、牧師さんには知る権利があるといえる」

「わたしもそう思っているんですよ」

「では、いいでしょう。事件前夜、プロザロー大佐に会いにいった女性のことなんですがね、彼女のこと、どう思います？」

「ミセス・レストレンジ？」驚いたせいか、声が少し高くなった。警部にじろりとにらまれる。

「大きな声をださんでください。ミセス・レストレンジには目をつけてるんです。前にいいましたよね――脅迫のこと」

「それは殺人の動機にはならないんじゃないですかね。金の卵をうむ鵞鳥《がちょう》を殺すのと同じでしょう？　いえ、それもあなたの仮説が正しいとしての話ですが。ともあれ、あなたの仮説は、わたしにはまったく受け容れられませんね」

警部は品のない、へたなウィンクをしてよこした。

「いやはや。なるほど、あれは男がかばってやりたくなるタイプの女ですからな。いいですか、牧師さん、彼女が過去に、大佐から金をゆすりとるのに成功したと仮定しましょう。そして、歳月がたってから、大佐の新しい居場所を突きとめ、自分も同じ地域に引っ越してきて、また恐喝しようと企む。だが、歳月がたったあいだに、状況も大きく変わっていた。法律がきびしくなったんです。今日《こんにち》では、脅迫や恐喝を受けた者が相手を告発しやすい状況になっています。それに、恐喝された者の名前が新聞などで公表されることはない。とすると、両者の関係は逆転します。プロザロー大佐が訴えるぞといえば、彼女は不利な立場に追いこまれる。恐喝罪で厳罰を受けることになるからです。これで事情が大幅に変わった。自分の身を守るためには、彼女は大佐を早急に消すしかないわけで」

わたしは黙りこんだ。警部の推測がまるっきりまちがっていると断定できないからだ。ただし、その仮説のなかに、ひとつだけ、どうにも承認しがたい点があった——ミセス・レストレンジの人柄という点だ。

「その説には賛成できませんね、警部さん。わたしには、ミセス・レストレンジが脅迫や恐喝をするような人間だとは思えません。あのかたは、そうですね、もはや時代遅れないいかたでしょうが——レディです」

スラック警部はわたしを憐れむような目で見た。「ほほう。なるほどね」ここは大目に見てやろう、とでもいう口調だ。「あなたは聖職者ですからな。世間のことは半分しかおわかりではない。ふふん、レディ、ねえ。その点に関して、わたしの知っていることを多少なりとも聞けば、さぞ驚かれるでしょうな」

「単に社会的な階級の意味でいっているのではありません。わたしはミセス・レストレンジを見るたびに、〝没落したひと《デクラッセ》〟ということばを思い出します。つまり、あのかたには品格がおありです」

「あなたはわたしと同じ視点で彼女を見ていない。わたしは男ですが、同時に、警官でもあります。警官にとって、個人にそなわった品格など、どうという意味もない。あれは髪の毛一本乱さずに、相手にナイフを突き立てることのできる女です」

おかしなことに、ミセス・レストレンジが恐喝犯だというより、殺人犯だというほうが、たやすく受け容れられる。

「だが、あの女がミセス・プライス・リドリーに怪電話をかけ、それとほぼ同時刻に大佐をピストルで撃ち殺すなんてまねは、とうてい無理なんですよ」警部はそういったが、いい終わらないうちに自分の太股をぴしゃりとたたいた。

「そうか！　あの電話は、それが狙いだったんだ！　アリバイ作り。警察が最初の偽電話と二本目の脅迫電話とを関連づける――それを承知のうえでやった。よし、そこをはっきりさせよう。たぶん、村の若いやつを金で釣って、電話をかけさせたんだろう。そいつは、まさか人殺しの片棒をかつがされているなんて、思いもしなかったはずだ」

警部はそそくさと帰っていった。

そのあと、グリゼルダがドアを開け、顔だけのぞかせていった。「ミス・マープルがあなたにお会いになりたいんですって。なんだかよくわからない手紙が届いたのよ。なにしろ、インクに浸った蜘蛛《くも》が這いまわったみたいな字だし、おまけにアンダーラインだらけなんですもの。

わたしにはほとんど読みとれなかったわ。はっきりわかったのは、ミス・マープルがこちらに出向いてくるわけにはいかないってこと。ねえ、急いで腰をあげて、ミス・マープルのお宅に行き、どういうことなのか聞いてきてちょうだい。わたしのほうは、あと二分で、おばあさんたちを相手にしなきゃならないの。みなさん、足が悪いとかなんとか愚痴《ぐち》をこぼしにくるのよ。なかにはそれを見せたがるひともいるわね。検死審問が午後でよかった！　あなたもボーイズ・クリケットクラブの試合を観にいかなくてすむわね」

急に呼びだされた理由をあれこれ考えながら、わたしは急いで隣家に向かった。

ミス・マープルは彼女らしくもなく、あわてているとしかいえない状態にあった。上気した顔で、話しかたもつかみどころがない。

「わたしの甥は」まずそう切り出した。「甥のレイモンド・ウェストは作家なんですよ。今日、ここに来ることになっています。それで、あたふたしてるんです。なにもかも、きちんと準備しないとならなくて。ベッドを空気にさらすことさえ、メイド任せにはできないし。もちろん、夕食はお肉料理にしなくては。殿がたって、お肉をたくさん食べたいものでしょ？　それにお酒。お酒を用意しておかないと。それにソーダサイフォンも」

「なにかお手伝いできることがあれば――」

「まあまあ、ご親切にありがとうございます。でも、お呼びしたのは、そういうことではないんです。じっさいのところ、時間はたっぷりありますから。うれしいことに、甥はパイプと煙草は自分で持ってきます。おかげで、どの銘柄の煙草を買えばいいのかと、悩まずにすみます。

でも、煙草のにおいがカーテンにしみついて、なかなか抜けないのが困りものですね。もちろん、毎朝早く、窓を開けてカーテンを振るいますが。レイモンドは起きるのが遅いんですよ――作家ってそんなものらしいですけど。あの子の作品はなかなかよく書けていると思いますが、あの子が創りだす登場人物はとても不愉快で、じっさいにはああいう人間はいそうもありませんね。頭のいい若い殿がたは、世間のことなどほとんど知らないんですよ。そうお思いになりません?」

「あのう、甥ごさんとごいっしょに牧師館で夕食をなさいますか?」なぜ呼ばれたのか、まださっぱりわからないまま、わたしはそう訊いてみた。

「あらまあ、いいえ、とんでもない。お気遣い、ありがとうございます」

「えーっと、そのう、なにかわたしにご用がおありなのかと思いましたので」わたしは途方にくれてしまった。

「ええ、ええ、そうなんです! あたふたして、肝心なことをすっかり忘れていました」そういうと、ミス・マープルはメイドに声をかけた。「エミリー、エミリー。そのシーツじゃありません。モノグラムのついた、襞飾りのあるほうですよ。あんまり暖炉の火の近くに置かないように」

ミス・マープルはドアを閉め、足音を忍ばせるようにして、こちらにもどってきた。

「昨夜、おかしなことがあったんです」ようやく説明が始まった。「いまのところ、どういうことなのか、意味がわからないんですが、牧師さんにお話ししておいたほうがいいと思いましたの。昨夜はなかなか眠れなくて――今回の悲しい事件のことをいろいろ考えていたものですから。それで、とうとう起きだして、窓の外を眺めたんです。そうしたら、なにが見えたと思います?」

わたしは尋ねるようにミス・マープルを見た。

「グラディス・クラム」ミス・マープルは力をこめて、その名をいった。「まちがいなく彼女が、スーツケースを持って森に入っていきました」

「スーツケース?」

「へんでしょう? 夜中の十二時に、スーツケースを持って森に行き、どうしようというんでしょうね」

わたしたちは目を見交わした。

「ええ」ミス・マープルはいった。「いまの話は、殺人事件とはなんの関係もないでしょう。でも、〝ひどくおかしなこと〟にちがいありません。そして、いまのわたしたちは〝ひどくおかしなこと〟を見過ごしてはいけないと思うんですよ」

「まったくおかしな話ですね。そのう、もしかすると彼女は、機会があれば、古墳のなかで夜をすごしたいと思っていたんでしょうか?」

「まさか、それはありえません。だって、わりあいに早く、もどってきたんですから。もどってきたときは、スーツケースを持っていませんでした」

わたしたちはまた、目と目を見交わした。

18

検死審問は土曜日の午後二時に、ブルーボア亭で開かれた。いうまでもないが、地元の人々は度を超すほどに興奮しきっていた。少なくとも、この十五年のあいだ、セント・メアリ・ミード村では殺人事件など、一度も起こらなかった。それが、プロザロー大佐のような人物が、こともあろうに牧師館の書斎で殺されたときては、村の住人たちにとってはめったに体験することのない事件である。誰もが興奮して、お祭り騒ぎになってしまうのも無理はなかった。

さまざまな意見がとびかい、いやでもそれが耳に入ってきた。

「ほら、牧師さんだ。顔色が悪いんじゃないか？　なんか事件に関係してるんだろうか」

「なんたって、牧師館で起こったんだものね」

「どうしてそんなことがいえるんだい、メアリ・アダムス？　あの時間、あのひとはヘンリー・アボットんちに行ってたんだぞ」

「ふうん。けど、大佐とけんかしてたっていうじゃない。あ、あそこにメアリ・ヒルが。牧師館で働いてるからって、やけに気どってるじゃないの。あ、シーッ、検死官さまだ」

検死官は隣町、マッチ・ベナムのドクター・ロバーツだ。ドクター・ロバーツは咳払いして眼鏡に手をやり、もったいぶった態度をとった。

検死審問での証言をすべて述べても、退屈なだけだろう。

ローレンス・レディングは遺体をみつけたことと、凶器のピストルは自分のものであることを証言した――少なくとも事件の二日前、火曜日にはピストルを見た記憶がある、以前から住まいのコテージの棚の上に置きっぱなしにしてあったし、コテージのドアには鍵をかけないのが習慣になっていた、と述べた。

ミセス・プロザローは、午後六時十五分前ぐらいに村の本通りで夫と別れたのが、彼を見た最後だったと証言した。そして、のちに夫を迎えに、牧師館に行ったことを認めた。六時十五分ごろ、路地から牧師館の裏木戸を通り、庭から書斎に向かった。書斎のなかから話し声は聞こえず、誰もいないと思ったが、もしそのとき、大佐がライティングテーブルについていたとすれば、彼女の位置から姿は見えなかっただろう。彼女の知るかぎり、健康上も精神上も、夫はふだんと変わらなかった。夫を亡き者にしようとするほど、強い恨みをもつ者には、まったく心あたりがない。

次に、わたしが証言した――大佐と牧師館で会う約束をしたこと。呼びだされてアボット家に行ったこと。ご遺体をみつけ、ドクター・ヘイドックに来てもらったことを述べた。

「クレメント牧師、あの日の夕方、プロザロー大佐が牧師館に来ることを知っていたひとは、何人ぐらいいましたか?」

「多数のひとが知っていたと思います。わたしの妻と甥は知っていましたし、なによりも、あの日の午前中に、村でばったり大佐と会ったとき、大佐自身が大きな声でそういいましたからね。大佐は少し耳が遠くて声が大きかったので、近くにいたひとたちには聞こえたんじゃないでしょうか」

「すると、村じゅうに知れわたっていた、誰もが知っていたかもしれない？」

わたしは同意した。

次はヘイドックが証言した。重要な証人だ。ヘイドックはていねい、かつ、専門的に遺体の外見と死因となった傷について述べた。死亡推定時刻は六時二十分から三十分のあいだ——六時三十五分以降ということはありえない。三十五分がぎりぎりの限界だという。その点を確信をもって強調した。傷口の位置からいって、とうてい自分で撃てるわけがないからして自死は論外だ、と断言した。

スラック警部の証言は慎重で、簡潔に要約されていた。通報があって牧師館に行ったことと、死体や現場のようすを述べた。書きかけの手紙が証拠として提出され、手紙に書きこまれていた六時二十分という時刻について言及があった。そして例の置き時計も証拠として提出された。時計の止まった針は、死亡時刻が六時二十二分であると示唆している。警察はなにひとつ、秘密事項を洩らしたりはしなかった。アン・プロザローは自分が牧師館に行ったのは、六時二十分より前だったと供述している。

次の証人はうちのメイドのメアリで、なかなか手ごわいところを見せた——なにも聞かなかったし、聞きたくもなかった。牧師さんに会いにきた紳士がたがいつも銃で撃ち殺されるわけではない。そんなことはない。自分にはやるべき仕事がどっさりある。プロザロー大佐は六時十五分ちょうどにやってきた。いや、時計は見ていない。大佐を書斎に通したあと、教会のチャイムが鳴ったのでわかった。いや、銃声は聞いてない。もし銃で撃たれたのならば、銃声が聞こえたはずだ。もちろん、あの紳士が撃たれたのだから、銃声がしたのはわかっている――だが、銃声は聞こえなかった。自分は聞いていない。

検死官はその点を深く追及しなかった。検死官と州警察本部長のメルチット大佐は、合意の上で審議を進めているのだ。

ミセス・レストレンジも証人として召喚されたが、ヘイドックの署名のある診断書が提出されていた――体調が悪く、検死審問に出廷できないという。

証人はもうひとりいた。よぼよぼの老女だ。スラック警部のことばを借りれば、ローレンス・レディングの〝お世話をしているばあさん〟だ。

その老女、ミセス・アーチャーは、証拠品のピストルを見せられると、レディングの住まいで見たものだといった。〝居間の本棚の上にほっぽってあった〟という。最後に見たのは、事件当日。さらなる質問に対しては――そう、木曜日の昼食時には、いつもの場所にあったと自信たっぷりに答えた。午後一時十五分に彼女が帰るまではそこにあった、と。

それを聞いたわたしはスラック警部の話を思い出し、ちょっと驚いた。警部が質問したとき、ミセス・アーチャーはあいまいな返事しかしなかったようだが、いまははっきりと確信をもって答えているではないか。

検死官の意見陳述は要約されたものだったが、確信がこもっていた。陪審の評決は早々にくだされた。

ひとり、もしくは、複数の、未知の人物による殺人。

検死審問が終わり、部屋を出ると、数人の青年がたむろしているのが目に留まった。みんな元気いっぱいの油断のない顔つきで、身にまとった雰囲気が似ている。そのうちの何人かの顔は見憶えがある。この数日、足繁く牧師館に押しかけてきていたからだ。彼らを避けようと、元の部屋にもどろうとしたところで、ありがたいことに、考古学者のストーン博士に出くわした。わたしはあいさつも抜きで、博士の腕をつかんだ。

「新聞記者たちです」簡潔ながら、感情をこめて訴える。「彼らに捕まらずにすむように、助けてもらえませんか？」

「そりゃたいへんだ。牧師さん、二階のわたしの部屋へどうぞ」

博士のあとについて狭い階段を昇り、彼の部屋の居間に入る。居間では、ミス・クラムが熟練した手つきで、タイプライターのキーをたたいていた。わたしを見ると、彼女はにっこり笑って、これ幸いとばかりに仕事を中断した。

「怖いですねえ」ミス・クラムはいった。「犯人が誰かわからないなんて。検死審問って、期待はずれもいいとこ。お定まりの手順、って感じで。最初から最後までぴりっとしたところなんかないんですから」

「あなたも来てらしたんですか、ミス・クラム？」

「もちろん、行きましたとも。あら、わたしのこと、目に入りませんでした？ がっかりしちゃうわ。ええ、がっかり。牧師さんであろうと、れっきとした男性なら、男らしく目を働かせなければ」

「あなたも傍聴してらしたんですか？」ミス・クラムのからかい半分の冗談から逃れようと、わたしはストーン博士に訊いた。ミス・クラムのような若い女性が相手だと、わたしはいつもぎくしゃくしてしまう。

「いや、ああいうことにはほとんど興味がないもので。わたしは自分の趣味にどっぷり浸かっていたいタイプなんですよ」

「さぞおもしろい趣味をおもちなんでしょうね」

「たぶん、あなたも多少はごぞんじだと思いますよ」

わたしはなにも知らないと白状する羽目となった。

ストーン博士は相手が自分の無知を認めたからといって、容赦するようなたぐいの人間ではなかった。その結果、わたしは古墳発掘が唯一の関心事です、といったも同然の立場に追いこまれた。

博士は滔々とまくしたてた。博士の口から、長形墳、円形墳、石器時代、青銅器時代、そして、新旧石器時代の石柩や環状列石等々、考古学の専門用語が奔流のごとくあふれでてくる。その間《かん》、わたしはうなずいたり、さも知識が豊富であるような顔をしたりすることしかできなかった——だが、わかっているような顔をしたのは、考えが甘かった。博士の弁舌はとどまるところを知らず、いよいよ勢いづいていく。博士は小柄で、丸い頭は禿げている。顔はやはり丸くて、血色がいい。度の強い眼鏡の奥の目が、射るようにこちらをみつめている。ちょっとした会話をきっかけに、これほど熱心に論を張る人間に初めて会った。

自分の得意分野に関しては、賛否両論の学説を取りあげ、いちいち所見を述べた。どちらにしろ、わたしにはちんぷんかんぷんなのだが。

そして、博士はプロザロー大佐との意見の相違についても、くわしく述べたてた。「いや、はい、彼が亡くなったのはわかっていますがね、死んだからといって、

「あの男は独善的な田舎者でしたよ」博士はさらに熱をこめていった。「いや、はい、彼が亡くなったのはわかっています。死者を鞭打つべからずといいますがね、死んだからといって、事実は変わらない。あの男は文字どおり、〝独善的な田舎者〟だった。何冊か本を読んだだけで、いっぱしの専門家気どりでしたからね。長年にわたって研究をつづけている者を相手にして、ですぞ。クレメント牧師、わたしは生涯をこの研究に捧げています。わたしの一生は――」

ストーン博士はいよいよ興奮して、唾を飛ばさんばかりにまくしたてている。

そんな博士を、グラディス・クラムがそっけないことばで、現実に引きもどした。「気をつけないと、汽車に乗り遅れますよ」

「ああ！」小柄な男は演説をやめて、ポケットから懐中時計を引っぱりだした。「これはいかん。十五分前？　まさか！」

「いったん話しはじめると、時間を忘れてしまうんですもの。わたしが注意しなければ、いったいどうなることやら」

「うん、そのとおりだ。まったく、そのとおり」博士はミス・クラムの肩をぽんぽんとたたい

た。「すばらしい女性ですよ、クレメント牧師。なにひとつ忘れない。彼女を雇えたのは、じつに幸運でした」

「まあ！ ストーン博士ったら。そんなに褒められたら、うぬぼれてしまうじゃないですか」

わたしは次の展開を支持すべき、重要な立場にあるという気がしてならなかった。つまり、この先、ストーン博士とミス・クラムが正式に結婚するという予測が頭に浮かんだのだ。ミス・クラムは、なかなかどうして頭がいい。

「もうお出かけになったほうがいいですよ」ミス・クラムは博士を急《せ》きたてた。

「うん、そうだな、そうしなければ」

博士は隣室にとんでいき、スーツケースを持ってもどってきた。

「ご自宅にお帰りですか？」わたしはいささか驚いた。

「いや、二、三日、ロンドンに行ってくるだけです。明日は年老いた母に会い、月曜日には弁護士と相談しなきゃいけない用件がありまして。火曜日にはこちらにもどってきます。ともかく、プロザロー大佐は亡くなりましたが、わたしたちの取り決めにはなんの影響もないはずです。いや、古墳発掘の件に関しての話ですがね。わたしたちが作業をつづけても、ミセス・プロザローに異論はないでしょうな？」

「そうですね」

わたしは内心で、これからオールドホールの実権を握るのは誰だろうと考えていた。大佐が娘のレティスに任せると決めていた可能性は高い。大佐の遺言書の中身が気になるところだ。

「死というものは、家族の内にもめごとを起こしますからねえ」ミス・クラムは憂鬱《ゆううつ》そうにいった。「ときには、信じられないほど薄汚い根性が丸出しになったりして」

「さてさて、ほんとうにもう行かなければ」ストーン博士はスーツケースと大判の膝掛け、それに長い傘をいっぺんに持とうとしたが、なかなかうまくいかない。わたしが手を貸そうとすると、博士は断った。

「いやいや、かまわんでください――だいじょうぶです。なんとか持てますから。それに、階《し》下《た》に、荷物を運んでくれる者が誰かいますよ」

しかし、階下には宿《イン》の使用人もほかの者も、誰ひとりいなかった。おそらく、新聞記者たちにおごってもらっているのだろう。

汽車の時間が迫っているので、わたしたちは駅に急いだ。博士がスーツケースを、わたしが膝掛けと傘を持つ。

急ぎ足で進むあいだ、はあはあと息をあえがせながら、ストーン博士はきれぎれにことばをつむいだ。「たいへん、ご親切に……牧師さんを……わずらわせるつもりは……なかったんですが……どうしても……この汽車を逃すわけには……いかなくて。グラディスはじつに……すばらしい……とても性格のいい娘なんですが……幸せな育ちかたをしたとは……いえないようで……でも子どもみたいに純真な心を……もってるんです……子どもみたいに純真な心を。歳は離れてますが……いろいろと共通点があって……」

これをミス・マープルが聞いていたら、きっと、これに類似したいくつもの出来事を思い起こすことだろう。

駅に向かって本通りを進んでいくと、レディングの住まいが見えた。近隣に家がなく、そのコテージだけがぽつんと建っている。玄関ステップにスマートな身なりの若い男がふたり立っているだけではなく、ほかにもふたり男がいて、そっちは窓からなかをのぞいている。新聞記者も忙しいことだ。

「いい人間ですよ、レディング青年は」博士がなにかいうかと思い、わたしはそういってみた。

もはや博士は息切れがして話をするのがむずかしいようすだが、それでもひとこと、喉から絞りだすようにいった。なんといったのか、聞きとれなかった。

「危険」

わたしが訊きなおすと、博士はあえぎながらそういった。

「危険？」

「非常に危険。無垢な女は……なにも知らずに……いうことを……鵜呑みにして……いつも女を追っかけている男のいうことを……とんでもない」

これはつまり、うるわしのグラディスが、村いちばんの好青年を見逃しはしなかったということだろう。

「たいへんだ！」ストーン博士は声をあげた。「汽車が来た！」

駅はもうすぐそこなので、わたしたちは走りだした。駅には下りの汽車が停まっていて、上りのロンドン行きの汽車がいましも駅に入ってこようとしている。

切符売り場のドアの前で、わたしたちは洗練された服装の若い男にぶつかってしまった。ミス・マープルの甥だと、わたしにはすぐにわかった。下りの汽車でやってきたのだ。彼はひとにぶつかられるのは好きではないらしい。自分のさっそうたる身のこなしや、身にまとった超然とした雰囲気を自慢に思っているのだ。しかし、いきなりひとにぶつかられれば、否応なく姿勢が崩れてしまう。ミス・マープルの甥はよろめいた。わたしはあわてて詫びをいってから、博士といっしょにホームに向かって急いだ。博士が車輌に乗りこみ、わたしが荷物を渡すのと同時に、汽車はガタンと揺れて発車した。

わたしは手を振って博士を見送ってから踵《きびす》を返した。ミス・マープルの甥、レイモンド・ウエストの姿はすでになかったが、智天使《ケルビム》という愛称で呼ばれている村の薬剤師が、ちょうど村に向かって歩きだしたところだった。わたしは彼といっしょに帰ることにした。

「ぎりぎりでまにあいましたね」薬剤師は見ていたのだ。「ところで、検死審問はどんなあんばいでしたか、牧師さん」

わたしは陪審の評決を教えた。

「おや、やはり。そういう評決になると思ってましたよ。で、ストーン博士はどちらに行かれたんです？」

わたしは博士から聞いた話をくりかえした。

「あの汽車に乗り遅れなくてよかったですねえ。ごぞんじのとおり、この路線のダイヤはあてになりません。まったくひどいもんです。恥さらしといっていい。わたしが乗ってきた汽車は、十分も遅れたんですよ。しかも土曜日なんかは、ダイヤもそれほど混んでないというのに。それから水曜日――いや、木曜日かな？　うん、そうだ、木曜日だ。殺人事件があった日です。鉄道会社にきつくいってやろうと、苦情の手紙を書くつもりだったんですが、事件のせいで、そんなことは頭から消しとんでしまいましてね。そう、今週の木曜日です。

あの日は薬剤師協会の会合に出席して、六時五十分着の汽車で帰ってきたんですが、いったいどれぐらい遅れたと思います？　なんと、三十分ですよ。三十分！　牧師さんはどう思います？　十分ぐらいなら、まあ、がまんします。でも、七時二十分までに駅に着かなければ、七時半より前に、家には帰りつけないんですよ。それならなぜ、六時五十分着だなんていうんですかね？」

「ええ、そうですね」汽車のダイヤに関する長広舌から逃れたくて、ちょうど通りの反対側を歩いているローレンス・レディングを見かけたため、彼に話があるという口実で、薬剤師と別れた。

19

「やあ、お会いできてよかった」レディングはいった。「うちに寄りませんか」

わたしたちは簡素な小さなゲートを通り玄関ドアに向かった。ドアの前で立ちどまると、レディングはポケットから鍵を取りだして鍵穴にさしこんだ。

「いまはドアに鍵をかけてるんだね」

「そうなんです」レディングは苦々しい笑い声をあげた。「馬が逃げてから馬屋の扉を閉めるっていうでしょ？　そんなとこです」彼がドアを開けてくれたので、わたしはなかに入った。

「あのですね、牧師さん、この事件、どうも気に入らない点があるんですよ。どういえばいいか――そう、いかにも、内部事情にくわしい人間のしわざだといわんばかりじゃありませんか。ぼくがピストルを持っているのを知っている者がいた。つまり、誰だかわからないけど、犯人はうちに入ったことがある人物にちがいないってことです。ひょっとすると、ぼくはそいつといっしょに一杯飲《や》ったかもしれない」

「そうとはかぎらないよ。セント・メアリ・ミードの住人なら誰もが、きみが歯ブラシや歯磨き粉をどこに置いておくか、知っているんじゃないかね」

「どうしてそんなことに興味があるんです？」

「わからないな。だが、知っているんだ。きみが髭剃りクリームの銘柄を替えたら、それが最新の話題になるんだ」

「よほど目新しい話題に飢えてるんですね」

「そういうことだよ。ここでは、刺激的なことなど、なにも起こらないからね」

「それが今度は――とてつもなく刺激的なことが起こった……」

わたしはうなずいた。

「で、いったい誰がそういう話をまきちらすんですかね。髭剃りクリームとか、なにやかやを?」

「ミセス・アーチャーだろう」

「あのよぼよぼばあさんが? あのばあさん、どう見ても、半分ぼけてるみたいなのに」

「それは貧しい者の偽装にすぎない。愚鈍《ぐどん》という仮面の裏に逃げこむんだ。たぶん、きみだって、いずれ、あの老婆がなかなか抜け目のない人間だとわかるだろうよ。とにかく、検死審問では、きみのピストルが木曜日の昼間はいつもの場所にあったと、彼女は自信たっぷりに証言したじゃないか。どうしていきなり、あんなに自信たっぷりなものいいをするようになったんだろう?」

「まるっきり、わかりません」

「彼女の証言は正しいと思うかい?」

「それもまた、まるっきりわかりません。毎日、自分の持ち物をチェックしてるわけじゃありませんからね」

わたしは狭い居間をぐるっと見まわした。どの棚にもテーブルにも、種々雑多な品々が散らかっている。レディングは芸術的混沌のなかで暮らしているのだ。わたしにしてみれば、あまりの乱雑さで気がへんになりそうだが。

「捜しものがあるときは、ひと仕事なんです」レディングはわたしのうんざりした目つきをすばやく読みとったらしい。「でも、なんでも手近にあるんですよ――しまいこんだりしてませんから」

「確かにしまいこんだりはしていないようだね。だけど、ピストルはしまいこんでおくほうがよかった」

「検死官にそういわれるんじゃないかと思っていたんですけどね。いかにも検死官がいいそうなことじゃありませんか。非難されるというか、法律用語でなんというのか知りませんけど」

「それはともかく、ピストルには弾丸がこめてあったのかね？」

レディングはくびを横に振った。「いくらなんでも、それほど迂闊じゃありません。弾丸は装塡《そうてん》していませんでしたよ。だけど、すぐそばに弾薬箱が置いてあって」

「ピストルには六発の弾丸がこめてあって、その一発が発射されたという話だよ」

レディングはうなずいた。「いったい誰が引き金を引いたんでしょう？　誰が撃ったとしてもかまいませんがね、真犯人が明らかにならないかぎり、ぼくは死ぬまで疑われるでしょうよ」

「そんなことをいうものじゃないよ、きみ」

「でも、そうじゃないですか」

レディングは顔をしかめて黙りこんだが、しばらくすると、気を取りなおしたようだ。「おとといの夜、あれこれ考えているうちに、ミス・マープルはきっとなにか知ってるはずだ、と思いついたんですよ」

「そうだね、だからミス・マープルはひとにいやがられるんだ」

レディングは昨日のことを、以下のとおり、くわしく語った。


レディングはミス・マープルの助言にしたがい、オールドホールを訪ねた。そして小間使いに話を聞こうと、アン・プロザローの助けを借りた。

アンは簡潔に小間使いにいった。「ローズ、ミスター・レディングがおまえに訊きたいことがあるんですって」そしてアンは部屋から出ていった。

レディングは少しばかりおちつかない気分になった。小間使いのローズは二十五歳。器量よしだ。その娘に澄んだ目でみつめられ、レディングはどぎまぎしてしまったのだ。

「ああっと、そのう、プロザロー大佐が亡くなった件なんだけど」

「はい」

「ぼくはどうしても真相を知りたいんだ」

「はい」

「それでそのう、ひょっとすると――そのう――なにか変わったことはなかったかと――」

レディングは威厳たっぷりな態度がとれない自分に嫌気がさし、ミス・マープルの助言を呪いたくなった。

「助けてくれないかな」

「はい？」

ローズは完璧な召使いの態度を崩さず、礼儀正しくレディングに協力しようとしてはいるが、じっさいはなんの関心もないことは明らかだった。

「ああ、もう。あのね、召使い部屋で事件の話が出なかったかい？」

この攻めかたが功を奏し、ローズの完璧な態度にかすかにひびが入った。「召使い部屋で、でございますか？」

「でなきゃ、家政婦の部屋でもいいし、給仕たちの溜まり場でもいい。名前はどうでもいいけど、使用人たちが集まっておしゃべりする場所で、だよ」

ローズがいまにもくすくす笑いそうなようすを見せたので、レディングは大いに元気づいた。

「いいかい、ローズ、きみはとても利口な娘さんだ。きみなら、ぼくがどんな思いでいるか、わかってくれると思う。ぼくは絞首刑なんぞにされたくない。きみのご主人さまを殺したりしていないのに、大勢のひとはぼくが殺したと考えている。だからね、ぼくを助けてくれないかい？」

（聞いていたわたしは、ここでレディングは相手の心を動かすような表情をしていたにちがいないと思った。ハンサムな顔をぐっとそらし、アイルランド人らしい青い目にものをいわせた

はずだ。これにはローズも負けてしまい、態度も軟化したのは想像に難くない）

「ええ、はい！　わたしどもがお役に立てるのなら。わたしどもは誰も、あなたさまがあんなことをなさったなんて、考えてもいません。ええ、ほんとうに」

「うん、わかった。でも、それだけじゃ、警察は納得しないんだ」

「警察ですって！」ローズはつんと頭をあげた。「ええ、これは確かですが、わたしどもはあの警部を信用しちゃいません。スラックとかいうひとです。ええ、あの男ときたら、警察そのものって感じ」

「それでも、警察には権力がある。ねえ、ローズ、できるかぎりでいい、ぼくを助けてほしい。まだわかってないことがたくさんある気がしてならないんだよ。たとえば、事件の前の夜、プロザロー大佐を訪ねてきた女性のこととか」

「ミセス・レストレンジ？」

「そうそう、ミセス・レストレンジ。そのひとが大佐を訪ねてきた件には、なんだか奇妙なことがありそうな気がしてね」

「ええ、ほんとうに。わたしたちもみんなそういってます」

「ほんとかい？」

「あのかたは急においでになられました。そして、だんなさまに会いたいとおっしゃられて。あのかたのことでは、いろいろ噂を聞いてます。どうしてこの村に住むことになったのか、誰も知らないとか。それに、ここの家政婦のミセス・シモンズは、ミセス・レストレンジのことを悪女だといってました。でも、グラディの話を聞くと、どう考えていいかわからなくなって」

「グラディはなんていったんだい？」

「あら、たいしたことじゃありません。ほんのちょっとしたおしゃべりですよ」

レディングはローズをみつめた。これ以上つっこめない気がした。

「彼女がプロザロー大佐とどんな話をしたのか、気になるねえ」

「ええ、そうですね」

「きみは知ってるんだろう、ローズ？」

「わたし？　いいえ、とんでもない！　ほんとに知りません。知ってるはずがありません」

「いいかい、ローズ、きみはぼくを助けてくれるといった。だったら、もしなにか、なんでもいいんだ、なにかちょっとしたことでも耳に入ったことがあれば――たいしたことではなくても、なんでもいい……教えてくれたら、ほんと、恩に着るよ。なんといっても、なにか聞こえてきたかもしれないだろう？　聞く気がなくても、耳に入ってきたとか」

「でも、なにも聞いてません。ほんとに知らないんです」

「だったら、誰か聞いたひとはいないかな」レディングは追及した。

「そうですね――」

「話しておくれよ、ローズ」

「グラディがなんていうかしら」

「きみがぼくに話してくれることを、グラディも望んでいるさ。ところで、グラディって誰なんだい？」

「台所の下働きです。あのですね、彼女が友だちとおしゃべりしようと外に出たとき、窓のそば、書斎の窓のそばを通ったんですよ。そしたら、書斎にだんなさまとご婦人がいらして。だんなさまは声が大きいんです。ええ、いつもそうなんですけど。だから、そのときも、ちょっと好奇心に駆られて――そのう――」

「そりゃあそうだろうね。うん、大きな声だったら、いやでも耳に入ってくるものだ」

「でも、グラディはそれを誰にもいいませんでした――わたしにだけ打ち明けてくれたんです。で、わたしもへんだなと思って。でも、グラディはうっかりひとに話すわけにはいかなくて――だって、そのう、友だちに会おうと外に出たなんてことがわかったら、料理人のミセス・プラットがかんかんになるに決まってますから。けど、グラディも、あなたさまになら喜んで打ち明けると思いますよ」

「それじゃあ、台所にいったら、彼女と話ができるかな？」

それを聞いて、ローズは恐れをなした。「いいえ、だめです。そんなこと、ぜったいにだめ！　グラディはとっても臆病なんで」

グラディに会って話を聞くためのさまざまな難関を突破するにあたって、ローズと話しあった結果、ようやく目処が立った。人目につかないように、灌木《かんぼく》の茂みで会うことになったのだ。

というわけで、レディングは臆病なグラディと会ったが、どちらかというと、臆病な人間というより、びくびくと震えているウサギを相手にしているような気にさせられた。

レディングは十分ほどかけて、そんなグラディの気持をほぐそうと努力した。グラディは震えながら、なにもいえないとくりかえした——まさかローズが裏切るなんて思わなかった、彼女にいうべきじゃなかった、とにかく自分に悪気はなかったのだ、ぜったいになかった、もしミセス・プラットに知られたら、ひどく叱られるだろう……。

レディングはなだめ、すかし、説得した——そしてついに、グラディの重い口を開かせることができた。

「誰にもいわない？」

「もちろん」

「あたしが法廷に引っぱりだされるようなことにはならない？」

「ぜったいに」

「おくさまにもいわない？」

「ひとことも」

「もしミセス・プラットの耳に入ったら——」

「それもない。さあ、話しておくれ、グラディ」

「ほんとにだいじょうぶなんだね？」

「だいじょうぶだとも。いつの日か、きみのおかげで、ぼくが絞首台に送られずにすんだとわかったら、きみだってうれしいんじゃないかな」

グラディはぶるっと体を震わせた。「ひゃあ、まさか！　うん、わかった。けんど、ほんのちょこっと聞いただけですよ――それもたまたま耳に入っただけで――」

「うん、そうだろうね」

「だんなさまはものすごく怒ってた。

〝こんなに長い年月がたってから、わざわざここに来るとは〟

〝けしからん――〟

お客さんがなにかいったけど、それは聞こえなかった。少し間《ま》があいてからだんなさまはまた怒って。

〝きっぱり断る――断固として――〟

全部は憶えてないけど、ふたりともすっごく怖い口ぶりだった。お客さんがなにかたのんだのに、だんなさまはそれを断ったみたい。

〝訪ねてくるとは恥知らずもいいところだ〟

そしてこうもいいました。〝彼女に会ってはならん――わしは許さん――〟

そこんところで、あたしはつい耳をすましてしまって。お客さんはミセス・プロザローになにかいいたいことがあるのに、だんなさまはそれを恐れていたような。

あたし、思いました――あんれまあ、あのだんなさまが。あんなに厳格なかたが。いつもうるさいぐらいに厳格なのに、口ばっかりなのかしら。おんやまあ。

あとで男友だちにいいましたよ――男って、みんなおんなじなんだね、って。彼はそうだとはいわずに、あれこれ理屈をこねてましたっけ。でも、やっぱり、あのプロザロー大佐がって、驚いてましたけどね。なんたって、教区委員で、献金袋を回したり、日曜学校で子どもたちに聖書を読んで聞かせたりしているかたですもんね。

あたし、彼にいってやりました――でもね、ひとって見かけによらないものだよ、って。あたしのかあちゃんがよくそういってるもんで」

ここでグラディは息を切らしてしまい、いったん口をつぐんだ。話がそれてしまったので、レディングは元にもどすことにした。

「ほかになにか聞いたかい？」

「ちゃんと思い出すのは、無理です。それにおんなじことばっかりいってたみたいだし。だんなさまは何度も〝信じられん〟とか、そんなふうなことをいってたよ。それから〝ヘイドックがなにをいおうと、わしは信じない〟とも」

「そういったのかい？　大佐が？　〝ヘイドックがなにをいおうと〟って？」

「うん。そして、でっちあげに決まってると怒ってた」

「ご婦人のほうの話はまったく聞こえなかったのかい？」

「最後だけ聞こえた。立ちあがって帰ろうとしたらしく、窓の近くを通ったんで。で、お客さんのことばを聞いたとたん、あたし、血が凍りそうになったんです。あればっかりは忘れられない。〝明日の夜のいまごろ、あなたは死んでいるかもしれないわ〟――彼女はそういったんです。すんごく意地悪ないいかただった。

あくる日、だんなさまが殺されたって報せを聞いたとたん、あたしローズにいったんです。

〝ほらね!〟って。〝ほらね!〟って」

レディングは悩んだ。グラディの話はどの程度信用できるのだろう。だいたいは真実だと思うが、事件のあとであれこれ色がつき、歪められているのではないだろうか。殺人事件という現実に引っぱられ、脚色された可能性が高い。特に、婦人の最後のことばが正確かどうか、どうも疑わしい――レディングはそう思った。

レディングはグラディに礼をいって、ちょっとした心づけを渡し、屋敷を抜けだして男友だちに会いにいったことは、ミセス・プラットには話さないと約束して安心させてやった。そして、あれこれと考えこみながらオールドホールをあとにした。

レディングの話が終わった。そのなかで、ひとつだけ明白になったことがある。ミセス・レストレンジの訪問は、プロザロー大佐と旧交をあたためるためというような友好的なものではなく、大佐は彼女の目的を妻に知られることを恐れていた。

そういえば、ミス・マープルはとある教区委員の二重生活の話をしていた。これも同じような事例なんだろうか。

それにヘイドックがどのように関わっているのか、いっそう気になった。ヘイドックは、検死審問のさいに、ミセス・レストレンジが証言台に立たずにすむようにしてやった。全力を尽くして、彼女を警察の嫌疑の目から守ったのだ。

ヘイドックはどこまで彼女をかばうつもりなのだろうか?

彼女が犯人ではないかと疑いながらも――それでもなお彼女を守り、かばいつづける気でいるのだろうか。

ミセス・レストレンジ。不思議な女性だ――磁力があるというか、とても強烈な雰囲気をまとっている。わたし自身、彼女と殺人事件とを結びつけて考えることすら耐えがたい。心のなかでなにかが叫んでいる――彼女ではありえない！　と。だが、なぜだ？　頭のなかの小さな悪魔が答える――なぜなら、彼女はとても美しく、しかもじつに魅力的な女性だからだ、と。

ミス・マープルならきっとこういうだろう――わたしたちのなかには、多様な人間性がひそんでいるのですよ、と。

20

牧師館にもどると、家庭内危機が勃発していた。

玄関ホールに出迎えてくれたグリゼルダは涙ぐみ、わたしを応接室に引っぱっていった。

「やめるって」

「誰が？」

「メアリよ。やめるっていってるの」

それほど悲劇的な問題とは思えない。「そうか、なら、新しい使用人が必要だね」

わたしとしては、じつに合理的な発言をしたつもりだった。使用人がやめるというなら、新しい使用人を雇えばいい。そう思ったのだが、グリゼルダの非難の目にたじろいだ。

「レン、あなたって、ほんとうに情がないひとね。ぜんぜん気にしないなんて」

それはそうだ。じっさい、もう焦げたプディングや生煮えの野菜をがまんしなくていいと思うと、ほっとする。

「若い娘を探して、また仕事を仕込まなければならないのよ」グリゼルダはいかにも哀れっぽい声でいった。

「メアリを仕込んでいたって？」

「あたりまえでしょ」

「あの娘がわたしたちをだんなさま、おくさまと呼ぶのを聞いた者がこれは模範的な召使いだと思いこみ、即座に引き抜こうと決めたんだろうな。わたしにいわせれば、そのひとはきっと失望するだろうということだけだ」

「そうじゃないのよ」グリゼルダはいった。「メアリをほしがってるひとなんかいないわ。そんなわけ、ないでしょ。そうじゃなくて、あの娘の気持の問題なの。レティス・プロザローに、掃除ひとつちゃんとできないのねといわれたのが、ひどく気にさわったみたい」

グリゼルダはしょっちゅうこちらの度肝を抜くようなことをいうが、いまの話はほんとうなのかとつい疑ってしまうほど、わたしは意表を衝かれた。まさか、あのレティス・プロザローが我が家の家事に口を出して、うちのメイドのだらしない仕事ぶりをあげつらう日がくるとは思いもしなかった。レティス・プロザローらしくない。まったく彼女らしくない。

「どうにもわからないな。うちが埃だらけだろうと、そんなことはレティス・プロザローの知ったことではないだろうに」

「そのとおりよ。だからこそあんまりなんじゃない。あなた、メアリと話してくださいな。台所にいるわ」

メアリとそんな話はしたくなかったが、エネルギッシュでせっかちなグリゼルダはわたしに反論するすきも与えず、わたしをベーズ張りのドアから台所に押しこんだ。

メアリは流しでジャガイモの皮をむいていた。

「ああ、やあ」わたしはあたりさわりのない口調でいった。

メアリは目をあげて鼻を鳴らしたが、なにもいわない。

「ミセス・クレメントにきみがやめたいといっていると聞いた」

これにはメアリも返事をすることにしたようで、重い口ぶりで答えた。

「なんてったって、どんな者でも、がまんできないことがありますからね」

「よかったら、もう少しくわしく説明してくれないか？」

「はあ？」

「なにがそんなに気にさわったのか、それを説明してほしいんだよ」

「そんなの、ふたことでいえます」

いわせてもらえば、気持を表わすのにふたことでいいとは、また、ずいぶん遠慮したものだ。

「うかうかしてると、いろんなひとがやってきて、あら探しをするんですよ。そこいらじゅうをつつきまわして。だいいち、あたしがしょっちゅう書斎の掃除をしようがしまいが、そのひとたちになんの関係があるんです？　牧師さんやおくさんに文句がないんなら、ほかのひとたちにとやかくいわれたくありませんよ。牧師さんとおくさんが満足なら、それで充分じゃないですか」

わたしはメアリの仕事ぶりに満足したことなど一度もない。毎朝、部屋の掃除がいきとどき、きちんと片づいている状態になっていることを夢見ているぐらいだ。メアリときたら、ローテーブルの上の埃をざっと払うだけ。とうてい掃除とはいえない。しかし、いまここでそんな話をもちだすのは、決して得策ではない。

「あたしが検死審問に出席しなきゃならなかったの、知ってますよね？　あたしのようにちゃんとした娘が、十二人の殿がたの前に立たされるなんて！　しかも、どんなことを訊かれるか、わからないんですよ。これだけはいっておきますけどね、人殺しがあった家にいたことなんか、いっぺんもありません。もう、二度といやです」

「わたしもそう思うよ。だが、均等の法則からいっても、同じ家で二度もそんなことが起こるとは、とうてい考えられないがね」

「法則なんかどうでもいいんです。大佐は治安判事でした。ウサギを密猟したぐらいのことで、貧しい者たちを大勢、牢屋にぶちこんでた。ウサギだけじゃなくて、雉《きじ》やらなにやらでもそうだったけど。そのひとが死んで、きちんとお墓におさめられてもいないうちに、そのひとの娘がやってきて、あちこちつつきまわしたあげく、あたしの仕事にケチをつけるなんて」

「ミス・プロザローが来たのかい？」

「検死審問があったブルーボア亭からもどってきたら、牧師館に来てたんですよ。書斎にいました。あたしを見たら、〝あら、どうも。あたし、黄色いベレー帽を捜してるの――小さな黄色い帽子。このあいだ、ここに忘れてったんだけど〟っていうんです。

あたし、いってやりました。〝知りませんね。木曜日の朝、ここを掃除したときには、帽子なんかありませんでしたよ〟って。

そしたら、彼女、〝あら、あんたが気づくはずないわよね。どうせ、ここにはちょっとしかいなかったんでしょうから。そうでしょ?〟というんです。そして炉棚を指ですうっとなでてから指先を眺めて。まるで、あたしに、炉棚の置物を全部おろして、きれいに掃除して、また置物をもどす時間があったとでもいうみたいに。警察が封鎖してた書斎を開けていいといったのは、昨日の夜になってからだったというのに。

だからあたし、いってやったんです。〝牧師さんとおくさんが満足してるなら、それでいいんじゃないですかね、お嬢さん〟とね。

そしたら、彼女、けらけら笑って、フレンチウィンドウから出ていきぎわに、こういったんです。

〝あらまあ! 牧師さんとおくさんはほんとに満足してるのかしらねえ?〟って」

「なるほど」

「あんまりです! こっちにも感情ってものがあります。あたしは牧師さんとおくさんのために、指の骨がとびだすぐらいせっせと働いてます。おくさんが新しい料理をこさえてほしいというんなら、あたしはいつだってそれに応えてみせます」

「そうだろうね」わたしはメアリをなだめるようにいった。

「けど、あのひとはなにか聞いたにちがいありません。でなきゃ、あんなことというわけないです。牧師さんたちに、あたしの務めぶりに満足してもらえないんなら、やめるほうがいい。ミス・プロザローがいったことを気にしてるからじゃありません。あのひと、お屋敷では好かれていないんです。〝どうぞ〟とか〝ありがとう〟とか、いったことがないし、なんでもかんでも、そこいらにぽいぽい放りだして散らかすし。あたしはミス・レティス・プロザローのことなんか、どうでもいいんです。デニスさんはあのひとにお熱ですけどね。ああいう女って、いつだって、若い男を指先でいいようにあやつるんですよ」

鬱憤《うっぷん》をぶちまけているあいだ、メアリは勢いよくジャガイモの芽をほじくりだしていて、それが台所中に雹《ひょう》のように飛び散っていた。そのひとつが私の目にあたり、余儀なく話を中断せざるをえなかった。

ハンカチで目をぬぐいながら、わたしはいった。「どうだろう、こうは思わないかね？　あっちに悪意はなかったのに、きみのほうが悪く受けとったとか。それにしても、メアリ、きみがやめたら、おくさまはとても困るだろうな」

「あたし、べつに、おくさんや牧師さんに腹を立ててるわけじゃないんです」

「そうか、それなら、やめるなんてばかげてると思わないかね？」

メアリはようやく笑みを見せた。「検死審問のあとだったんで、ちょっと動揺してたんですよ。それに、どんな娘にだって感情がありますから。でも、おくさんを困らせたくないです」

「それなら、もうだいじょうぶだね」

わたしが台所から出ると、廊下でグリゼルダとデニスが待っていた。

「それで？」とグリゼルダ。

「いてくれるそうだよ」そういって、わたしはため息をついた。

「レン、おみごと」

妻のこの褒めことばを、すんなり受け容れる気にはなれなかった。決して〝みごと〟に事を解決したわけではない。メアリよりひどいメイドなどいるはずがないというのが、わたしの確固たる意見だからだ。今後どうなるにせよ、いま以上に悪くなるはずがない。

だが、わたしはグリゼルダを楽しませようと思い、メアリの鬱憤を逐一、語って聞かせた。

「レティスらしいじゃない」デニスはいった。「彼女があの黄色いベレーを水曜日にここに忘れていったなんて、それはありえないよ。だって、木曜日のテニスパーティには、それをかぶってきたもん」

「いかにも彼女らしいな」

「あの娘《こ》、なにをどこに置いたか、まるっきり憶えちゃいないんだ」デニスは親愛の情だけではなく、不適切にも、称賛の念すらこめた口ぶりでいった。「毎日、十個ぐらい、いろんなものを失くしてるんだよ」

「ずいぶんと魅力的な習慣だね」わたしはちくりと皮肉をいった。だが、デニスにはまるっきり通じなかったようだ。

「そうなんだ、とっても魅力的なひとだよねえ」深い吐息。「誰も彼もが、あのひとに求婚してるんだよ――本人から聞いたんだけど」

「この村でそんなまねをするとは、まともな求婚とはいえないね。なにしろ、この村に独身男はひとりもいないんだから」

「ストーン博士は独身よ」グリゼルダの目がいたずらっぽくきらめいている。

「確かに、博士は先日、レティスに発掘現場を見学に来ないかと誘ったらしい」

「そりゃあそうでしょうね」グリゼルダがうなずく。「だって、レン、彼女は魅力的ですもの。頭の禿げた考古学者でさえも、それはわかるのよ」

「S・Aがたっぷり」デニスが知ったかぶりでいう。

S・A――セックス・アピールのことだが、デニスは意味がわかっているのだろうか。

それに、ローレンス・レディングはレティスの魅力にはまったく無関心だ。だが、グリゼルダはいかにも自信ありげに、自説を披露した。

「それはね、ローレンス自身にS・Aがあるからよ。ああいうタイプが好きになるのは、ええ、そうね、クエーカー教徒的な女性よ。内向的で、遠慮がち。そういう女性は冷たく見えるものよ。ローレンスを惹きつけることができたのは、いままでのところ、アンだけだと思うわ。あのふたりなら、相手に飽きてしまうことなんか、ないんじゃないかしら。でも、ローレンスはある意味で愚かだったと思う。レティスを利用しようだなんて。まさかあの娘《こ》が自分に関心をもつとは、夢にも考えてなかったんでしょう――ああ見えて、彼は謙虚なところがあるから。でも、レティスのほうはのぼせてしまったんじゃないかしら」

「レティスは彼のこと、なんとも思ってないよ」デニスはきっぱりいった。「だって、自分でそういったもの」

それを聞いても、グリゼルダはなにもいわなかった。だが、それほど沈黙に憐れみをこめられるとは、これまでわたしは知らなかった。

わたしは書斎に行った。驚いたことに、書斎にはまだなんとなく、薄気味の悪い雰囲気が残っていた。これはなんとか乗り越えるしかない。この雰囲気に呑まれてしまったら、二度と書斎を使えなくなる。わたしは断固とした歩調で、ライティングテーブルに向かった。この椅子にプロザロー大佐はすわっていたのだ。そして、赤ら顔で精力的で独善的な男は、一瞬のうちに命を断たれた。大佐を射殺した犯人は、ここで、いまわたしが立っているところで……。

そういうことだ――大佐はもういない……。

大佐が握っていた万年筆がある。

床には、黒っぽいしみがかすかに残っている――ラグは洗濯に出したが、ラグの下の床にまで、血がしみこんでいたのだ。

寒けがして体が震えた。

「この部屋は使えない」声にだしてそういう。「とても使えない」

とそのとき、ふと目に留まったものがあった――明るいブルーのちっぽけなもの。かがんで、よく見てみる。床になにか小さな品が落ちている。拾いあげてみた。

手のひらにのせて、じっと見ていると、グリゼルダがやってきた。

「レン、いうのを忘れてたんだけど、ミス・マープルが今夜、夕食のあとでぜひ来てくださいって。甥ごさんをもてなしたいんでしょうね。甥ごさんが退屈してしまうんじゃないかと心配してるのよ。うかがいますっていっておいたわ」

「いいとも」

「なにを見てるの?」

「べつに」

わたしは手を握りしめ、妻の顔を見た。「たとえきみであっても、レイモンド・ウェスト先生を機嫌よくさせてあげられないとすれば、先生はよほど気むずかしい人物なんだろうな」

「ばかなことをいわないで、レン」グリゼルダの頬がピンクに染まった。

グリゼルダが出ていくと、わたしは握っていた手を開いた。

手のひらにあるのは、小粒の真珠をちりばめた、青いラピスラズリのイヤリングだ。

ラピスラズリはありふれた宝石とはいえない。そして、わたしはこれをいつどこで見たか、憶えていた。

21

わたしはレイモンド・ウェストを心から絶賛したことはない。彼が才能豊かな作家で、詩人としても名を馳せているのは、もちろん、知っている。彼の詩には大文字が使われていない。それが現代詩の真髄らしい。小説のほうは、おそろしく退屈な人生をおくっている不愉快な人人が描かれている。

彼が〝ジェーンおばさん〟に対して寛容な愛情を抱いているのは確かだ。なにしろ、彼女本人を前にして〝前世紀の遺物〟と呼んでいるぐらいだから。

〝ジェーンおばさん〟のほうは、興味津々という態度で甥の話に耳をかたむけている。ときおり、その目がいかにもおかしそうにきらめくのだが、甥のほうはいっこうに気づいていない。

レイモンド・ウェストは、会ったとたんにグリゼルダに惹きつけられたようだ。ふたりは現代劇について意見を述べあっていたが、やがて、そこから装飾の現代様式へと話が発展した。わたしの見るところ、グリゼルダはウェストを軽くあしらっているようにみせていたが、その実、彼の話をきちんと受けとめていた。

ミス・マープルとわたしの会話は（ひとえにわたしのせいだが）才気煥発とは縁遠いものだった。しかし、その合間に、〝こんなところに埋もれて〟というウェストのことばが何度も耳に入ってきた。

　いらだちがつのり、わたしはついにがまんできなくなって、ふいに口をはさんだ。「わたしたちがここでひどく時代遅れな暮らしをしている、とお考えのようですね」

　ウェストは指にはさんだ煙草ごと手を振りながら、自信たっぷりに決めつけた。「ここ、セント・メアリ・ミードは、よどんだ水たまりですよ」

　そういって、わたしたちが憤然として反論するのを待ちかまえているようすを見せた。だが、彼にとっては意外だと思うが、わたしたちは誰も怒りの声をあげなかった。

「レイモンド、それはいい喩えとはいえないわね」ミス・マープルはきっぱりといった。「いうまでもないけど、よどんだ水たまりの水を一滴、顕微鏡でのぞいたら、生命が満ちあふれているのがわかりますよ」

「生命――ある種の、ですね」小説家はうなずいた。

「それと同じじゃないかしらね。そうでしょう?」ミス・マープルはいった。

「ジェーンおばさん、ご自分はよどんだ池に棲息している生命体だと?」

「まあ、あなただって、新作の本でそういうことを書いているじゃないの」

　才気ある若者は、自分の作品が引き合いに出されて不利な立場に追いこまれるのを好まないものだ。レイモンド・ウェストもその例にもれなかった。

「まったくちがいますよ」ぴしりと否定する。

「なんといっても、誰がどこで暮らしていようと、人生というのは似たりよったりのものですよ」ミス・マープルは持ち前のおだやかな声でいった。「生まれて、成長して、ほかの人々とまじわり、衝突し、結婚して、あかちゃんを授かる――」

「そして最後は死ぬ」ウェストはいった。「だが、つねに死亡証明書のついた死とはかぎらない。生きていても、死んだも同然ということがあります」

「死といえば」グリゼルダが口をはさんだ。「ここで殺人事件があったの、ごぞんじ?」

ウェストは殺人事件などごめんこうむるといわんばかりに、煙草を振った。「人殺しなんて、お粗末きわまりない。ぼくはまったく興味がありません」

一瞬、わたしはその意味がわからなかった。人は誰もが恋人を愛する――恋人を殺人と置き換えれば、これまた、絶対的な真理といっていい。〝殺人事件〟に無関心な者などいない。わたしやグリゼルダのように単純な人間は、その事実を率直に認めることができるが、レイモンド・ウェストのような人間は、そんなものはつまらないというふりをしなければならないのだ――少なくとも、最初の五分間は。

しかしミス・マープルは、あっさりと甥を裏切った。「わたしとレイモンドは、夕食のあいだ、ずっと事件のことを話していたんですよ」

「地元のニュースには大いに興味がありますんでね」ウェストはあわてていいつくろった。そして、ミス・マープルに情け深くも寛大に微笑してみせた。

「なにかご意見はありませんか、ミスター・ウェスト?」グリゼルダは訊いた。

「論理的に考えれば」ウェストはまた煙草を振りながらいった。「プロザロー大佐を殺すことができたのは、ひとりしかいません」

「それは？」とグリゼルダ。

「牧師さんです」ウェストはわたしを指さした。

わたしは思わず息が詰まった。

「もちろん」ウェストはわたしを安堵させるようにいった。「あなたがやったのではないことはわかってます。人生というやつは、決して思いどおりにはいかないものです。だが、ドラマチックという意味では——まさにそのとおり。牧師館で教区委員が牧師の手で殺害される。おもしろい！」

「その動機は？」わたしは訊いた。

「ああ、動機ですか！　そいつは興味があるな」ウェストはすわりなおした。——煙草の火が消えてしまったが気にしていない。「劣等感、じゃないですかね。おそらく、抑圧過剰だったんでしょう。こいつを基にして小説を書いてみたいな。他人にはうかがい知れないコンプレックス。毎週毎週、毎年毎年、彼はその男と会っていた——聖具室で、少年聖歌隊の遠足で。男は教会のなかで献金袋を回し、それを祭壇の前にいる牧師のところまで持っていく。牧師はその男が嫌いだ——だが、その気持を抑えこんでいる。キリスト教徒にあるまじき感情だからだ。そんな感情に流されてはいけない。しかし、その抑圧は心の奥底で膿みただれていく。そしてある日——」

ウェストはなまなましい身ぶりをした。

グリゼルダがわたしを見た「そんな気持をもったことがあるの、レン？」

「ないよ」わたしは正直に答えた。

「でも、わりあい最近、大佐がこの世から消えてくれればいいと、あなたがおっしゃったと聞いてますよ」ミス・マープルがいった。

デニスめ！　だが、もちろん、そんなことを口走ったわたしが悪い。

「ええ、そのとおりです。我ながら愚かだったと思います。じつは、あの朝、大佐に不快な思いをさせられたんですよ」

「そいつは残念しごく」ウェストはいった。「というのは、あなたの潜在意識が彼を殺すと決めていたのなら、あなたがそんなことを口走るわけがないからですよ」

ため息をつき、ウェストはさらにいった。「ぼくの仮説は木っ端微塵《みじん》に砕けました。そうだなあ、これはごく平凡な事件じゃないかなあ――密猟者の復讐とか、そういうたぐいの」

「今日の午後、ミス・クラムが訪ねていらしたんですよ」ミス・マープルがいった。「先《せん》に村でお会いしたときに、うちの庭を見にきませんかとお誘いしたもので」

「あのひと、お庭に興味がおありなんですか？」グリゼルダが訊く。

「そうではないでしょうね」ミス・マープルの目がいたずらっぽくきらめく。「でも、話をしたいときには、便利な口実になると思いません？」

「あのひとのこと、どう思います？」グリゼルダは重ねて訊いた。「悪いひとだとは思えないんですけど」

「いろいろなことを話してくれましたよ――それはもういろいろと。彼女自身や家族のこともね。家族はみんな、インドで亡くなったようです。お気の毒に。それはともかく、彼女は週末にオールドホールに行ったとか」

「は？」

「ええ、ミセス・プロザローに招かれたのか、彼女のほうから訪ねたいとほのめかしたのか、そこのところはわかりません。ともかく、ミセス・プロザローの秘書役を務めようと申し出たようです――処理しなければならない手紙がたくさんあるんじゃないかといってね、彼女にとっても好都合だったんですよ。ストーン博士はロンドンに行って留守なので、彼女は暇をもてあましていたんだそうです。それにしても、あの古墳のことは、胸がわくわくするわねえ」

「ストーン？」ウェストが訊きかえした。「考古学者の？」

「ええ、古墳の発掘をなさってるのよ。プロザロー家の所有地でね」

「ストーンはいいやつですよ。仕事熱心だし。少し前に、夕食会で会ったんですが、話がはずんでね。ここにいるのなら、顔を見にいかなきゃな」

「あいにくですね」わたしはいった。「この週末、博士はロンドンにお出かけなんですよ。今日の午後、駅であなたとぶつかったじゃありませんか」

「ぶつかった？　あなたといっしょにいた、あの小太りの男のことですか？　眼鏡をかけた男？」

「そうです。ストーン博士です」

「いやいや、あれはストーンじゃなかった」

「ストーンじゃない？」

「考古学者のストーンではありません。ぼくは彼をよく知っている。あの男はストーンではない。似ても似つかない」

わたしたち三人はたがいに顔を見合わせた。わたしは特にミス・マープルの顔をじっとみつめた。

「奇妙ですね」とわたし。

「あのスーツケース」とミス・マープル。

「でも、なぜ？」とグリゼルダ。

「以前に、ガスの検査員だと偽って、村をうろついていた男のことを思い出すわね」ミス・マープルはつぶやいた。「その男、あちこちで盗みを働いて、けっこうな稼ぎぶりだったんですよ」

「詐欺師だな」ウェストはいった。「いやいや、これはおもしろくなってきた」

「殺人事件と関係があるんでしょうか？」グリゼルダが疑問を口にした。

「必ずしもそうとはかぎらないが――」そういいさして、わたしはミス・マープルを見た。

「〝おかしなこと〟」ミス・マープルはいった。「またひとつ〝おかしなこと〟が増えましたね」

「ええ」わたしは立ちあがった。「この件はすぐに警部に報せるべきでしょう」

22

スラック警部に電話で説明すると、警部はすぐさま簡潔に、しかし熱をこめて命じた――口外を禁じる、と。ことに、ミス・クラムを警戒させてはならない、という。彼女に気づかれないうちに発掘現場の周辺を捜索し、スーツケースをみつけだす必要があるのだ。

この新たな展開に、わたしとグリゼルダはすっかり興奮して牧師館に帰った。スラック警部に口外しないと約束したので、デニスの前でこの話はできなかった。

とはいえ、デニスはデニスで悩みを抱えていた。書斎にやってきて、そこいらの品々をいじくったり、足を何度も踏み替えたりして、おちつかないこと、このうえない。

「どうしたんだい、デニス?」しびれを切らして、わたしは訊いた。

「レンおじさん、ぼく、船には乗りたくない」

驚いた。ついこのあいだまで、この子ははっきりと進路を決めていたのに。

「だが、そっちに進むことにずいぶん熱心だったじゃないか」

「うん。だけど、気が変わったんだ」

「なにをしたいのかね?」

「経済のほう」

わたしはまたもや驚いた。「どういう意味なんだい、経済のほうとは？」

「そのとおりの意味だよ。ぼく、シティに行きたいんだ」

「だけどね、シティの生活は好きになれないんじゃないかな。わたしが伝手《つて》をたどって、おまえが銀行に就職できたとしても――」

デニスはそれは自分の進みたい道ではないという。銀行に就職したいわけではない、と。ではなにをしたいのか、わたしは彼の本音を問いただした。当然というか、あきれたというか、デニスは自分でもそれがわかっていなかった。

〝経済界に入る〟というのは、デニスにとっては、手っ取り早く金持になるという意味であるらしい。〝シティ〟に行きさえすれば、それが確実になるという考えは、若さゆえの楽天的な期待というか。わたしはできるだけおだやかに、彼の誤解をときほぐすことにした。

「なにがきっかけで、そんなことを考えたんだね？　船乗りになるという進路に満足していたじゃないか」

「わかってるよ、レンおじさん。だけど、ずっと考えていたんだ。ぼくだっていつかは、その、結婚したい――けど、結婚するには、ぼくが金持じゃないといけないんだ」

「その仮説は、さまざまな事実によって論破できる」

「わかってる――でも、現実的な問題なんだよ。つまり、相手が贅沢な暮らしに慣れてる女の子だと」

なんだかあいまいな話だが、デニスがいわんとするところはわかった。

「いいかい」わたしはやさしくいった。「すべての娘さんが、レティス・プロザローみたいだとはかぎらないんだよ」

たちまちデニスは逆上した。「おじさんは彼女に対してすごく不公平だ。彼女を嫌ってるんだ。グリゼルダもそうだよ。レティスのことを困ったひとだなんていってる」

グリゼルダの女性としての観点からいえば、もっともしごくな意見といえる。レティスは周囲を当惑させる困り者なのだ。とはいえ、成長途上にある少年が、そういう表現に腹を立てるのも理解できる。

「誰もがちょっとだけ寛容な気持をもっていればいいのに。ハートリー・ネイピアんちのひとたちですら、このときとばかりに、レティスのことを悪くいってるんだよ。あそこんちのテニスパーティからちょっと早めに帰ったというだけで。退屈だから帰った。それのなにがいけないのかな？　ちゃんと参加したんだから、礼を失したことにはならないよね」

「ずいぶん好意的だね」わたしは皮肉をいったが、デニスには通じなかった。彼はレティスのためにひどく心を痛めていて、そのことで頭がいっぱいなのだ。

「レティスは自分勝手なところがぜんぜんないんだよ。ぼくには残ってくれといったことから、それはわかるでしょ。そりゃあ、ぼくも彼女といっしょに帰りたかったさ。けど、彼女は聞きいれなかった。ぼくまで帰ったりしたら、ネイピア家のひとたちに悪いからって。だもんで、彼女を喜ばせたくて、そのあと十五分も残ってたんだ」

若いひとは〝自分勝手ではない〟ということに、じつに奇妙な解釈をしているようだ。

「そしたら、今日、スーザン・ハートリー・ネイピアがあちこちで、レティスは礼儀知らずだといいふらしてるって聞いたんだ」

「わたしなら気にしないがね」

「そりゃあそうだけど——」デニスは途中でいいやめて、別のことをいった。「ぼく——レティスのためなら、なんでもする」

「ほかのひとのためにできることなんて、ほとんどないんだよ。どれほどそうしたいと望んでも、わたしたちは無力なんだ」

「ああ、ぼく、もう死んでしまいたい」

かわいそうに。幼い恋というのは、性質《たち》の悪い病気のようなものだ。こういうときに誰もがいいそうな決まり文句は、気持をこじらせるだけなので、わたしはあえていわなかった。そして、おやすみとだけいって、わたしは寝室に向かった。


翌朝、八時の礼拝をおこなってから食堂に行くと、グリゼルダがテーブルについて手紙を読んでいた。アン・プロザローからの手紙だ。

グリゼルダさま
今日、牧師さんといらしていただいて、三人で静かな昼食をごいっしょできれば幸いに思います。とても奇妙なことが起こりましたので、牧師さんのご助言をいただきたいのです。
このことは内密にしてくださいませ。わたしも誰にも申しませんので。
かしこ
アン・プロザロー

「もちろん、行かなきゃね」グリゼルダはいった。

わたしはうなずいた。

「なにが起こったのかしら？」

わたしにもわからない。

「グリゼルダ、事件はまだまだ終わっていないという気がするよ」

「真犯人が捕まるまでは、ってこと？」

「いや、そうじゃない。事件の底には、いくつも枝わかれした流れがあるのに、そのどれに関しても、わたしたちはなにも知らないんだ。すべてが明らかになれば、ようやく真相が見えてくるんじゃないかな」

「事件に直接の関係はないけど、真相解明の邪魔をしている事柄がたくさんあるってこと？」

「そうだね、わたしのいいたいことを適切にいってくれたね」

「ちょっと騒ぎすぎなんじゃないかな」デニスがマーマレードを取りながらいった。「プロザローじいさんが死んだのは、いいことだったじゃない。あのひとを好きなひとなんか、ひとりもいなかったんだよ。うん、警察が困っているのは知ってるよ――真犯人をみつけるのが警察の仕事だもんね。だけど、ぼくとしては、警察が真犯人をみつけないほうがいいなあ。スラックのやつ、それで昇進でもしたら、自分は優秀だと自慢たらたらでますます偉そうにふんぞりかえりそうだもの。そんなの、ぜったいにいやだ」

わたしだって人間なので、スラックの昇進に関してはデニスの意見に賛成だ。つねに他者の神経を逆なでするような男が、人々に受け容れられるわけがない。

「ドクター・ヘイドックだって、ぼくと同じように考えてるんじゃないかな」デニスはさらにいった。「犯人を司法の手に渡すようなことはしないって、そういってたよ」

わたしから見れば、そこがヘイドックの危険なところだ。彼の見解は健全かもしれない――それをとやかくいう気はない――が、ヘイドックにその気はなくても、感じやすい心の持ち主である若者には、なんらかの影響を与えかねない。

グリゼルダが窓の外を見て、新聞記者たちが牧師館の敷地内に入りこんでいるのに気づいた。

「また書斎のフレンチウィンドウの写真を撮っているんだわ」ため息まじりにそういう。

もう何度もこんな迷惑をこうむっている。まずは、村人たちの野次馬的好奇心の的になった――だれかれとなく、物見高くやってくるのだ。そして、カメラを抱えた記者たちが押しかけてくる。すると、その光景を見ようと、また村人たちが集まってくる。たまりかねて、マッチ・ベナム署から警官をひとり派遣してもらい、見張りに立ってもらったほどだ。

「明日は葬儀だ」わたしはいった。「それが終わったら、騒ぎもおさまるよ」

グリゼルダといっしょにオールドホールに出向くと、そこにも記者たちが数人、たむろしていた。わたしは質問攻めにされたが、いつもどおりの返答で乗りきった。いうことはなにもありません――この返答がいちばんいい。

執事に案内されて、わたしたちは応接室に入った。先客がひとりいた――ミス・クラムだ。見るからに機嫌がいい。

「あたしがここにいるんで、びっくりなさったんじゃありません?」握手を交わしながら、ミス・クラムはいった。「あたしもまさかこんなことになるなんて、思いもしなかったんですよ。でも、ミセス・プロザローってやさしいかたですね。なんてったって、新聞記者なんかがうろうろしてるブルーボア亭みたいなところに、若い女がひとりで泊まってるなんて、いいことじゃありませんからね。それに、当然ながら、あたしだってまんざら役立たずじゃないし。こんなときって、秘書役の者が必要ですけど、ミセス・プロザローのまわりには、そういう事務能力のあるひとがいなくて。そうでしょ?」

ミス・クラムのレティスへの敵意はまだおさまっていないとわかり、わたしはちょっと愉快だった。しかし、ミス・クラムはアンの味方ではあるらしい。それはそれとして、わたしは彼女がここに来ることになった経緯は、彼女のいうとおりなのだろうかと不審に思った。彼女の話では、あたかもアンに招かれたように聞こえるが、はたしてほんとうにそうなのだろうか。この問題を公平な目で見てみると、どうも、ミス・クラムが真実を語っているとは思えない。ブルーボア亭にひとりでいたくないと、彼女のほうからいいだしたのではないだろうか。

あれこれ考えていると、ミセス・プロザローがやってきた。

黒い服に身を包み、しめやかな感じをたたえている。彼女は手にしていた新聞の日曜版を、わたしにさしだした。悲しげなまなざしだ。

「こんな経験は初めてです。ひどいじゃありませんか。ええ、検死審問のとき、新聞記者に会いました。わたしは動揺していて話すことはなにもないといったんです。すると、記者は夫を殺した犯人が誰か、知りたいだろうというので、わたしは〝はい〟と答えました。そうしたら、誰か心あたりの人物でもいるのかというので、〝いいえ〟と答えたんです。そうしたら今度は、この村の事情にくわしい者のしわざだと思わないかと訊かれたので、わたしはそう思うと答えました。わたしがいったのは、それだけです。なのに、これを見てください！」

紙面のまんなかに写真が掲載されている。少なくとも十年前のものだ。いったいどこから掘りだしてきたのだろう。その写真の上にでかでかと見出しがついている。

妻は語る——夫を殺した犯人が捕まるまでは、心が安まることはない。

その下に記事の本文がある。

被害者の妻ミセス・プロザローは、夫を殺した犯人は必ずや地元にいるにちがいないと断言している。犯人の心あたりはあるが、確信はないという。夫人は悲嘆にくれながらも、なんとしても犯人をみつけだすという決意をくりかえし語った。

「わたしのことばらしくないでしょう?」アンはいった。

「もっとひどい書かれかたになっていたかもしれませんよ」わたしは新聞をアンに返した。

「恥知らずですよね」ミス・クラムはいった。「あたしからなにか訊きだそうとする記者がいるんなら、ぜひともお目にかかりたいわね」

グリゼルダの目がきらっと光った。妻は、ミス・クラムはわざとらしく強気の発言をしたが、じっさいは本音に近いものだとみなしたのだ。

昼食の支度ができたといわれ、わたしたちは食堂に行った。食事がなかばまで進んだころ、レティスがようやく姿を見せた。例によってただようような歩きかたで空いている席に向かいながら、レティスはグリゼルダにほほえんだが、わたしには笑みを見せなかった。思うところがあって、わたしはレティスを見守っていたが、いつにもまして、彼女はぼんやりしているようすだった。きれいな娘だ――公平な目で見て、わたしもそう思う。あいかわらず喪服は着ていないが、淡い緑色の服は、彼女の色白の肌を引き立てている。

コーヒーを飲み終えると、アンが静かにいった。

「牧師さんと少しお話ししたいことがあります。わたしの居間にいらしていただきましょう」

ようやく、なぜ呼ばれたのか、その理由がわかりそうだ。わたしは立ちあがり、アンのあとから階段を昇った。彼女の居間とおぼしい部屋のドアの前で、アンは立ちどまった。耳をすますようにして、廊下を見わたしている。

「だいじょうぶ。あのひとたちはお庭に行くみたい。いえ、じつはここじゃないんです。階上《うえ》に行きます」

驚いたことに、アンは翼棟の奥に向かった。いちばん奥に、幅の狭いはしごのような階段があった。アンがそれを昇りはじめたので、わたしもあとにつづいた。昇りきった先は、埃だらけの広い板張りの通路だった。アンは通路に面したドアを開けた。なかは広いが薄暗い屋根裏部屋で、不用品置き場として使われているのはまちがいない。いくつものトランク、こわれた古い家具、積み重ねられている何枚もの絵。ほかにも、がらくた置き場にしか行き所のない、数えきれないほど多数の品々がある。

わたしがさぞ驚いた顔をしていたのだろう、アンはかすかにほほえんだ。

「まずは説明させていただきますわね。最近、わたしは眠りが浅いんです。昨夜――いえ、夜中の三時ごろ、足音が聞こえたんです。しばらく耳をすまして、足音だと確信すると、わたしは起きあがって、誰なのか見てみようと廊下に出ました。階段の踊り場まで行くと、足音は階下からではなく、階上から聞こえてくるのがわかりました。それで、先ほどの狭い階段の下まで行き、声をかけたんです。〝誰かいるの？〟と。でも、返事はありませんでした。足音も聞こえなくなりました。ですから、神経が過敏になっているせいだと思い、ベッドにもどったんです。

でも、今朝早く、もう一度、ここに来てみました――単なる好奇心からです。で、これをみつけたんです！」

アンはしゃがみこんで、壁に立てかけてあった裏返しの絵を、くるっと表に向けた。わたしはまたまた驚き、息を吞んだ。油絵の肖像画だが、顔の部分がずたずたに切り裂かれ、誰なのか見当もつかない。しかも、切り口はどれも、まだ新しい。

「なんということだ」わたしはつぶやいた。

「そうでしょう？　こんなひどいことをするなんて、どういうわけでしょう？」

わたしは頭を振った。「狂気じみている。そこが気に入りません。狂暴な怒りの発作に駆られた行為のような感じがします」

「ええ、わたしもそう思いました」

「どなたの肖像画なんですか？」

「わたしには見当もつきません。いままで見たこともなかったので。ルシアスと結婚してこちらに越してきたときにはもう、こういうものはすべて、この屋根裏部屋にしまいこまれていたんです。なにがあるのか、調べたこともありませんし、気にしたこともなかったんです」

「しかし、これはひどい」わたしはまたつぶやいた。

しゃがみこんで、ほかの絵を見てみる。ほぼ予想どおりのものばかりだ――ごくありふれた風景画、油絵風の石版画、安っぽい額縁に入れられた複製画等々。

参考になるようなものはなにもなかった。かつて〝箱船〟と呼ばれていた、旧式の大型トランクには、〝E・P〟とイニシアルが入っている。蓋を開けてみる。からっぽだ。ほかに、なんらかの参考になりそうなものは、屋根裏部屋にはなにもない。

「じつに奇妙だ」わたしはいった。「どうにも――意味不明ですね」

「ええ」アンはうなずいた。「そこがなんだか恐ろしくて」

それ以上見るべきものはないと見切りをつけて、わたしたちはアンの居間に向かった。部屋に入ると、アンはきっちりとドアを閉めた。

「なにか手を打つべきだとお思いになりますか？　警察に届けるとか」

わたしはためらった。「ほんの一面しかわからないので、なんともいいがたいのですが……」

「……事件と関係があるのかないのかわからない」わたしがいいよどんだことをアンがいった。

「ええ、そうですわね。判断がむずかしい。表面的には、事件とは関係なさそうですし」

「そうですね。でも、これもまた〝おかしなこと〟のひとつです」

わたしたちは眉をひそめて黙りこんだ。

しばらくして、わたしは訊いた。「よかったら、これからどうなさるおつもりか、聞かせてもらえますか？」

アンはしゃっきりと顔をあげた。「あと半年はここにいるつもりです」毅然とした口ぶりだ。「とてもいやなんです。ここで暮らすと思うことすらいやなんです。でも、そうするしかありません。でなければ、逃げ出したといわれるでしょう――やましい気持があるからだと」

「まさか」

「あら、いいえ、きっとそういわれます。だって――」アンはためらったが、すぐに先をつづけた。「半年たったら、ローレンスと結婚します」アンはわたしの目をみつめた。「わたしたちはふたりとも、それ以上待つつもりはありません」

「そうなさるだろうと思っていました」

アンは両手に顔を埋めて泣きだした。「わたしがあなたにどれほど感謝しているか、おわかりにはならないでしょうね——ええ、ありがたくて。わたしたちは別れることに決めました——あのひとはさよならといって去っていきました。わたしは——ルシアスが死んでも、それほど悲しいと思えないんです。もしわたしがローレンスといっしょに逃げようとしていたときに、ルシアスが死んだのなら——いまごろは、さぞ苦い思いにさいなまれていたことでしょう。でも、牧師さん、あなたがまちがいを諭してくださったおかげで、そんな思いをせずにすみました。ほんとうにありがとうございました」

「わたしもありがたく思っていますよ」わたしは重々しくいった。

「それにしても」アンはすわりなおした。「真犯人が捕まらなければ、世間の人々はローレンスが犯人だと思いこんで……。ええ、ぜったいにそうなります。特に、わたしたちが結婚すれば」

「ドクター・ヘイドックの証言が、そんな疑いを晴らしてくれ——」

「世間の人々が証言なんかを気にしますかしら？　そんな証言があったことすら知らないと思いますよ。それに、医学的証言など、専門的知識のない素人にとっては、なんの意味もありません。牧師さん、わたしは真相を突きとめるつもりなんです」

アンは目を光らせながらいった。「ですから、ここにあの女性を呼んだんです」

「ミス・クラムのことですか?」

「ええ」

「では、あなたのほうからお誘いになったんですか。つまり、あなたがそう決めた?」

「そうです。あら、じつをいえば、彼女、すっかり落ちこんでましてね——検死審問のときですけど。わたしがブルーボア亭に行ったときには、彼女ももう来ていました。それで、わたしのほうから彼女にうちにいらっしゃいとお誘いしたんですよ」

「まさか」わたしはつい大きな声をだしてしまった。「まさか、あの頭の鈍い娘が、この事件に関係していると本気で考えているんじゃないでしょうね?」

「頭が鈍いふりをするのは簡単ですわ。どんなことよりも容易だといえます」

「では、あなたは本気で——?」

「いいえ、そうじゃありません。正直に申しますと、本気で疑っているわけじゃないんです。ただ、彼女がなにかを知っている、あるいは知っているかもしれない——そんな気がしてならないんです。だから、身近に接して、それを探りだせればと思ったんです」

「そして、彼女はここに来た、その日の夜中に、あの絵が切り裂かれた」わたしは考えこんだ。

「彼女がやったとお思いなんですか? でも、なぜ、彼女が? 理が通りませんし、ばかげています」

「わたしにしてみれば、わたしの書斎であなたのご主人が殺されたことも理が通らなくて、ばかげています」わたしはきびしい口調でいった。「しかし、それが事実なんです」

「わかっています」アンはわたしの腕に片手を置いた。「牧師さんにとっては耐えがたいことでしたでしょうね。これまで口にしませんでしたけど、お気持はよくわかっているつもりです」

わたしはポケットから、片方だけのラピスラズリのイヤリングを取りだした。「あなたのだと思いますが？」

「まあ、そうです！」アンはうれしそうな笑みを浮かべ、手をさしだした。「どこにありましたの？」

わたしはアンのさしのべた手にイヤリングを置かなかった。「もう少し、わたしが預かっていてもかまいませんか？」

「ええ、もちろん、かまいません」けげんそうな、理由を知りたそうな表情だ。しかしわたしは、アンの好奇心を無視した。

わたしはアンの経済状態を尋ねた。「失礼な質問だと承知のうえで、ぜひお聞きしたいのです」

「失礼だとは思いませんわ。あなたとグリゼルダは、わたしがここで得られた最高の友人ですもの。それに、あのちょっと変わったミス・マープルも好きです。ええ、ごぞんじのとおり、ルシアスは裕福でした。わたしとレティスは、ほぼ平等に、遺産をいただけることになっています。オールドホールはわたしに遺されましたが、レティスはここより小さい家のなかを整えるために、この家にある家具を自由に選んで運びだす権利があります。もちろん、その家を購入するための資金や費用は、別途に用意されていますから、まあ平等といっていいのではないでしょうか」

「レティスが今後どうする気なのか、なにか知っていますか?」

アンはひょうきんに顔をしかめてみせた。「わたしに話してくれたことはありません。でも、できるかぎり早々にここを出ていくんじゃないでしょうか。わたしがいけないんでしょう。やさしく接しようと努力したんですが、うまくいかなくて。もっとも、どんな娘だって、若い継母には反感をもつものでしょうが」

「あなたは彼女を好きですか?」わたしはぶしつけに訊いた。

アンは即答しなかった。アン・プロザローはじつに正直な女性だ。

「最初は」アンはようやくいった。「とてもきれいな、かわいい女の子だと思いました。でも、いまはそうは思えません。どうしてなのか、自分でもわかりませんけど。たぶん、彼女がわたしを嫌っているからでしょうね。好意をもってもらえるほうがうれしいものです」

「誰だってそうですよ」わたしがそういうと、アンはほほえんだ。

わたしにはもうひとつ、なすべきことがあった。レティス・プロザローとふたりきりで話をしなければならない。応接室にもどると、彼女だけが残っていたので、思ったより簡単に事が運んだ。グリゼルダとグラディス・クラムは庭にいる。

わたしは応接室に入り、ドアを閉めた。「レティス、ちょっと話があるんだが」

彼女はどうでもよさそうに目をあげた。「なあに?」

いうべきことは、前もって考えておいた。わたしはラピスラズリのイヤリングをさしだした。

「どうしてこれをわたしの書斎に置いたんだね?」

一瞬、レティスの体がこわばった――ほんの一瞬。しかし彼女は即座に元の態度をとりもどした。わたしが見まちがいをしたのかと思ったほど、すばやい立ち直りかただった。

「牧師さんの書斎にそんなものを置いたりはしてないわ。それ、あたしのじゃないし。アンのよ」

「知っているよ」

「なら、なぜあたしに訊くの? アンが落としたに決まってるじゃない」

「ミセス・プロザローは事件以降、一度しか書斎に入っていないんだよ。そのときは喪服姿で、青いイヤリングはつけていなかった」

「だったら、もっと前に落としたんでしょ」レティスはさらにつけくわえた。「それなら論理的だわ」

「確かに論理的だね。それでは訊くが、きみの義理のお母さんがこれを着けていたのを最後に見たのがいつだったか、きみは憶えているかね?」

「あら」レティスはけげんそうな、しかし真剣なまなざしでわたしをみつめた。「それって、だいじなこと?」

「そうかもしれない」

「ちょっと待って。考えてみる」レティスは眉間にしわを寄せて考えこんだ。レティスがこれほどかわいらしく見えたのは、これが初めてだ。

「あ、そうだ！」ふいにレティスが声をあげた。「木曜日——そう、木曜日に着けてたわ。いま、思い出した」

「木曜日」わたしはゆっくりといった。「それは事件があった日だね。その日、ミセス・プロザローは庭から書斎にやってきた。彼女の証言を思い出してごらん、彼女はテラスにたたずんでいただけで、書斎のなかには入らなかったんだよ」

「牧師さん、それをどこでみつけたの？」

「ライティングテーブルの下で」

「ほら、そういうことでしょ。あのひとはほんとうのことをいってないんじゃない？」

「彼女は書斎に入って、ライティングテーブルのそばまで行った、といいたいのかね？」

「だって、そうとしか思えない。そうじゃない？」

レティスはおちつきはらって、わたしの目をみつめた。

「どうしても知りたいというんなら、いってしまうけど」レティスは静かにいった。「あのひとが真実を語ってるなんて、あたしは一度だって信じたことない」

「それをいうなら、きみも同じだね、レティス」

「どういう意味？」レティスはたじろいだ。

「こういうことだ——金曜日の朝、メルチット大佐とここに来たとき、わたしはこのイヤリングを見たんだよ。きみの義理のお母さんの化粧台の上に、ちゃんと対になって置いてあった。じっさいに、ふたつともこの手に取ってみたんだ」

「まあ！」レティスは動揺し、椅子の肘掛けにがばっと伏せて泣きだした。短く切った金髪が床に触れそうだ。奇妙なふるまいだ――美しくて、自由奔放。

わたしは黙って、レティスを泣きじゃくるがままにしておいた。しばらくしてから、おだやかに訊いた。

「レティス、どうしてあんなことをしたのかね？」

「え？」レティスは金髪を振りはらうように、乱暴に身を起こした。逆上しきっている――恐ろしいほどに。

「どういう意味？」レティスは訊きかえした。

「どうしてあんなまねをしたんだね？　嫉妬心から？　アンを嫌っているから？」

「ええ、ええ、そうよ！」レティスは顔にかかった髪をうしろになでつけた。突然に冷静さをとりもどしたようだ。「そうね、嫉妬心といってもいいかな。あたしはずっと前からアンが嫌いだった――アンがここで女主人然とふるまうようになってから、ずうっと。

そう、アンのイヤリングをライティングテーブルの下に置いたのは、あたし。あのひとが厄介な立場に追いこまれればいいと思った。どこかのおせっかい焼きが、あのひとの化粧台の上にあったイヤリングを手にとったりしなかったら、あたしの狙いどおりになったはずなのに。どっちにしても、警察の手助けをするのは、聖職者の仕事じゃないでしょ」

これは悔しまぎれの、子どもっぽい怒りの爆発にすぎない。じっさい、いまこの瞬間の彼女は、哀れを誘う、かわいそうな子どもにしか見えなかった。

レティスの子どもっぽい、アンに対する復讐めいた作意を、深刻に受けとめることはできない。わたしは彼女にそういい、イヤリングはアンに返しておくといった。そして、それにまつわる事情に関してはなにもいわない、とつけくわえた。これにはレティスも、気持をやわらげたようだ。

「やさしいんですね」

レティスはそういってから黙りこんだ。なにやら考えこみ、慎重にことばを選んでいるようすだ。

「牧師さん、あたしなら――あたしが牧師さんなら、デニスをすぐにこの村から出すわ。そのほうがいいと思う」

「デニス?」わたしはいささか驚き、多少はおもしろく思って、眉を吊りあげて訊きかえした。

「そのほうがいいと思う」そうくりかえしてから、レティスはぎごちない態度で、こうつけくわえた。「デニスには悪いと思ってる。まさか彼が――とにかく、彼にはすまないことをしたわ」

わたしたちはそこでその話を打ち切った。

23

牧師館にもどる道々、わたしはグリゼルダに、遠回りになるが、古墳に寄っていこうといった。その近辺で警察が捜索をしているかどうか、なにか発見したかどうか、知りたかったからだ。だがグリゼルダは用事があるから牧師館にもどるというので、わたしはひとりで古墳に向かった。

捜索隊のなかにセント・メアリ・ミード村の駐在、ハースト巡査がいた。

「ここまでのところ、なにもみつかってませんよ、牧師さん」ハースト巡査はそういった。「それに、キャッチがここだけだと決まったわけじゃありませんし」

一瞬、〝キャッチ〟の意味がわからなかったが、すぐに彼がなにをいわんとしているのか、察しがついた。キャッチではなくキャッシュ、つまり〝隠し場所〟ということだ。

「わたしがいいたいのは、あの若い女があの小径を通って森に踏んごんだってのなら、ここいらあたり以外のどこに行けるってんですかね？　あの小径はオールドホールとここに通じてる。けど、ほかのどこにも行けやしないんです」

「そうだねえ、スラック警部はあの若い女性に直接に訊くという、シンプルな方法を軽蔑しているんだろうね」

「女をへたに刺激しないよう気をつけてるんでしょうな。ストーンと彼女がやりとりした手紙がなにか鍵になるかもしれないんですが――警察が動いてるとわかったら、彼女、あれみたいに口を閉じてしまうでしょうな」

今度は〝あれみたいに〟とはなんのことかとくびをひねったが、わたしとしては、グラディス・クラムが口を閉ざすかどうかは疑問に思う。ぺらぺらとよくしゃべる彼女しか頭に浮かばないからだ。

「ある人間が詐欺師だとすると、なぜ詐欺師なのか、知りたくなるもんです」ハースト巡査は教訓じみたことをいった。

「なるほど」わたしはうなずいてみせた。

「答は、ここ、この発掘現場でみつかるってことですな――でなきゃ、こんなところを、なんだってわざわざ掘りかえしたりしますかい？」

「うろつきまわるための存在理由《レゾンデートル》だよ」わたしはそういったが、巡査はフランス語がわからないようだ。

その仕返しといわんばかりに、ハースト巡査はひややかな声でいった。「そいつは素人考えってもんです」

「とにかく、スーツケースはまだ発見されていないんだね」

「みつけますすよ。まちがいなく」

「どうだろうねえ。じつはずっと考えていたんだがね、ミス・マープルの話では、あの女性はそれほど時間をおかずに、手ぶらでもどってきたそうなんだ。とすると、ここまで来て、またもどるだけの時間はなかったはずなんだよ」

「年寄りのいうことを、いちいち真に受けちゃいけませんよ。なにかおかしなことを見かけて、さあなんだろうと考えてたりすれば、時間のことなんか、あっさり頭からふっとんでしまうに決まってます。それに、そもそも、ご婦人がたってのは、時間の観念なんかもってやしないし」

なぜ世間というものは、一般論としてひとくくりにしたがるのか、わたしはつねづね不思議に思っている。一般化が真実を衝いていることはめったになく、誤っている場合のほうが絶対的に多いのだ。わたし自身、時間の観念が欠けている（だから時計を進めておくのだ）が、ミス・マープルは時間にはじつに正確なのだ。彼女の時計は一分たりとも狂うことはなく、彼女自身、どんな場合でも時間厳守を怠らない。

とはいえ、そのことをハースト巡査と論議しても始まらない。わたしは彼の労をねぎらってから、牧師館に帰った。

牧師館の近くまでもどったとき、ふっとある考えが浮かんだ。どうしてそんな考えがひらめいたのか、その原因すらわからない。ただふっと、謎の解明につながりそうな可能性が頭に浮かんだのだ。

事件の翌日、わたしは小径を探索して、とある地点で、茂みが押し分けられているのを発見した。あのときは、わたしと同じことを考えたローレンス・レディングが、そこを通ったからだと思った。

しかし、いま思いかえしてみれば、レディングと出会ったあとでふたりして探索をつづけていると、また新たに茂みが押し分けられている箇所をみつけたのだが、これはスラック警部が通った跡だと判明した。つらつら考えてみるに、最初の箇所（レディングが押し分けた跡）は、二番目（スラック警部が通った跡）よりも歴然としていた。ひとりならず何人もが通った跡のように。だからこそ、レディングの目を惹いたのだろう。あれがもともと、ストーン博士とミス・クラムによってつけられたものだとすれば？

わたしは思い出した。というか、思い出したような気がしたというべきか、押し分けられた茂みの折れた枝の上には、しおれた葉が数枚、散っていた。とすると、あれは、わたしたちが探索した日の午後につけられた跡ではない。

ちょうどそのとき、わたしはその問題の箇所の近くまで来ていた。そこだとすぐにわかったので、茂みをかきわけて進んでいった。今度は、まだ折れ跡も新しい枝がみつかった。わたしとレディングが探索した日のあとに、誰かがここを通ったのだ。

やがて、あの日、レディングとばったり出会った場所にたどりついた。しかし、誰かが通った跡は、その先までかすかにつづいている。わたしはその跡をたどった。

ふいに、狭い空き地に出た。最近、人為的にこしらえられたのがはっきりわかる。空き地といったのは、そこだけ下生えがまばらになっているからだが、木々の枝は頭上で交差している。要するに、森のなかに、数フィート四方の地面が露出しているのだ。

その向こうは、下生えが厚く茂っている。誰かがむりやりに通った跡は、まったく見られない。にもかかわらず、一箇所だけ、目を惹く場所があった。

そこまで行ってみる。地面に膝をつき、両手で茂みをかきわける。つやのある茶色のスーツケースの一端が目に入った。わたしは興奮してしまった。片腕をのばし、難儀しながらも、小さな茶色のスーツケースを引っぱりだすことができた。

わたしは思わず喜びの声をあげた。思いつきが功を奏したのだ。ハースト巡査にはひややかに剣突《けんつく》をくわされたが、わたしなりの推測は正しかったと証明されたのだ。このスーツケースは、ミス・クラムが運んでいたものにまちがいない。掛け金をはずしてみようとしたが、錠がおりている。

立ちあがろうとしたとき、地面に小さな茶色っぽいガラスが落ちているのに気づいた。ほとんど反射的にそれを拾いあげ、ポケットにしまう。

スーツケースの取っ手をしっかり握りしめて、あともどりする。

小径をもどり、踏み越し段をまたいで、牧師館の裏の路地に出ようとしていると、すぐ近くで感嘆の叫び声があがった。

「まあ、牧師さん、発見なさったんですね！　おみごと！」

相手に気づかれずに、自分はしっかり見ているという技術に関していえば、ミス・マープルの右に出る者はいない。わたしは、ミス・マープルの裏庭の柵の上に、バランスよく発見物をのせた。

「これはあれです」ミス・マープルはいった。「どこで見てもわかります」

それはちょっといいすぎではないか。こういうてかてかした安っぽいスーツケースは大量に出まわっていて、どれも見かけは同じなのだ。月の光で、遠くからちらっと見ただけで特定できるわけはないのだが、このスーツケースに関しては、ミス・マープルの眼力のおかげといえる。とすれば、少しぐらいの誇張は許されるだろう。

「錠がおりてるんでしょう?」ミス・マープルはいった。

「ええ。警察署まで持っていくつもりです」

「電話で連絡なさったほうがいいんじゃありませんか?」

もちろん、電話するほうがいいに決まっている。わたしがスーツケースをぶらさげて村を通れば、またなにかとあらぬ噂を立てられるだろう。

ミス・マープルが裏木戸を開けてくれたので、わたしは庭に入り、フレンチウィンドウから家のなかに通してもらった。そして、応接室のドアをきっちり閉めてから、警察に電話をかけた。

電話の向こうで、スラック警部はすぐさまそっちに行くとわめいた。

やってきた警部は、いつにもまして険悪なようすだった。

「では、これが手に入ったわけだ」警部はいった。「牧師さん、隠しごとはなしにしてください。われわれが捜していた問題の品がどこに隠してあるか、心あたりがあったのなら、早急に警察に話すべきでしたよ」

「いや、偶然の賜《たまもの》なんです」わたしは抗弁した。「隠し場所をふっと思いついたんですよ」

「なるほど、よくありそうな話ですな。森のなかを四分の三マイルも歩いて、まっしぐらにその場所まで行き、獲物を手にするのは」

どうして正確な隠し場所がわかったのか、警部に段階を追って説明する気がなかったわけではないのだが、例によって、警部の居丈高なものいいに怒りを覚え、わたしはなにもいわなかった。

「ふうむ」警部はうとましげに、さも関心がなさそうに、スーツケースをみつめた。「なかになにが入っているか、見てみましょう」

警部は各種の鍵を針金で束ねたものを持参していた。スーツケースの錠は安物だった。二秒もたたないうちに、錠は開いた。

なにが入っているのか、みんながどういう予想をしていたのか、わたしにはわからない——たぶん、見たとたんにあっと驚くようなものを、なにかそういうものを期待していたのかもしれない。だが、まっさきに目にとびこんできたのは、格子柄の脂じみたスカーフだった。スラック警部はそれをつまみだした。次は色褪せた紺色のオーバーコート。身にまとうのをためらうようなしろものだ。そして、格子柄のキャップ。

「安物ばかりだ」警部はいった。

さらに、踵《かかと》がすりへった、くたびれたブーツが一足。そして、スーツケースの底には新聞紙に包まれたものがあった。

「妙ちきりんなシャツかなにかだろう」警部は苦い口調でそういいながら、包みを開いた。

一瞬後、警部ははっと息を呑んだ。というのも、新聞紙に包んであったのは妙ちきりんなシャツではなく、品のいい小さな銀器と、銀の丸い大皿だったからだ。

その品々に見憶えがあったらしく、ミス・マープルが小さくするどい声をあげた。「銀の塩入れ！　プロザロー大佐の銀の塩入れですよ。それと、チャールズ二世時代の台座つきの大皿。まあ、なんてことでしょう！」

スラック警部の顔に血が昇り、赤くなった。「そうか、これが目当ての獲物だったんだな」低くつぶやく。「盗っ人か。だが、どうもわからない。失くなったという届けは出ていないし」

「おそらく、失くなっていることに、まだ誰も気づいていないんでしょうね」わたしは指摘した。「こういう貴重な品々は、ふだんは使わないものです。プロザロー大佐は金庫に保管しておいたんじゃないでしょうか」

「調べなくては」警部はいった。「これからすぐにオールドホールに行きます。そうか、だから、我らがストーン博士はとっとと逃げ出したんだ。殺人事件やらなにやかやで、警察に自分の行動を嗅ぎまわられるのを恐れて。持ち物も調べられるかもしれないと思い、スーツケースに適当に衣類を詰めこんで、それをあの女に森に隠させたんだ。彼女がここに残っても嫌疑がかからないようにしておき、人目につかないルートで夜間にこっそりもどってきて、スーツケースを回収するつもりだった。うん、ひとつだけいいことがある。あいつは殺人事件の容疑からはずれる。あの事件とは無関係だ。これはまったく別の事件ですな」

ミス・マープルはシェリー酒でもどうかといったが、警部はそれを断り、スーツケースに品物を詰めこんで去っていった。

「これで、謎がひとつ解けましたね」わたしは吐息をついた。「警部がいったとおりです。あの男に殺人の疑いをかける理由はひとつもない。すべて、完全に筋が通っています」

「確かにそう見えますね」ミス・マープルはいった。「でも、ぜったいにそうだとは、いいきれないんじゃありませんか」

「ですが、まるっきり動機がないじゃないですか」わたしは指摘した。「狙っていた獲物を手に入れて、さっさと逃げ出したんですから」

「ええ、まあ、そうですわねえ」

ミス・マープルは芯から納得したというようすではなかった。なにが引っかかっているのだろうと、わたしは好奇心をもって彼女をみつめた。

尋ねるようなわたしの目に気づき、ミス・マープルはあわてたように、弁解口調でいった。

「きっと、わたしが根っからまちがっているんですよ。こういうことにはうといものですから。でも、不思議なんです――あのふたつの銀器は、とても価値のある品ですね」

「あれと同じような台座つきの大皿が、先日、千ポンドを越す値で売れたはずですよ」

「わたしがいいたいのは――銀だから価値があるということではないんです」

「そうです、いわゆる鑑定家の評価が問題ですね」

「そう、それです。ああいう品を売ろうと思ったら、その手筈をととのえるのに多少の時間がかかります。手筈がととのっても、秘密裡に売買できるわけではありません。つまり、盗まれたと警察に届けが出されれば、すぐに大騒ぎになって、安易に売買できなくなります」

「なにをおっしゃりたいのか、ちとわかりかねますが」

「ええ、話しかたがまずいのはわかってます」ミス・マープルはどぎまぎしてすまなそうにいった。「でも、わたしにはこう思えるんですよ——つまり、盗まれたことが注目されては困るとすれば、複製とすりかえるのがいちばんいい。そうすれば、本物が盗まれても、しばらくはそれが発覚せずにすみます」

「それはじつに巧妙なやりかたですね」

「そう考えるしかないんじゃないかしら。もちろん、偽物とすりかえても、それが発覚しなければ、プロザロー大佐を殺す動機はないことになります——これもまた正しいってことですね」

「まさに。そのとおりですよ」

「ええ。でも、やはり不思議なんです——よくわからないんですよ。プロザロー大佐はなにかしようとしたときには、いつもそれを周囲に吹聴しておいででした。ときには、いうだけで、なにもしないこともおありでした。でも、確かこのあいだ——」

「はい？」

「手元にある品々の鑑定をしてもらうつもりだ、ロンドンから鑑定家に来てもらう、と。遺言書検認のために——あら、ちがう、それは亡くなったあとの話ですわね——そうじゃなくて、保険をかけるために。誰かにそうすべきだといわれたと。大佐は周囲にしゃべりまくっていました。じつに重要な手配りだともいってました。大佐がじっさいにそうしたかどうか、もちろん、わたしは知りませんけれど、もしそうだったとすれば——」

「わかりました」わたしはのろのろといった。

「専門家が銀器をひとめ見れば、本物かどうかわかります。偽物だとわかれば、そのとたん、大佐はストーン博士に見せたことを思い出すでしょうね。本物を見せてもらったときに、博士は手品みたいに、すばやくすりかえたんじゃないかしら。とても巧妙なやりかたですね。でも、大佐がそれに気づいたら、古いいいかたをすれば、〝ただではすまない〟結果になったんじゃないでしょうか」

「あなたのお考えはよくわかりました。となると、それを確かめなければなりませんね」

わたしはもう一度電話を借りた。オールドホールに電話がつながり、アンと話ができた。

「いえ、たいしたことではないんですよ。スラック警部はまだそちらに行ってませんか？ああ、そうですか。いえ、そちらに向かっているはずです。ところで、ミセス・プロザロー、オールドホールの貴重品を鑑定してもらったことがあるかどうか、ごぞんじですか？ え、なんとおっしゃいました？」

アンの返事は明瞭ですばやかった。わたしはアンに礼を述べてから受話器を架台に置き、ミス・マープルにいった。

「はっきりしています。プロザロー大佐は月曜日に、ロンドンから鑑定人に来てもらう手筈をととのえていました。そう、明日、厳正な評価をしてもらう予定だったんです。ただし、大佐が亡くなったので、その話はとりやめになったそうです」

「それは動機になりますね」ミス・マープルは静かにいった。

「動機。ええ、そうです。でも、それだけのことですよ。お忘れですか——大佐が射殺されたとき、ストーン博士はほかのひとたちといっしょでした。あるいは、まだ、踏み越し段をまたいでいるところだったかもしれませんが」

「ええ」ミス・マープルは思案顔でいった。「それで、彼は除外されますね」

24

牧師館に帰ると、書斎で牧師補のホーズが待っていた。神経質に、部屋のなかを行ったり来たりしている。わたしが近づくと、まるで銃で撃たれたかのようにとびあがった。

「どうも失礼しました」ホーズは額の汗をぬぐいながらいった。「このところ、神経がぴりぴりしているものですから」

「きみ、休みをとったほうがいいんじゃないか。このままでは体をこわしてしまうよ。そんなことになってはたいへんだ」

「職務を放りだすことはできません。ぜったいにできません」

「職務を放りだすことにはならないよ。きみは病気なんだ。ヘイドックもきっとそうしろというだろう」

「ドクター・ヘイドックですか。あのひとはどういう医者でしょうね。無知な田舎医者にすぎませんよ」

「それは不当な評価だな。世間からも、有能な医師だとみなされている」

「ああ、たぶん、そうなんでしょうね。でも、ぼくは彼が嫌いです。ですが、そんな話をしたくてお訪ねしたわけじゃありません。じつは、今夜、ぼくにかわって説教をしていただけないかと思って、お願いにきたんです。ぼ、ぼくはそのう、とてもできそうもないものですから」

「いいとも。きみのぶんはすべて引き受けよう」

「いや、そうじゃないんです。お勤めはやりたいんです。ちゃんとできます。ただ、信徒のみなさんの前に立って、みなさんにみつめられると思うと……」

ホーズは目を閉じ、ごくりと唾を呑んだ。

明らかに、どこかぐあいが悪いところがあるのだ。ホーズはわたしの思いを感じとったかのように、目を開けて、急《せ》くようにいった。「ぐあいが悪いところがあるわけじゃないんです。ただ、その、頭痛がして――頭が割れそうなほどひどい頭痛がするんです。あの、よかったら、水を一杯いただけますか」

「いいとも」わたしは自分で水をくんできてやった。ベルを鳴らしてメイドを呼ぶのは、うちではむだな手間なのだ。ホーズはポケットから小さなボール箱を取りだし、蓋を開けて、粉薬をオブラートで包んである薬包を一個つまんで、水の助けを借りてのみくだした。

「頭痛薬です」ホーズはいった。

わたしはふいに、ホーズが麻薬中毒者になっているのではないかと思った。もしそうなら、彼の尋常とはいえないさまざまな言動にも説明がつく。

「薬をのみすぎないようにするんだよ」

「ええ、そりゃあもう。ドクター・ヘイドックからも注意を受けてます。でも、これ、早く効くんですよ。すぐに気持がおちつきます」

じっさいに、ホーズは前よりもおちつき、顔色もよくなってきた。

ホーズは立ちあがった。「では、今夜のお説教、お願いできますね？　ほんとうにありがとうございます」

「どういたしまして。それから、やはり、お勤めも引き受けるよ。きみは家に帰って休みなさい。いや、反論してもむだだよ。なにもいわなくていい」

ホーズはまた礼をいった。それから目をそらして、フレンチウィンドウのほうを見た。「今日、オールドホールにいらしたんですね？」

「そうだ」

「失礼ですが――そのう、呼ばれたんですか？」

わたしは驚いた。

ホーズは赤くなった。「す、すみません。そ、そのう、なにか新しい進展があったんで、それで、ミセス・プロザローが牧師さんに来てほしいといわれたのかと思いまして」

ホーズの好奇心を満たしてやる気は、毛頭なかった。「ミセス・プロザローは葬儀の手配や、ほかのこまごました用のことで、わたしと相談したかっただけだよ」

「ああ、そうですか、なるほど」

わたしはそれ以上なにもいわなかった。

ホーズは足をもじもじさせたあげく、ようやくこういった。「昨夜、ミスター・レディングがうちに来られたんです。でも、どうしてなのか、理由がわからなくて」

「彼はなにもいわなかったのかい？」

「いや、それが、ちょっと顔を見にきたとだけ。夜は寂しいからと。でも、そんなこと、これまで一度もなかったんですよ」

「だが、彼なら、楽しい話し相手になっただろう？」わたしはほほえんだ。

「でも、いったいなにが目的で、ぼくに会いにきたんでしょう？　なんだか気に入りません」声がかん高くなった。「そして、また来るといって帰ったんです。どういうことなんでしょうね？　いったいなにを企んでいるのか……。どうお思いになります？」

「彼になにか思惑があると思うのかね？」

「気に入らないんですよ」ホーズは頑《かたく》なにくりかえした。「ぼくはどういう点でも、彼の不利になるようなことはしてません。彼が自首したときも、納得できないといったほどです。ぼくが誰かを疑うとすれば、それはアーチャーであって、彼ではなかった。アーチャーはとんでもないやつです——神を信じない、不届きなならず者。飲んだくれのごろつきです」

「それはきびしすぎるんじゃないかね？　なんといっても、彼のことはほとんど知らないんだから」

「密猟者で、刑務所を出たり入ったりしてるやつですよ。なんだってやりかねません」

「彼がプロザロー大佐を撃ったと、本気で思っているのかね？」わたしはそこを知りたかった。ホーズは肯定も否定も明確に口にしたがらない傾向がある。最近も何度か、そういうことがあった。「それこそが唯一の解答だと思いませんか？」

おられる」

「わかっているかぎりでは、彼に不利な証拠はなにもないんだよ」

「脅したじゃないですか」ホーズは熱をこめていいつのった。「彼が大佐を脅したのを忘れて

わたしはアーチャーが大佐を脅迫したという話には食傷ぎみで、うんざりしていた。脅迫したという事実は、それ以外の行為を示唆する直接的な証拠にはならないのだ。

「あの男は大佐に復讐する決意を固めた。それで、酒をくらって度胸をつけ、大佐を撃ったんですよ」

「それは推測にすぎない」

「でも、ありそうなことだとお認めになるでしょう？」

「いや、認めないね」

「では、もしかすると、そうかもしれないとは？」

「それは認める」

ホーズは横目でわたしを見た。「ありそうなことだとお考えにならないのは、どうしてです？」

「なぜなら、アーチャーのような男は、ピストルでひとを撃とうなどとは考えないものだからだ。使う凶器の種類がちがう」

ホーズはわたしの説明にめんくらったようだ。まさかそういう反論をくらうとは、予想もしていなかったのだろう。

「そんな理屈が通用するとお思いですか？」ホーズは疑わしそうに訊きかえした。

「わたしが思うに、その点がアーチャーを真犯人だとする説の確たる障害になるはずだ」

わたしがきっぱりそういうと、ホーズはそれ以上なにもいおうとしなくなった。もう一度わたしに礼を述べてから辞去した。

わたしは彼を玄関まで送った。そして、玄関ホールのテーブルの上に手紙が四通置いてあるのに気づいた。どれも見憶えのある筆跡だ。手書きの筆跡はどれも明らかに女性のもので、どの封書にも〝親展、至急〟と書き添えてある。ただし一通だけ、ほかの封書とはちがって薄汚れているのが目についた。

四通の手紙の類似点を見ていると、奇妙な気分になってきた——二重写しどころか四重写しに見えてしまう。

封書をまじまじとみつめていると、台所からメアリがやってきた。「どれもお昼に、使いのひとが届けてきたんですよ」メアリは自分から進んで説明した。「一通だけは別です。それは郵便箱に入ってました」

わたしはわかったとうなずき、四通の手紙をまとめて、書斎にもどった。


一通目の手紙。

クレメント牧師さま
ちょっと小耳にはさんだことなのですが、これはあなたさまも知っておくべきことかとぞんじます。お気の毒なプロザロー大佐の死に関することです。警察に連絡すべきか否か――あなたさまのご助言がいただければ幸いです。愛しい夫が亡くなってからこのかた、わたしはひとさまの目に立つことは避けております。今日の午後、少しばかり時間をさいて、うちに来ていただきたいとぞんじます。

かしこ

マーサ・プライス・リドリー

二通目の手紙。

クレメント牧師さま

問題を抱え、困りきっております――どうすべきか、悩んでおります。ある話を小耳にはさんだのですが、とても重大なことだという気がいたしまして。でも、どんな形であろうと、警察にかかずりあうのは恐ろしくて、気が進みません。ですが、ひどく気持が乱れ、不安でたまりません。あなたさまのご厚情におすがりします。少しだけお時間をさいて拙宅におこしいただき、いつものように、あなたさまならではのすばらしいお力で、当方の疑惑と困惑を払拭《ふっしょく》してくださいませんでしょうか？

乱筆にて失礼。かしこ

キャロライン・ウェザビー

三通目の手紙は、読む前からほぼ内容がわかった。

クレメント牧師さま
とても重要な話を小耳にはさみました。まっさきに、牧師さまにお知らせすべきだと思いまして。今日の午後、うちに来ていただけませんか？　お待ちしております。

この好戦的な書状には、〝アマンダ・ハートネル〟とサインがあった。

四通目の封書を開く。わたしは幸運にも、匿名の手紙に悩まされる経験はほとんどなかった。匿名の手紙というのは、この世でもっとも卑劣で残酷な凶器だと思う。この手紙も例外ではなかった。教育のない者が書いたと思わせたいのだろうが、いくつかの点から、相手の思惑はみえみえだった。

牧師さん
いったいなにが起こっているか、あんたは知っておくべきだと思う。あんたのおくさんが、こそこそとミスター・レディングのコテージから出てくるのを見た。どういうことか、わかるだろ。ふたりはデキてるんだ。あんたは知っておくべきだと思う。
友人より

わたしは思わず嫌悪の呻き声をあげ、手紙をくしゃくしゃに丸めて暖炉の火格子に投げこんだ。ちょうどそのとき、グリゼルダが書斎に入ってきた。

「そんなにいまいましそうな顔をなさって、なにを捨てたの？」

「けがらわしいものを」

　わたしはポケットからマッチを取りだし、火をつけてかがみこんだ。が、グリゼルダの動きのほうが早かった。わたしが止める間《ま》もなく、すばやくかがみこんで丸めた手紙を拾いあげ、しわをのばして広げた。

　グリゼルダは手紙を読むと、小さく叫び声をあげ、顔をそむけながらわたしに放ってよこした。わたしは手紙に火をつけ、燃えあがるのを見守った。

　そのあいだにグリゼルダはフレンチウィンドウまで行って、庭を眺めていた。

「レン」グリゼルダはふりむかずにわたしに呼びかけた。

「うん、なんだね？」

「話しておきたいことがあるの。いわせてね。どうしても話したいのよ。ローレンス・レディングがここに来たとき、ちょっとした知り合いみたいに、あなたに思わせたわよね。あれはほんとうじゃなかった。じつはよく知ってたの。あなたと出会う前に、彼に恋してたのよ。彼と知りあえば、たいていのひとはそうなったと思う。わたしは――そう、あのころのわたしは、ばかみたいに彼にのぼせてた。でも、よく小説にあるように、自分の名誉を傷つけるような手紙を書いたり、愚かなまねをしたわけじゃない。だけど、彼に夢中だったのは確か」

「なぜわたしにいってくれなかったんだい？」

「だって、それは——あなたがある意味で、とってもおばかさんだからよ。あなたはわたしと歳が離れているから、わたしが——そう、わたしがほかのひとを好きになるんじゃないかって思ってる。だから、わたしがローレンスと親しかったとわかれば、複雑な気持になるんじゃないかと思ったの」

「きみは隠しごとがうまいねえ」ほんの一週間ほど前、この部屋でグリゼルダが話したことや、そのさいのごく自然な態度を思い出した。

「ええ、むかしから隠しごとなら得意だったわ。というか、隠しごとをするのが好きなのね」

グリゼルダの声には子どもっぽい、楽しげな響きがこもっていた。

「だけど、いまいったことは、全部、ほんとうよ。彼とアンのことは知らなかったから、ローレンスがなぜあんなに変わったのか不思議に思ってた——わたしのことなんか眼中にないって感じだったんだもの。わたし、そんなあつかいを受けるのに慣れていないから」

沈黙。

「レン、わかってくださる？」グリゼルダは不安そうに訊いた。

「ああ、よくわかった」

ほんとうに？

25

匿名の手紙がもたらしたいやな気分を払いのけるのは、決して容易ではないとわかった。心身に汚れがしみこんでしまいそうだ。

しかしわたしは、三通の手紙を手にして、腕時計に目をやってから外出した。三人の女性がそろって〝小耳にはさんだ〟という話は、いったいどういうものなのだろう？　おそらく同一の情報だと思う。だが、この心理学的考察はまちがっていた。

訪問先に向かおうとして警察署の前を通った、というふりをすることはできない。方向がちがうのに、わたしの足は自然にそっちのほうに向かっていたのだから。スラック警部がオールドホールからもどっているかどうか、知りたかったからだ。

警部は署にもどっていた。しかも、ミス・クラムを同道して。

グラディス・クラムは高飛車な態度で調べに応じていた。森にスーツケースを運んだことは、断固として否定していた。

「ゴシップ好きのおばあさんが、夜は窓から外をのぞくしかすることがなくて、ちらっと見ただけなのに、その人影はあたしだったと決めつけるの？　あのね、あのひとは前にも見まちがいをしてるのよ。殺人事件があった日の午後、あたしが路地の端にいるのを見たっていったけど、それが彼女の見まちがいだったとすれば？　昼ひなか、見まちがいをしたひとが、どうして月の光だけで、あたしだったといいきれるわけ？

ばあさん連中って、底意地が悪いったらありゃあしない。なんでもかんでも、いいたい放題なんだから。あたしはね、その時間、ベッドですやすや眠ってました。あたしを疑うなんて、恥ずかしいと思いなさいよ。誰も彼もみんな」

「ブルーボア亭のおかみが、あのスーツケースはあんたのだと認めてるんだがね、ミス・クラム」

「彼女がそういったとしたら、それは彼女の勘違いよ。スーツケースに名札はついてないわ。あんなスーツケースを持ってるひとなんか、ごまんといるでしょ。おかわいそうなストーン博士。泥棒呼ばわりされるなんて！　りっぱな肩書きだっていっぱいお持ちなのに」

「では、釈明拒否ということですな、ミス・クラム」

「釈明することなんかありません。誤解。そういうことよ。警察も、おせっかいなばあさんたちも、もうたくさん。これ以上、ひとことだってしゃべりませんからね――弁護士さんの同席がなければ。帰ります――逮捕されたわけじゃないんでしょ」

返事をするかわりに、スラック警部は立ちあがってドアを開けてやった。ミス・クラムはつんとあごをあげて立ち去った。

「ずっとあの調子なんです」デスクにもどった警部はそういった。「全面否認。もちろん、あの老婦人が見まちがえた可能性もあります。あの距離で、月の光だけで誰だか見分けがついた、なんて話は陪審員たちも信じやしません。ええ、いっておきますよ、あの老婦人が見まちがいをしたのかもしれないと」

「そういうこともあるかもしれませんが、彼女が見まちがいをしたとは思えません。ミス・マープルはいつも正しいんです。だから、彼女は評判が悪い」

スラック警部はにやりと笑った。「駐在のハースト巡査もそういってます。うーむ、田舎の村ときたら！」

「銀器についてはどうですか？」

「すべてそろっているようです。もちろん、どっちかが偽物に決まってます。マッチ・ベナムに恰好の人物がいるんですよ。古い銀器の権威でしてね。すでに電話で連絡して、迎えの車を出しました。じきに真贋がはっきりするでしょう。盗みが既成事実なのか、あるいは未遂の段階なのか、それも判明しますよ。どちらにしても、たいしてちがいはありません――警察に関するかぎりは。殺人にくらべれば窃盗は軽犯罪です。あのふたりは殺人とは無関係だ。あの女を見張っていれば男の動向がわかるでしょうな――だから、あっさり彼女を帰したんですよ」

「なるほど」

「ミスター・レディングには気の毒なことをしました。警察に協力してくれるひとなんか、そうはいないものですよ」

「そうでしょうね」わたしはかすかに笑みを浮かべた。

「女ってのは、トラブルの種だ」警部は説教がましくそういってから、ため息をついた。これには、わたしもちょっと驚いた。

「それに、もちろん、アーチャーがいます」警部は話をつづけた。

「ほほう。あの男が気になってますか」

「そりゃあ、当初からそうです。匿名の手紙がなくても、目をつけてました」

「匿名の手紙ですって」わたしは思わずするどい口調で訊きかえした。「では、そういうものが届いたんですね」

「べつに目新しいことではありません。少なくとも、日に十通ぐらいは届きます。そう、アーチャーに注意しろという手紙がきました。まるで警察がなにも知らないとでもいうように！とんでもない、当初からやつには目をつけてましたとも。問題は、やつにはアリバイがあるという点です。それだけでは確証になりませんが、それをひっくりかえすのは、ちょいと厄介でしてね」

「それだけでは確証にならないというのは、どういう意味ですか？」

「つまり、あの日の午後、やつは仲間ふたりとパブにいたんです。いわせてもらえば、それはたいしたアリバイじゃない。アーチャーの仲間なら、いくらでも口裏を合わせられますからね。ひとことだって信じるわけにはいかない。それはわかってます。が、世間はそう見ません。市民から選ばれた陪審員たちは、さらに困惑するでしょうな。彼らはなにも知らないから、証人席で述べられたことを十中八九は信じてしまう。誰がどんなことをいおうと問題ではない。それに、アーチャー自身、怒りまくって、自分のしわざではないと証言するでしょう」

「ミスター・レディングのように協力的ではない」わたしは微笑した。

「そのとおり」警部は事実を淡々と認めた。

「誰であれ、生命に執着するのは、きわめて当然のことです」わたしはしみじみといった。

「驚くと思いますが、陪審員の情に訴えて、無罪を勝ちとった殺人犯だって何人もいるんですよ」警部は暗い声でいった。

「ですが、ほんとうにアーチャーがやったと思っているんですか?」わたしは念を押した。

わたしは当初から、スラック警部がこの殺人事件に対してなんら個人的所見をもっていないようにみえるのが、奇妙に思えてならなかった。有罪判決を獲得するのが容易か、あるいは困難か。警部が気にしているのは、その点だけのように思える。

「もう少し確証がほしいですな。指紋や足跡、または犯行時刻前後に現場近辺で目撃されたとか。そういう確証がないのに、逮捕するわけにはいかない。一、二度、アーチャーがミスター・レディングの住まいのあたりをうろついているのを目撃されていますが、アーチャーは母親と話をするためだったといってます。母親というのは、ちゃんとした人間だ。ええ、わたしは全面的に彼女を信じます。脅迫の確たる証拠さえ手に入れば——だが、今回の事件では、確たる証拠はなにひとつないんです。推測、推測、推測ばかり。牧師館の前の通り沿いに、ばあさんがひとりしか住んでないのは残念ですな。もし何人か住んでいれば、誰かがなにかを見ていたはずですからねえ」

警部の言で、わたしは老婦人たちを訪問しなければならないことを思い出し、警部にあいさつして警察署を出た。警部が友好的な態度をとったのは、これが最初で最後だった。

最初に訪ねたのはミス・ハートネルの家だった。きっと窓から見張っていたにちがいない。わたしがドアベルを押そうとした、まさにその瞬間、玄関ドアがぱっと開いたのだ。ミス・ハートネルはわたしの手をつかみ、家のなかに引っぱりこんだ。

「よく来てくださいました。さあ、こちらへ。こちらのほうが内々のお話ができますから」

通されたのは、鶏小屋ぐらいの広さしかない、こぢんまりとした部屋だった。ミス・ハートネルはドアをきっちり閉め、いかにも秘密めかした態度で、手まねで椅子（三脚しかない）を勧めた。この事態を楽しんでいるのが見てとれる。

「わたしはむやみに藪《やぶ》をつついたりはしません」口調も楽しげだが、終わりのほうは、状況を思い出したのか、いくぶんかトーンダウンした。「こういう村では、噂がどんなふうに伝わるか、よくごぞんじですよね」

「遺憾《いかん》ながら」

「ええ、ほんとうに。わたしは大のゴシップ嫌いなんですけど、以前に妙なことがありましてね。そのときは警部さんにお知らせするのが市民としての義務かと思いまして、そうしたんです。殺人事件があった日の午後、わたし、ミセス・レストレンジのお宅を訪ねたんですよ、でも、彼女は留守でした。感謝されるのを期待して義務を果たすわけではありません。ただ義務を果たすだけです。でも、恩知らずな目にあうのが、しょせん人生ですわね。つい昨日も、あのあつかましいミセス・ベイカーが――」

「ええ、はい」いつもの長広舌が始まりそうなので、それを避けようと、わたしは急いでいった。「まことに残念ですね、まことに。ですが、まだお話がすんでいませんよ」

「下層階級のひとたちは、誰が親身になってくれる友人なのか、わかってないんですよ。わたしはいつも、時宜《じぎ》を得た忠告をしているんですけどね。それで感謝されたことなんか、いっぺんもありません」

「ミセス・レストレンジのお宅を訪問したことを、警部にお話しになったとおっしゃいましたね」わたしは急いで話題をもとにもどした。

「そうなんです――といっても、警部さんもお礼ひとついいませんでしたけど。情報がほしいときは、こちらからうかがいますっていっただけ――警部さんがいったとおりのことばじゃありませんけど、本音はみえみえでしたよ。今日びじゃ、警察にもいろんな階級のひとがいますからねえ」

「そうですね。ですが、わたしになにかいいたいことがおありなのでは？」

「今回は、あの感じの悪い警部さんには近づきたくなくて。なんといっても、聖職者は紳士ですからね――少なくとも、一部のかたは」ミス・ハートネルはそうつけくわえた。

その一部のなかに、わたしも入っているのだろうと推測する。「ともあれ、わたしになにかできることがあれば――」

「義務の問題なんです」ミス・ハートネルはきっぱりした口調でわたしをさえぎった。「こういうことはいいたくないんです。いいたいひとなんて、いやしないと思いますわ。でも、義務は義務ですからね」

　わたしは黙って待った。

「わたしが思うに」ミス・ハートネルの顔がうっすらと赤くなった。「ミセス・レストレンジはずっとお宅にいらしたといっているようですが、でも、ベルを鳴らしても応答しなかったんですよ。あとで聞くと、応答したくなかったからだそうで。もったいぶってるじゃありませんか。わたしはただ、義務感からお訪ねしたのに、そんなあつかいを受けるなんて！」

「彼女は体調がすぐれなかったんですよ」わたしはおだやかにいった。

「体調がすぐれなかった？　牧師さんは世慣れていらっしゃらない。あのひとはどこも悪くなんかありませんよ。検死審問にも出られないほどぐあいが悪いなんて、とんでもない！　ドクター・ヘイドックの診断だなんて！　あのひとがあの細い指でドクターをいいようにあやつっているのは、誰だって知ってます。あら、どこまでお話ししましたっけ？」

　そう訊かれても、わたしにはわからなかった。ミス・ハートネルの話は、どこが頭でどこが尻尾なのか、見当すらつかないからだ。

「そうそう、あの日の午後、あのひとのお宅を訪ねたところまででしたね。あのひとがうちにいたなんて、ばかばかしい！　いませんでしたよ。わたしは知ってるんです」

「どうしてごぞんじなんですか？」

　ミス・ハートネルの顔がまっ赤になった。彼女ほど辛辣でなければ、〝当惑している〟という穏当な表現があてはまるだろう。

「わたしはドアベルを鳴らして、ノックしました。二度も。三度だったかしらね。ともかく、応答がなかったんで、ふと思ったんですよ——ベルが故障しているのかもしれないと」

そういいながら、彼女がわたしの顔をまともに見なかったといえるのは、わたしとしてはうれしい。村の家はどれも、同じ建築業者が建てたもので、どの家であろうと、玄関の前のマットの上に立ってベルを押せば、その音は鳴らした本人に聞こえるのだ。ミス・ハートネルもわたしも、そのことはよく承知している。だが、わたしは礼儀を守って、それは指摘しなかった。

「それで?」つぶやくように先をうながす。

「郵便箱に名刺を投げこんで帰るようなまねは、したくありませんでした。それでは失礼に思えますし、このわたしは、なんといっても、このわたしは、失礼なまねは決していたしませんからね」

ミス・ハートネルは声を震わせることもなく、この驚くべき発言をしゃらっと口にした。

「ですから、ちょっと横手のほうを見てみようかと思いましてね。窓を軽くたたいてみようと」今度は顔を赤らめもせずに話をつづけた。「家の周囲をぐるっとまわってみたんですが、誰かがいる気配なんか、まるっきりありませんでしたよ」

ミス・ハートネルのいわんとすることがよくわかった。家に誰もいないのを幸いに、彼女は好奇心のおもむくままに庭を見たり、部屋のようすを知りたくて窓という窓からなかをのぞいたりしたのだ。穿鑿《せんさく》したことをわたしに話す気になったのは、警察よりもわたしのほうが、同情的で寛大な聞き手だと考えたからだ。牧師なら教区民の言を、当人に有利に解釈するものだとみなしているのだろう。

わたしは立場上の意見はなにもいわなかった。質問をひとつしただけだ。「それは何時ごろのことでしたか？」

「憶えているかぎりでは、夕方の六時ごろのことでした。そのあと、わたしはまっすぐうちに帰りました。うちに着いたのは六時十分ごろで、ミセス・プロザローがストーン博士とミスター・レディングと別れてから、うちを訪ねてきて、ふたりで球根の話をしましたっけ。そのあいだに、お気の毒に、プロザロー大佐は殺されてしまったんですよね。じつに悲しむべき世のなかです」

「ときとしては、不愉快でもあります」

そういって、わたしは立ちあがった。「お話しになりたかったのは、それだけですか？」

「とても重要なことだと思ったものですから」

「そうかもしれませんね」

引きとめようとするミス・ハートネルを振りきって、わたしは辞去した。

次に訪ねたミス・ウェザビーは、そわそわしたようすでわたしを迎えた。

「牧師さん、まあ、わざわざ来てくださって、ありがとうございます。お茶はいかがですか？お背中にクッションをあてましょうか？こんなに早く来てくださるなんて、ご親切ですこと。いつもみんなのことを考えてくださってるんですね」

用件を聞けるようになるまでに、こういう前置きを辛抱《しんぼう》して聞かなければならないし、その前置きが終わっても、話が要点に達するまで、いささか時間がかかった。

「このお話は、いちばん確かな筋から聞いたんですよ。その点はご了解くださいませね」

セント・メアリ・ミードでいちばん確かな筋といえば、それは使用人に決まっている。

「お名前は教えてもらえないのですか？」

「だって、いわないと約束しましたから。わたしは日ごろから、約束というのは神聖なものだと考えておりますので」

そしてもったいぶった口調で話をつづけた。「そうですわねえ、小鳥に聞いたとでもいいましょうか。それだと角が立ちませんわね。そうでございましょ？」

いっそ、ばかばかしいといいたかった。むしろ、そういって、ミス・ウェザビーの反応を見ればよかった。

「で、その小鳥が、名前はいえないけれど、ある婦人を見たというんです」

「別の小鳥を見たと？」わたしは訊きかえした。

驚いたことに、ミス・ウェザビーはいきなり笑いだし、わたしの腕を軽くたたいた。「あらまあ、牧師さんたら、ご冗談を！」

笑いの発作がおさまると、ミス・ウェザビーは話をつづけた。「ある婦人です。その婦人がどこに行ったと思います？　牧師館前の通りに入ったんですよ。なにやら奇妙なようすで左右を見てから、角を曲がったとか。誰か知っているひとがいないかどうか、確かめたんじゃないでしょうかねえ」

「で、その小鳥は――？」

「魚屋さんの店先ではなく、奥のほうにいたんですよ」

メイドたちが休みの日にどこに行くか、わたしも知っている。そして、行かずにすむなら、あえて行こうとはしない場所があるのも知っている――戸外だ。

「時間は」ミス・ウェザビーは身をのりだし、いかにも秘密めかした口調でいった。「夕方の六時ちょっと前です」

「いつのことですか？」

ミス・ウェザビーは少し高い声でいった。「もちろん、あの殺人があった日のことですよ。そういいましたでしょ？」

「ええ、そうじゃないかと思いました。それで、その婦人の名前は？」

「Lで始まる名前でしてよ」ミス・ウェザビーは何度かこっくりうなずきながらそういった。

ミス・ウェザビーがどうしても伝えたかった情報とやらはこれで終わりだと察しがつき、わたしは立ちあがった。

「警察に尋問させるようなまねはなさいませんよね？」ミス・ウェザビーは両手で私の手を握りしめ、哀れっぽくいった。「目立ちたくないんですよ。まして法廷に立つなんて！」

「特別な配慮があって、証人はすわったままでかまわない場合もあります」

そういうと、わたしはとっとと逃げ出した。

あともうひとり、ミセス・プライス・リドリーが残っていた。自宅を訪ねると、すぐさま、なかに通された。

「警察沙汰に巻きこまれるのはごめんです」ひややかに握手をすませると、ミセス・プライス・リドリーは不快そうにいった。「とはいえ、説明を必要とする状況に直面したときは、当局に知らせるのが義務かと思いまして」

「ミセス・レストレンジに関することですか?」

「そうでないといけませんか?」ミセス・プライス・リドリーは冷たい口調で訊きかえした。

わたしは先手を打とうとしたのだが、そうはいかなかった。

「とても単純なことなんですよ。うちのメイドのクララが、一、二分、新鮮な空気を吸おうと、ゲートの外に出たそうなんです。およそ、ありそうもない話です。魚屋の店員を見ていたというほうが、まだ信憑性がありますよ。うぬぼれの強い、生意気な若者で、十七歳になったから、若い女たちとふざけていいと思っているんでしょう。ま、それはともかく、クララがゲートの前に立っていたとき、くしゃみが聞こえたそうなんです」

「ほほう」わたしは話のつづきを待った。

「それだけです。クララがくしゃみを聞いたと申しあげているんです。わたしももう若くはないから、聞きまちがいをしたんじゃないかとおっしゃろうとしても、むだです。聞いたのはクララですし、あの娘《こ》はまだ十九歳ですからね」

「ですが、くしゃみが聞こえたのが、なぜおかしいのですか?」

ミセス・プライス・リドリーは勘の鈍さを憐れむような目で、わたしを見た。

「クララは、あの事件があった日、牧師館には誰もいない時間に、くしゃみを聞いたんですよ。犯人が茂みにひそんで、機会をうかがっていたのに決まってるじゃありませんか。風邪をひいている男を捜すべきですね」

「あるいは、枯れ草熱の患者ですね。ですが、ミセス・プライス・リドリー、その謎は簡単に解けると思いますよ。うちのメイドのメアリがひどい風邪をひきましてね。つい最近まで鼻をぐずぐずいわせてまして、わたしたちも閉口してたんですよ。こちらのメイドさんが聞いたのは、メアリのくしゃみだったんでしょう」

「男のくしゃみだったんです」ミセス・プライス・リドリーは断言した。「それに、牧師館の台所でお宅のメイドがくしゃみをしても、うちのゲートの前まで聞こえるはずがありません」

「牧師館の書斎でくしゃみをしても、こちらのゲートのあたりまでは聞こえないでしょうね。ええ、少なくとも、それは疑問ですな」

「茂みにひそんでいたんですよ。クララがうちに入るのを見てから、その男は牧師館の正面玄関に行ったんです」

「もちろん、その可能性はありますね」

わたしはなだめるような口調にならないように気をつけたのだが、うまくいかなかったようだ。ミセス・プライス・リドリーにぎろっとにらみつけられてしまった。

「わたしの話をきちんと受けとめてもらえないのには慣れています。でも、テニスラケットを専用の締め枠をはめずに草の上にほっぽっておいたら、ひどく傷むものですわね。テニスラケットはかなりお高いものですが」

この側面攻撃にどんな意味があるのか、さっぱりわからなかった。当惑するばかりだ。

「どうせ、牧師さんは同意なさらないでしょうよ」ミセス・プライス・リドリーはいった。

「いやいや、とんでもない。そのとおりだと思いますよ」

「それならよろしゅうございます。話すべきことはすべて申しあげました。わたしはこれで、この件からは手を引きます」

ミセス・プライス・リドリーは椅子の背にもたれ、世俗の事柄にはもううんざりだといわんばかりに目を閉じた。

わたしは礼をいって辞去した。

帰りぎわ、ドアステップのところまで見送りに出てきたクララに、無礼を承知のうえで、女主人の話を確認した。

「あたしがくしゃみを聞いたのはほんとうですとも、牧師さま。それも、ふつうのくしゃみじゃありませんでした――ぜったいに」

犯罪に関することであれば、なにごとにしろ、〝ふつう〟のことなどありえない。銃声はふつうの銃声ではないし、くしゃみはふつうのくしゃみではない。この場合も、殺人犯の特別なくしゃみだったのだろう。それは何時ごろのことだったかと訊くと、夕方の六時十五分から三十分のあいだのどこかだという。とにかく〝おくさまにおかしな電話がかかってくる前〟だったそうだ。

ついでに、銃声を聞かなかったかと訊いてみた。クララはすごい銃声が何回か聞こえたといった。それで、クララの話はあまり信用できないと見きわめがついた。

まっすぐ牧師館に帰ろうとしたのだが、気が変わって、友人を訪ねることにした。

腕時計で確かめると、夕べの礼拝の時間までまだ少し間がある。わたしは牧師館の前を通りすぎて、ヘイドックの住まいに向かった。ドアをノックするとヘイドックが出てきた。

ヘイドックがひどく憔悴し、やつれているのに、いまあらためて気づいた。今回の殺人事件は、わたしの思いも及ばないほど深く彼に影響し、一挙に老けさせてしまったかのようだ。

「やあ、よく来てくれた」ヘイドックはいった。

わたしはストーン博士について、最近わかったことを知らせた。

「凄腕の泥棒だな」ヘイドックはあきれた。「そうか、それで、いろいろなことの説明がつく。考古学の専門書を読んできたんだろうが、ときどき口をすべらせて、おかしなことをいっていた。プロザロー大佐はあいつの正体をつかんだにちがいない。ふたりの口論のことは知っているだろう？　で、あの助手はどうなんだ？　あの女も共犯かい？」

「それはまだ判明していない。わたし自身は、無関係だと思うよ。頭が悪いだけだ」

「おやおや。わたしならそうはいわないぞ。どちらかといえば、抜け目がないほうだな、あのミス・グラディス・クラムは。身体は見本にしたいぐらい、健康そのものだ。わたしの同業者の手をわずらわせることはなさそうだよ」

わたしはホーズのことが心配で、休暇をとるとか、転地療養をさせたほうがいいのではないかと相談をもちかけた。

ヘイドックはなんとなくその話題に触れたくないような態度をとった。答えてはくれたものの、真実味のない口調だった。

「そうだな」ヘイドックはのろのろといった。「それがいちばんいいかもしれない。気の毒な男だ。まったく気の毒な」

「あなたは彼を好きではないようだね」

「好きじゃないな——あんまり。だが、わたしが好ましいと思うひとは、それほど大勢いないんだ」つかのま黙ってから、こうつけくわえた。「プロザローは気の毒だと思うよ。かわいそうな男だった——誰からも好かれてなくて。独善的で、自己主張が強い。このふたつはどうにもよくない組み合わせだ。そして、いつもその性格をむきだしにしていた——若いころからね」

「前から彼を知っていたのかい？」

「ああ、うん。彼がウェストモーランドに住んでいたころ、わたしはわりに近くで開業していたんだ。ずいぶんむかしの話だよ。もう二十年近く前になるなあ」

わたしはため息をついた。二十年前なら、グリゼルダはまだ五歳だ。時間というのは、じつに不思議なものだ……。

「話はそれだけかい、クレメント？」

驚いて視線をもどすと、ヘイドックはするどい目でわたしをみつめていた。

「ほかにも話があるんじゃないのかね？」

わたしはうなずいた。

ヘイドックに会うまでは、話してもいいものかどうか迷っていたのだが、そう訊かれて、話すことに決めた。わたしはヘイドックが好きだ。性格もいいし、どの点をとっても卓越している。それに、わたしの話は彼にとっても有益かもしれない——そんな気がしたのだ。

なので、ミス・ハートネルとミス・ウェザビーから聞いた話をした。

わたしの話が終わったあと、ヘイドックはしばらく黙りこんでいた。

「真実をついているよ」ようやくヘイドックは口を開いた。「わたしは、ミセス・レストレンジが不都合な思いをしないよう、できるかぎり、盾になってきた。じつをいうと、あのひとは旧い友人なんだ。しかし、それだけが理由ではない。わたしの診断書は、みんなが思っているような、いいかげんなものじゃない」

ヘイドックはいったん口をつぐんでから、先をつづけた。重々しい口調で。

「クレメント、あんたの胸だけにおさめておいてほしい。じつはミセス・レストレンジは余命いくばくもないんだよ」

「え？」

「死が近いんだ。長くて、あと一カ月。わたしがあのひとを悩ませたり、質問攻めにさせたくないと思うのも当然だろう？」

ヘイドックはさらにことばをつづけた。「あの日の夕方、あのひとが本通りからこの道に入ったのは——ここに来るためだったんだ」

「そんなことはひとこともいわなかったな」

「噂をたてられたくなかったんだ。六時以降は診療時間外だし、それはみんなも知っている。だが、信じてくれていい。事件が起こった時刻、あのひとがここにいたことを」

「だが、わたしがあなたを呼んだとき、彼女はここにはいなかったはずだ。そう、わたしが遺体をみつけたときのことだが」

「うん」ヘイドックは動揺した。「もういなかった——誰かと会う約束があるとのことだった」

「どこで会うことになっていたんだろう——自宅かな?」

「知らないよ、クレメント。名誉にかけていうが、わたしは知らない」

わたしはその言を信じた。だが——。

「無実の男を絞首台に送ることになっていたら?」

「いや。プロザロー大佐殺害の罪で絞首台に送られる者はいない。それは信じてくれ」

といわれても、それはできない相談だ。とはいえ、ヘイドックの声音には断固たる確信がこもっていた。

「誰も処刑されたりはしない」ヘイドックはまた断言した。

「あのアーチャーという男は——」

ヘイドックはいらだった。「ピストルの指紋を拭きとるほど頭が回るとは思えない」

「それはそうかもしれないが」わたしは半信半疑だった。

そのとき、わたしはふと思い出して、ポケットから茶色がかったガラスのかけらのようなものを取りだした。森のなかでみつけて拾っておいたものだ。それをヘイドックに見せて、なんだと思うかと尋ねた。

「うーん」ヘイドックはためらいがちにいった。「ピクリン酸の結晶みたいだな。どこにあったんだ？」

「それはシャーロック・ホームズの秘密だよ」

ヘイドックの顔がほころんだ。

「ところで、ピクリン酸とはなんだね？」わたしは訊いた。

「爆薬に使われる」

「うん、それは知っているが、ほかに使い道があるのかい？」

「医療に使うことがある――火傷の治療に。効果絶大だ」

わたしが手をさしだすと、ヘイドックはしぶしぶといった体《てい》で返してよこした。

「たぶん、重要なものではないだろう」わたしはいった。「だが、かなり意外な場所でみつけたんだよ」

「そこがどこだか、教えてくれないのかい？」

子どもっぽいかもしれないが、教えてやる気はなかった。

ヘイドックは秘密を隠している。ならば、わたしもそうしよう。彼がすべてを打ち明けてくれるほどわたしを信用していないことに、わたしは少しばかり傷ついていたのだ。

26

夕べの礼拝で、説教壇に立ったとき、わたしはいささか奇妙な思いがした。いつもとちがって、教会は満員だった。ホーズの説教を聞きたいという信徒たちが集まったとは、とうてい信じられない。ホーズの説教は退屈で教条的だ。もし彼にかわってわたしが説教をするという知らせが広まったとしても、これほど大勢が集まるとは思えない。わたしの説教は退屈で学術的だ。遺憾《いかん》ながら、敬虔な信心が高じてこうして集まったとも思えない。

おそらく、誰もが、ほかに誰が来ているかを確かめ、礼拝が終わったあとに、教会のポーチでちょっとしたゴシップが聞けると期待して、こうして集まってきたにちがいない。

ヘイドックも来ている。これもめずらしいことだ。ローレンス・レディングも然り。驚いたことに、レディングの隣には、蒼白で緊張しきったホーズの顔があった。アン・プロザローも来ているが、彼女が日曜日の夕べの礼拝に出席するのはいつものことだ。が、今日も来るとは意外だった。さらに驚いたのは、レティスが来ていることだ。日曜日の朝の礼拝には、レティスは強制的に来させられていた——プロザロー大佐がその点はがんとして譲らなかったからだ。しかし、夕べの礼拝にレティスが出席したことは一度もない。

グラディス・クラムの顔も見える。しなびた老齢の独身女性たちのなかにあっては、いかにも若々しく、生気にあふれている。出入り口に近い壁ぎわに影のように立っているのは、ミセス・レストレンジだろう。

ミセス・プライス・リドリー、ミス・ハートネル、ミス・ウェザビー、そしてミス・マープルが顔をそろえているのは、いうまでもない。村じゅうの人々が来ている。来ていない者を探すほうがむずかしい。過去にこれほど大勢の信徒が集まったなかで礼拝をおこなったのがいつだったか、記憶にないほどだ。

群衆とは不思議なものだ。教会堂のなかには、磁石のように人々を引きつける雰囲気があった。それをまっさきに感じたのは、かくいうわたしだろう。

原則的に、わたしは説教をするにあたっては入念な草稿を作る。慎重に、かつ、良心的に下書きを作るのだが、それが完全ではないことは、誰よりもわたし自身が知っている。

だが今夜は、急遽、ホーズと交替したため、草稿なしで説教をしなければならないのだが、こちらを見あげている顔、顔、顔の海を前にすると、突然、狂気のような考えにとりつかれてしまった。そして、いかなる意味でも〝神の僕《しもべ》〟であることをやめた。演技者になることにしたのだ。満員の観客の前で観客たちの心を揺さぶりたい——いまの自分にはその力があると感じたのだ。

そんな自分を誇らしく思っているわけではない。感情的な信仰復興主義的精神などは、これっぽっちももちあわせていない。しかし今夜は、熱狂的にわめきたてる福音伝道者を演《や》ることにした。

わたしはゆっくりと聖書のことばを口にした。

「〝わたしが来たのは、おこない正しい人々に呼びかけるためではなく、おこない悪しき人々に悔いあらためるよう呼びかけるためです〟」

さらに二度、同じことばをくりかえす。その声が聞こえる――いつものレナード・クレメントの声とは似ても似つかない、教会堂のなかにりんりんと響きわたっている声が聞こえる。信徒席のグリゼルダが驚いた顔で見あげている。デニスもまた同じようにびっくり顔だ。

わたしは一、二瞬、息を止め、ふたたび声を張って話しはじめた。

教会という場に集まっている信徒たちは、感情が高ぶりやすい状態にあるといっていい。いわば、たやすく影響されてしまう状態にあるのだ。わたしはそこに切りこんだ。罪人たちに悔いあらためよと強く呼びかける。感情的な怒りを爆発させたのだ。そして、何度もくりかえし、弾劾するように片手を突きだし、聖書のことばを引用した。「〝わたしはあなたがたに話しているのです……〟」

あちこちの席から、ため息のような音がした。

群集心理とは奇妙で恐ろしいものだ。

わたしは美しくて痛烈なことばで説教を締めくくった。そう、おそらく聖書のなかでもっとも痛烈なことばを人々にあびせたのだ。

「〝今夜、あなたの魂は取りあげられるだろう……〟」

短かったが、不思議な時間だった。牧師館に帰るときには、激情とはほど遠い、いつものしおれた自分にもどっていた。いつもより青ざめた顔のグリゼルダが、わたしの腕に腕をからませてきた。

「レン、今夜のあなたは怖かったわ。あんまり好きじゃなかった。あんなお説教、いままでになかったわね」

「もう二度と聞けないだろうよ」

牧師館に帰り、書斎に入ると、わたしはぐったりとソファにすわりこんだ。疲れきっていた。

「なにがあったの？」

「突然、狂気にとりつかれたんだよ」

「あら！　なにか特別な理由があったわけじゃないのね？」

「どういう意味だい？　なにか特別な理由があった、とは？」

「不思議だったのよ——それだけのこと。あなたって、とっても意外なひとなのね、レン。あなたのことをほんとうにわかっていると思ったことなんか、一度もないのよ、わたし」

メアリの外出日なので、冷たい料理ばかりの夕食の席につく。

「玄関ホールにあなた宛の手紙が置いてあったわ」グリゼルダがいった。「持ってきてくれない、デニス？」

今夜はいやに寡黙なデニスはいわれたとおりにした。

わたしは手紙を見て、思わず呻いた。封筒の左上の隅にこう書いてあったのだ——親展——至急、と。

「これはミス・マープルだな。まだお呼びがかかってなかったのは、あのひとだけだから」
推測はあたった。

クレメント牧師さま
わたしの身に起こったことで、ひとつふたつ、お話ししたいことがございます。今回の悲しい事件の謎を解明するために、わたしたちは協力して事にあたるほうがよろしいかと思いまして。今夜九時半ごろ、牧師館の書斎のフレンチウィンドウをノックいたします。その間《かん》、グリゼルダさんがうちにいらして、甥のおしゃべりの相手をしてくだされば、とてもありがたいのですが。もちろん、よろしければ、デニスさんもごいっしょに。お返事がなければ、ご同意いただけたものと思い、勝手ながら、指定いたしました時間におうかがいさせていただきます。

かしこ
ジェーン・マープル

わたしは手紙をグリゼルダに渡した。
「まあ、行きますとも!」グリゼルダはうれしそうにいった。「日曜日の夜は、自家製のお酒をグラスに一、二杯いただくのにぴったりだわ。メアリがこしらえたブラマンジュを食べると、ひどく憂鬱《ゆううつ》になってしまうのよ。死体置き場に供えてあったものみたいなんだもの」

デニスはミス・マープルの提案にあまり気乗りがしないようだ。「あなたはうれしいだろうけど」デニスはグリゼルダにいった。「だって、芸術とか、本のこととか、高尚な話ができるんだもんね。そんな会話を黙って聞いてると、ぼくは自分がものすごくばかだという気がするんだ」

「それはあなたにとっていいことよ」グリゼルダはおだやかな口調でいった。「いまの自分がどういう人間か、身をもって知るってことですもの。どっちにしても、ミスター・レイモンド・ウェストは、とても賢《さか》しげなことをいうけど、それほど頭がいいとは思えないわ」

「賢しい人間なんて、めったにいないものだよ」わたしはつい口を出した。

それはともかく、ミス・マープルがなにを話したいのか、じつに気になる。我が教区のご婦人たちのなかでは、ミス・マープルはずばぬけて頭がいいと思う。彼女はたいていのことを見聞きしているだけではなく、なにかに注目すべきことがあれば、いくつもの事実から、驚くほど整然とした、きわめて適切な推論を導きだすのだ。

もしわたしが、この先、なにかよからぬことをしたとすれば、もっとも恐るべき人物は、ミス・マープルそのひとだろう。

九時少し過ぎに、グリゼルダは〝甥ごさんのおもてなしパーティ〟に出かけていった。ミス・マープルを待っているあいだ、わたしは犯罪に関係する事実を一覧表にして暇つぶしをした。けっこうおもしろい。できるかぎり事実を時系列に並べてみる。わたしは時間厳守を金科玉条とする人間ではないが、どちらかといえば几帳面《きちょうめん》なほうなので、物事を整然とした形で書きとめておくのが好きなのだ。

九時半ぴったりにフレンチウィンドウをコツコツとノックする音が聞こえた。立ちあがって、ミス・マープルを招じいれる。

ミス・マープルはみごとなシェトランド織りのショールで頭から肩まですっぽりとおおい、いつもより年老いて、弱々しく見えた。部屋に入りながら、そわそわした口ぶりでこういった。

「ごめんなさいましね——牧師さんもグリゼルダさんもご親切に。レイモンドがおくさまをたいそう褒めていましてね。いつもおくさまのことを完璧なグルーズ風の女性だといっていますよ。ほら、フランスの画家のグルーズが描く女性像の絵姿……。あら、いえ、足乗せ台はけっこうですよ」

わたしはシェトランド織りのショールを受けとって椅子の背に掛けてから、ミス・マープルと向かいあう椅子に腰をおろした。顔を見合わせていると、ミス・マープルは申しわけなさそうな微笑を浮かべた。

「どうしてわたしがこの件に興味を抱いているのか、きっと不思議にお思いでしょうね。女らしくないとお考えかもしれません。いえ——よろしいんですよ——でも、どうかわたしに説明させてくださいな」

ミス・マープルはいったん口をつぐんだ。頰がピンク色に上気している。

「わたしのように」ミス・マープルは語りはじめた。「世間の片隅でひっそりとひとり暮らしをしておりますと、なにかしら趣味をもつ必要があります。もちろん、編み物や刺繡《ししゅう》とか、ガールガイドの活動に携わるとか、福祉事業に参加するとか、スケッチにいそしむとか、いろいろありますわね。でも、わたしの趣味は——以前からずっとそうだったんですが——人間性の観察なんです。人間は千差万別。そこがとても魅力的でしてね。それに、気晴らしになるようなものもない小さな村で暮らしていると、人間観察が上達するとでもいいましょうか、そういう機会が多いんですよ。

まずは人々を分類することから始まります。鳥や花を分類するように、きっちりといくつものグループに類別します。本質はこう、うわべはこう、というぐあいに。もちろん、判断をまちがえたりもしますが、歳月を重ねるうちに、ミスも少なくなってきます。そこまでくれば、次は自分を試してみる番です。ささいな問題に注目して——たとえば、あの一ジル分の殻《から》をむいた小エビの件。グリゼルダはとてもおもしろがってましたよ。大騒ぎするような事件ではなくても、きちんと謎が解明されるまでは、不可解そのものですわね。それから、咳止めドロップがすり替わっていた件や、肉屋のおかみさんの雨傘の件。どちらも当初は意味がわかりませんでした——八百屋が薬屋の女房とふしだらな関係をもっていると仮定するまでは。もちろん、やがて、この仮定は事実だと判明したんですが。自分であれこれ考えて推測し、きっとこうだと結論をだしたあとに、それが正しかったとわかるのは、とても気持のいいものです」

「いつもそうなんでしょうね」わたしはほほえんだ。

「ですが、そうなると、ちょっといい気になっているだけではないかと心配になります。いつかほんとうに大きな事件が起きたとき、同じことができるだろうか——つまり、正しい解明ができるだろうか、と。論理的にいえば、まったく同じはずなんです。早い話が、実験用のちっぽけな模型の魚雷であっても、本物の魚雷とまったく同じでしょ」

「すべてが相対的な問題だとおっしゃりたいんですね」わたしはゆっくりといった。「そうですね、論理的には、そのとおりでしょう。ですが、現実にはどうでしょうか」

「同じはずですよ。学校では因数と教えていますが、それと同じです。たとえば、お金。それから、人間同士の、そのう、異性が惹かれあう情動や、おかしな性癖。どんなひとでも、ちょっとおかしな性癖をもっているものですもの。そうでしょう？　じっさいのところ、よく知りあってみると、たいていのひとがおかしな性癖をもっているとわかります。ごくふつうのひとが、ときとして、仰天するようなことをしでかしたりしますし。じつは異常なのに、ときとして、筋の通ったまともな人間に見えることがあるように。人間性を類別するための唯一の方法は、よく知っているひとと、たまたま出会ったひとを比較してみることです。牧師さんだって、突出した独特の個性をもつひとがあまりに少ないことに、きっとびっくりなさるんじゃないかしら」

「おどかさないでくださいよ。なんだか、顕微鏡で観察されている生きもののような気がしてきます」

「わたしだって、メルチット大佐にこういう話をしようなんて、夢にも思いません——専制的なかたですものね。それに、お気の毒なスラック警部。あのひとは靴屋の若い女店員にそっくりです。サイズが合っているという理由だけで、エナメル革の靴を売りつけようとするんですよ。お客が茶色の仔牛革《カーフ》の靴をほしがっていても、まったく無視してね」

まさに、その描写はスラック警部の人柄を浮き彫りにしている。

「牧師さん、今回の犯罪に関しては、あなたはスラック警部と同じぐらい、いろいろな事情をよくごぞんじですよね。それで、そのう、もしよろしければ、ごいっしょに考えて――」

「そうですね、誰もが内心では、我こそはシャーロック・ホームズなり、と自負しているんじゃないでしょうか」

そしてわたしはミス・マープルに話した――今日の午後に受けた三件の呼びだし、アン・プロザローがみつけた、切り裂かれた肖像画、警察署で見たミス・クラムの態度、わたしが拾った茶色の結晶と、それを見たヘイドックの分析とを。

「結晶はわたしがみつけたものですから、重要なものであってほしい気がします。でも、おそらく、今回の事件とは関係ないでしょうね」

「最近、図書館からアメリカの探偵小説をあれこれ借りて読んだんですよ」ミス・マープルはいった。「なにか役に立つことがあるんじゃないかと思いましてね」

「ピクリン酸のことが出てましたか?」

「いいえ、残念ながら。でも、以前に読んだ探偵小説のことを思い出しました。ある男がピクリン酸とラノリン油脂とを混ぜたものを軟膏だとだまされて塗りつけられ、毒殺されるんです」

「でも、この村で毒殺された者はいませんから、それは問題にはなりませんね」

わたしは先ほど事実を時系列に並べて書いた表を取りだして、ミス・マープルに渡した。

「事件に関するいろいろな事実を、できるかぎり正確に思い出してみました」

わたしの時間一覧表

今月二十一日木曜日

12：30　プロザロー大佐、牧師館への来館を六時から六時十五分に変更。おそらく村の住人の大半がそれを聞いている。

12：45　レディングのピストルが所定の場所に置いてあることが目撃される。（ただし、これは疑問。ミセス・アーチャーが以前のことは憶えていないといっているので）

5：30（おおよそこの時刻）プロザロー大佐とアンが車にてオールドホールから村へ向かう。

5：30　オールドホールのノースロッジから、わたしに虚偽の電話がかけられる。

6：15（あるいは、一分か二分前）プロザロー大佐、牧師館を訪れる。メアリが書斎に通す。

6：20　ミセス・プロザローが裏の路地から牧師館の裏庭に入り、書斎のフレンチウィンドウからなかをのぞく。大佐の姿は見えず。

6：29　ローレンス・レディングの住まいからミセス・プライス・リドリーの家に電話がかかる。（交換台の記録による）

6：30〜6：35　銃声が聞こえる（ミセス・プライス・リドリーの家に電話がかかってきた時間が正確なものとして）。ローレンス・レディング、アン・プロザロー、ストーン博士の証言では、銃声はもう少し前に聞こえたらしいが、ミセス・プライス・リドリーの証言のほうが正しいようだ。

6：45　レディング、牧師館を訪れ、遺体を発見。

6：48　偽電話でおびきだされたわたしが帰ってきたところ、レディングと牧師館の正面ゲート前で出会う。

6：49　わたしが遺体を発見。

6：55　ヘイドックが遺体を調べる。

追記：6：30～6：35のアリバイがないのはミス・クラムとミセス・レストレンジの二名のみ。

ミス・クラムは発掘現場にいたといっているが、確証はない。しかしながら、彼女を事件と結びつける事由がいっさいないことから、容疑から除外するのが妥当だろう。

ミセス・レストレンジは約束があるといって、六時すぎにヘイドックの診療所を辞去。どこで、誰と会う約束だったのか？　プロザロー大佐が相手だったとは考えにくい。大佐はわたしと会う約束をしていたからだ。ミセス・レストレンジが犯行時刻に犯行現場のごく近くにいたのは事実だが、彼女に大佐を殺す動機があったかどうかは疑問。大佐の死で彼女が利を得ることはないし、警部の男女関係のもつれによる恐喝説は、受け容れがたい。ミセス・レストレンジはそういうたぐいの女性ではない。また、彼女がレディングのピストルをこっそり手に入れたとは、とうていありそうにない。

「じつに明確ですね」ミス・マープルは称賛するようにうなずいた。「ほんとうに、とても明確です。こういうわかりやすい記録をお書きになるのは、殿がたならでは」

「わたしの記録を認めていただけますか？」

「ええ、はい、認めますとも。とてもきちんとまとまっていますよ」

そこでわたしは、前々から訊きたいと思っていた疑問を口にした。「ミス・マープル、あなたは誰を疑っていらっしゃるんです？　以前に、容疑者は七人いるとおっしゃいましたが」

「そのとおりです」ミス・マープルはなんだか上の空という口ぶりでそう答えた。「誰もが誰かを疑っていますが、疑いをかけている対象は、ひとによってそれぞれちがうようです。じっさいのところ、それは当然です」

ミス・マープルはわたしに、誰を疑っているのかとは訊かなかった。

「重要なのは、ひとつひとつの事柄に、きちんとした説明がつくかどうかなんです。どんな事柄であれ、納得できる説明がなされなければなりません。あらゆる事実にぴったり符合する仮説があれば――ええ、それは正しい説なんです。でも、そんな仮説を立てるのはとてもむずかしい。あの手紙がなければ――」

「手紙？」わたしは驚いた。

「ええ、そうです。前にもいいましたでしょ。プロザロー大佐のあの置き手紙。わたしはずっと頭を悩ませていました。あの手紙はなんだかおかしいと」

「ですが、いまなら説明がつきますよ。あれはほんとうは六時三十五分に書かれたのに、別人――殺人者――が冒頭に6：20と書きこんで、犯行時刻を攪乱しようとした。それは立証されたと思いますが」

「それでもおかしいんです」ミス・マープルはいった。

「どうしてですか？」

「いいですか」ミス・マープルはぐっと身をのりだした。「前にもいったとおり、アン・プロザローはうちの裏庭の前を通り、牧師館の書斎のフレンチウィンドウまで行って、なかをのぞきこんだけれど、プロザロー大佐の姿は見なかった」

「なぜなら、大佐はライティングテーブルの椅子にすわって、手紙を書いていたから」

「そこがおかしいんですよ。その時刻は六時二十分すぎ。プロザロー大佐がもう待てないという置き手紙を書こうと椅子に腰をおろしたのは、六時半をすぎてからのこと――それはわたしたちも意見が一致しましたよね。では、アンがのぞきこんだ時刻に、なぜ大佐はライティングテーブルについていたんでしょう？」

「そこまでは考えませんでした」わたしはのろのろといった。

「牧師さん、もう一度、おさらいしてみましょう。アンはフレンチウィンドウから書斎をのぞきこみましたが、誰もいないと思った――確かに彼女はそう思ったにちがいありません。そうでなければ、ミスター・レディングに会おうと、アトリエに行ったりはしなかったでしょう。

危険ですからね。彼女が誰もいないと思ったのは、書斎のなかがしんと静まりかえっていたからにちがいありません。とすれば、選択肢が三つあることになりますね」

「つまり……」

「第一の選択肢はプロザロー大佐はすでに死んでいた――ですが、それはとうていありそうもないと思いますよ。だって、そのときは大佐が書斎に入ってからまだ五分とたっていませんでしたし、その時間に射殺されたのなら、アンもわたしも銃声を聞いたはずです。それに、じっさいに大佐がライティングテーブルに向かってすわっていたとしても、やはり疑問が残ります。

第二の選択肢は、もちろん、大佐がライティングテーブルに向かってすわり、手紙を書いていた――でも、それは残っていた手紙とはまったく別の手紙でしょう。これ以上待てないという手紙ではなかったはずです。

それから、第三の選択肢は――」

「はい？」

「――アン・プロザローがいったとおり、書斎には誰もいなかった」

「つまり、大佐はいったん書斎に入り、それからどこかに行って、またもどってきたということですか？」

「そうです」

「でも、なんだって、そんなことをしなければならなかったんです？」

ミス・マープルは両手を広げ、軽く困惑のしぐさをしてみせた。

「そうなると、事件をまったく別の角度から見なければなりませんね」わたしはそういった。「そうしなければならないことはよくあるものです——なにごとにしろ。そうお思いになりません？」

わたしはなにもいわなかった。頭のなかで、ミス・マープルが提示した三つの選択肢を慎重に考えていたからだ。

ふっとため息をもらして、ミス・マープルは立ちあがった。「もうお暇《いとま》しなくては。牧師さんとお話しできて、よかった。もっとも、たいした進展はありませんでしたけどね」

「正直にいえば」わたしは椅子の背に掛けておいたミス・マープルのショールを取った。「わたしにはこの件ぜんたいがややこしく入り組んだ迷路のように思えます」

「あら、そんなことはありませんよ。わたしは、ひとつの仮説がすべての事実に符合すると思っています。偶然の一致をひとつ認めればいいんです——偶然の一致もひとつなら受け容れられます。ふたつ、三つとなると、ありそうもないといえますけど」

「ほんとうにそう考えていらっしゃるんですか？　いえ、三つの選択肢のことですが」わたしはミス・マープルの顔をみつめた。

「わたしの仮説には、ひとつ、穴があるんです——どうしても埋めきれない穴が。ええ、あの置き手紙がまったくちがう内容のものだったのなら——」

ミス・マープルはまたため息をつき、頭を振った。そしてフレンチウィンドウまで行くと、ほとんど無意識に片手をのばして、台にのせてある、しおれかけた鉢植えのシュロにさわった。

「牧師さん、シュロには頻繁《ひんぱん》に水をあげないと。かわいそうに、水をほしがってますよ。毎日、水をあげてくださいな。世話をしているのは、メイドさんですか?」

「そういうことになっています。ほかの仕事と同じく」

「まだ仕事に慣れていないようですね」

「はあ。グリゼルダはメアリを仕込むのを拒否してましてね。きちんと仕込まれたメイドは、うちにいつかないだろうとあやぶんでいるんですよ。ですが、先だって、メアリが自分からやめさせてくれといいだしましてね」

「おやまあ。わたしの目から見れば、メアリはあなたがたご夫婦をとても好きなようですけど」

「そうでしょうかねえ……。やめたいというのも、レティス・プロザローが原因らしいんです。検死審問が終わって、メアリがちょっと興奮した状態で牧師館にもどってきたら、この書斎にレティスがいたんですよ。それで、なにやら言い合いになったとかで」

「あらら!」ミス・マープルはフレンチウィンドウから外に足を踏みだそうとして、ふいに立ちどまった。その顔にさまざまな表情が浮かんでは消えた。

「ああ! わたしったら、なんてばかだったんでしょう。そういうことだったのね。それなら、まちがいなくありそうなことなのに」

「は?」

ミス・マープルはふりむいてわたしを見た。

「なんでもありません。ちょっとした考えが頭に浮かんだんです。うちに帰って、もっとよく考えてみなければ。そうですね、自分がひどく愚かだったと思い知りました——ええ、とんでもないおばかさんでしたよ」

「まさか」わたしはやさしく打ち消した。

わたしはミス・マープルに付き添い、フレンチウィンドウから出ると、芝生を横切って裏木戸までいった。

「そんなに突然、なにを思いついたのか、話していただけませんか？」わたしはミス・マープルに訊いた。

「いいえ、だめです——いまはまだ。だって、わたしがまちがっているかもしれませんからね。そうは思えませんけれど。あら、うちの裏木戸まで来てしまいました。送ってくださってありがとうございました。ええ、もうここでけっこうですよ」

裏木戸をくぐり、扉に掛け金をかけているミス・マープルに、わたしは問いをぶつけた。

「あの置き手紙がまだ障害になっているんですか？」

ミス・マープルは心ここにあらずというようすでわたしを見た。「あの置き手紙？　ああ！　もちろん、あれは本物ではありませんよ。あれが本物だなんて、わたしは最初っから認めていませんよ。では、おやすみなさい、牧師さん」

茫然と見送っているわたしを置き去りにして、ミス・マープルはそそくさと庭の小径を通り、家に向かっていった。

わたしはどう考えていいか、さっぱりわからなかった。

27

グリゼルダもデニスも、まだ隣家から帰ってきていなかった。考えてみれば、ミス・マープルのお宅に入り、三人いっしょに帰ってくるのがごく自然なことだったのに。しかし、ミス・マープルもわたしも事件の謎で頭がいっぱいで、この世にほかの者たちが存在していることすら、失念していたのだ。

玄関ホールにたたずみ、グリゼルダとデニスを迎えにいこうかどうしようか迷っていると、玄関ドアのベルが鳴った。

ドアに向かったところ、郵便箱に手紙が一通入っているのが見えた。これに気づいてほしくて、誰かがドアベルを鳴らしたのだとわかり、手紙を手に取った。

しかし、またドアベルが鳴った。わたしは急いで手紙をポケットに押しこみ、玄関ドアを開けた。

メルチット大佐だった。

「やあ、こんばんは。車で町からうちに帰る途中なんだ。で、ちょっと牧師館に寄ったら、一杯ごちそうになれるかなと思ってね」

「喜んで。さあ、どうぞ書斎に」

メルチット大佐は革のコートをぬぎ、わたしのあとについて書斎に入った。わたしはウィスキーのボトルとソーダサイフォン、それにグラスを二個、用意した。メルチット大佐はきちんと刈りこんだ口髭をなでながら、両脚を大きく広げて暖炉の前に立った。

「クレメント、ちょっとした情報が手に入ったんで、きみに知らせたくてね。聞いたら驚くぞ。だが、それはあとまわしだ。それにしても、こっちはどんなあんばいだね？　老婦人たちがなにか嗅ぎつけたとか？」

「お年寄りだからって、ばかにはできませんよ。いずれにしても、そのうちのひとりなんか、真相にたどりついたと思っているようですし」

「それは我らが友、ミス・マープルかい？」

「我らが友、ミス・マープルです」

「ああいうタイプの女は、自分がなんでも知っていると思いがちなものだよ」

大佐はウィスキーソーダをうまそうに飲んだ。

「わたしが口を出すことではないと承知していますが、魚屋の若い店員には話を聞きましたか？　もし犯人が牧師館の玄関から出ていったのなら、店員が目撃した可能性がありますよ」

「スラックがちゃんと話を聞いたよ。だが、あのフレッド・ジャクスンという店員は誰も見なかったといっている。まあ、そうだろう。犯人が人目を避けないわけがない。牧師館のゲートのわきには植え込みがあるし。犯人はそこに身をひそめて、前の通りにひとけがないことを確かめてから出ていったんじゃないかな。ジャクスンはヘイドック医師の家、牧師館、それにミセス・プライス・リドリーの家に、注文を受けた品々を順番に配達していた。彼の目につかないように行動するのは、きわめて容易だ」

「そうですね。わたしもそうだと思います」

「その一方で、あのならず者のアーチャーが、この近辺でなにかしでかしたとしても、そして、ジャクスンがアーチャーを目撃したとしても、ジャクスンがそれをいうとは思えん。なにしろ、アーチャーとジャクスンは従兄弟同士だからな」

「本気でアーチャーを疑っているんですか？」

「そうだな、プロザロー大佐はアーチャーを相当きびしく非難していた。ふたりはかなり険悪な間柄だった。プロザロー大佐が〝寛大さ〟をもちあわせていなかったのはまちがいない」

「そうですね。冷酷非情なひとでした」

「わたしにいわせれば、〈生き生かしめよ〉。世のなかはもちつもたれつなんだがな。もちろん、法は法だが、疑わしきは罰せずの精神も必要だ。プロザロー大佐にはそれが欠けておった」

「それを自慢にしていたぐらいですよ」

ふたりともそこで口をつぐみ、ささやかに静かな時間《とき》が流れた。やがて、わたしはメルチット大佐に訊いた。

「ところで、さっき、聞いたら驚くだろうとおっしゃっていた知らせというのは、なんなのです？」

「ああ、そうだった。そりゃあ、驚くぞ。プロザロー大佐が殺される寸前まで書いていた、あの手紙のこと、憶えているだろう？」

「ええ」

「あれを文書鑑定の専門家に精査させたんだ。6：20という時刻がほかの者の手で書きくわえられたかどうかを調べるためにな。もちろん、サンプルとして、プロザロー大佐の自筆の書類やなんかも添えた。その鑑定の結果、どうなったと思う？　時刻だけではなく、あの手紙の全文が、プロザロー大佐が書いたものではない、と判明したんだ」

「偽造だと？」

「そう、偽造だったんだよ。6：20はやはり本文を書いた者とは別人の筆跡だと確認されたが、なんともはや、手紙そのものが偽物だと判明したんだ。プロザロー大佐が書いたものではなかった」

「それは確かですか？」

「うむ、文字鑑定の専門家としての威信にかけて、まちがいないといっている。専門家がどういう輩《やから》か、知っているだろ！　だが、彼らは満を持してそう結論づけた」

「驚きましたね」そのとき、わたしは突然にあることを思い出した。

「そういえば、先に、ミセス・プロザローが夫の筆跡とはちがうといったんですが、わたしは聞き流してしまった」

「そうなのか？」

「女性ならではのたわごとだと思ったんですよ。あのときは、プロザロー大佐が書いたにちがいないと信じこんでいましたから」

わたしはメルチット大佐と顔を見合わせた。

「じつに奇妙なことに」わたしはのろのろといった。「つい先ほど、ミス・マープルがあの手紙は偽物だといってましたよ」

「恐るべきご婦人だな。あのひと自身が殺したのでなければ、そこまでわかるはずはないのに」

ちょうどそのとき、電話が鳴った。電話のベルは、聞く者に奇妙な心理作用を及ぼす。いまは、いやに執拗で、不吉な意味合いをもっているように聞こえた。

わたしは受話器を取った。「こちらは牧師館です。どなたでしょうか?」

奇妙な、かん高いヒステリックな声が聞こえた。「告白したいんです。おお、神よ、告白したいんです」そこでプツリと電話が切れた。

「もしもし、もしもし、交換台? 電話が途中で切れてしまったのですが、かけてきた電話番号はわかりますか?」

めんどくさそうな声が、わからないといった。そして、めんどくさそうに、ご迷惑をおかけしてすみませんと謝罪のことばをつけくわえた。

わたしは受話器を架台にもどし、メルチット大佐にいった。

「前におっしゃいましたよね。もしまた誰かが罪を自白するようなことがあれば、こっちの頭がおかしくなる、と」

「なんだって?」

「誰かが罪を告白したがっていたんですがね……ところが、途中で交換台に接続を切られてしまいました」

メルチット大佐は電話機に駆けより、受話器を取った。「わたしが交換台と話してみる」

「どうぞ。あなたならなんとかできるかもしれませんね。お任せします。わたしはちょっと出かけてきます。あの声に聞き憶えがありますので」

28

わたしは村の本通りを急いだ。いまは午後十一時。日曜日の夜の十一時とくれば、セント・メアリ・ミードは村ぜんたいがひっそりと静まりかえっている。とはいえ、めざす家の二階の窓には明かりが見えた。ホーズはまだ起きているようだ。わたしはその家の玄関ドアのベルを鳴らした。

長い時間がたったような気がしてきたころ、ホーズの下宿のおかみ、ミセス・サドラーがかんぬき二本と、鎖を一本はずすのにてこずったあげく、ようやくドアを開けて、けげんそうな顔をのぞかせた。

「ありゃまあ、牧師さん！」

「こんばんは。ミスター・ホーズに会いたいのですが。窓に明かりが見えますから、まだ起きていると思います」

「なら、そうかもしれんね。夕食を運んだあとは、顔を見てないんだけど。いつも夜は静かにすごしていなさるよ――誰も訪ねてこないし、外に出かけることもないし」

わたしはうなずき、ミセス・サドラーのそばをすりぬけ、急いで階段を昇った。ホーズは二階に寝室と居間の二部屋を借りているのだ。

部屋に入る。ホーズは長椅子にあおむけに横たわって眠っていた。わたしが入っていっても、ぴくりともしない。そばのテーブルに、空の薬箱と水が半分ほど入ったグラスがある。

彼の左足の下の床には、なにか書いてある紙が一枚、くしゃくしゃになって落ちている。わたしはそれを拾いあげ、しわをのばした。書きだしは〝クレメント牧師どの――〟。

読み終えると、思わず低く叫んで、手紙をポケットに押しこんだ。そしてホーズのかたわらに膝をつき、注意深くようすを見た。

次に、彼の肘のあたりにあった電話機に手をのばし、交換台に牧師館の番号を告げた。メルチット大佐はまだ先ほどの電話の番号を追跡させているらしく、牧師館の電話は話し中だという。交換台に牧師館の回線が空いたら、ここに電話するよう大佐にいってほしいとたのんでから受話器を置いた。

ポケットに手をつっこみ、くしゃくしゃの手紙を取りだす。それといっしょに、先ほど牧師館の郵便箱から取りだした手紙も出てきた。まだ読んでいなかったのだ。

牧師館に届いていたほうの封筒の筆跡には、見憶えがある。今日の午後に届いた匿名の手紙と同じ筆跡だ。

手紙を開く。

一度読んだが、内容が理解できず、もう一度読む。

さらに読みかえそうとしたとき、電話のベルが鳴った。夢のなかにいるような気分で、わたしは受話器を取った。

「はい？」

「やあ」

「メルチット大佐ですか？」

「そうだ、いまどこにいるのかね？　先ほどの電話の件だが、番号は――」

「番号は知っています」

「おお、そりゃあよかった！　その番号の家にいるのかね？」

「そうです」

「告白とやらはどうなった？」

「ええ、それもわかりました」

「殺人犯を捕まえたのかね？」

そのときわたしは、これまでの生涯で初めてといっていいほどの激情に襲われた。なぐり書きの匿名の手紙、薬の空き箱。その双方を見て、ホーズとのなんということのない会話を思い出した。

わたしは必死の思いで自分をとりもどした。

「わ、わかりません。こちらに来てくださったほうがいい」

ここの住所を大佐に告げる。

電話を切ってから、よく考えてみようと、わたしはホーズと向かいあう椅子にすわりこんだ。

二分もたたないうちに、メルチット大佐が来るはずだ。

匿名の手紙を開き、また読みかえす。さらにもう一度。
わたしは目を閉じて考えこんだ……。

29

どれぐらい時間がたったのか、わたしにはわからない――じっさいには、ほんの数分だろう。だが、わたしには永遠とも思えた。

ドアが開く音が聞こえて、メルチット大佐が入ってきた。

長椅子で眠っているホーズを見てから、大佐はわたしのほうを向いた。「これはどういうことだ、クレメント？　いったいどういうことなんだ？」

わたしは二通の手紙のうち、一通を大佐に渡した。大佐は声にだして手紙を読んだ。

クレメント牧師どの

じつにまさに不愉快なことをいわねばならん。考えたあげく、手紙に書くほうがいいと判断した。話しあうのは後日ということにしよう。不愉快なことというのは、献金横領の件だ。犯人の正体に関しては、残念ながら、疑問の余地がないほど明白になった。教会の牧師補が告発されるのは、きみにとっては大きな痛手だろうが、わしの義務もまた明白そのもの。きびしい模範を示さねばならぬし――

メルチット大佐は尋ねるような目でわたしを見た。文章が判読できないほど乱れて途切れているのは、そこで書き手が死に至らしめられたからなのだ。

メルチット大佐は深いため息をついて、ホーズに目を向けた。

「すると、これが真相なのか！　われわれが疑いもしなかった人物。真犯人はとうとう良心の呵責《かしやく》に耐えかねて、自白する気になったんだ！」

「最近、とてもようすがおかしかったんですが」

ふいにメルチット大佐はするどい叫び声をあげて、つかつかと眠っているホーズに近づいた。彼の肩をつかみ、揺さぶる。最初はおだやかに、次にかなり荒っぽく。

「ふつうの眠りとはちがうぞ！　薬を飲んだんだ！　どういうことなのか？」

メルチット大佐は空の薬箱に目を留めて、それを手にとった。「これを――」

「そう思います」わたしはうなずいた。「先日、ホーズにこの薬を見せられました。飲みすぎないように気をつけているといってましたが。かわいそうに、これが逃避の手段だったんですね。たぶん、いちばんいい方法だったんでしょう。ですが、それを裁くのは、わたしたちではありません」

しかしメルチット大佐は、なににもまして州警察本部長という立場の男だった。わたしのしみじみとした述懐も、大佐にはまったく通じなかったようだ。大佐はとにもかくにも殺人犯を捕まえて、絞首台に送りたかったのだから。

メルチット大佐はすぐさま電話機の受話器をひっつかむと、交換台が出るまで、じれったそうに、受話器を何度もがちゃがちゃと架台に下ろしたり上げたりした。ようやく交換台が出ると、ヘイドックの番号を呼びだすようにいった。そして電話がヘイドックにつながるまで、耳に受話器をあてがったまま、長椅子に横たわるホーズから目を離さなかった。

「もしもし――もしもし――もしもし、ああ、ドクター・ヘイドックですね？ 本通りまですぐに来てくれますか？ ミスター・ホーズの住まいです。大至急……は？ そちらは何番ですか？ ああ、どうも失礼しました」

大佐はいまいましそうに受話器を架台に置いた。「交換がまちがえたんだ。番号ちがい！ いつだって、番号ちがい！ ひとの命が懸かっているというのに！ もしもし交換台、ちがう番号につながったぞ……そうだ、急いでくれ……三九――九だ、五じゃない！」

またじれったい待ち時間があったが、今度は短くてすんだ。

「もしもし、ヘイドックか？ メルチットだ。すぐに本通り十九番地に来てくれ。ホーズが薬を過剰摂取したようだ。すぐに来てくれ、生死にかかわる」

受話器を架台にもどすと、大佐はいらいらと部屋のなかを行ったり来たりしはじめた。

「クレメント、どうしてすぐに医者を呼ばなかったんだ。わたしには理解できん。動揺してしまって気転が利かなかったのかね」

自分と同じ行動原理をもたない人間がいるなど、メルチット大佐には思いも及ばないことなのだ。幸せなひとだ。なのでわたしはなにもいわなかった。大佐はさらにいった。

「この手紙はどこにあったんだね？」

「くしゃくしゃになって、床に落ちてました――ホーズの手から落ちたんでしょう」

「まったくわけがわからん――警察がみつけた置き手紙、あの老婦人は本物ではないといっていたが、それが正しかったわけだ。どこをどうすれば、そうだとわかったんだ？　それにしても、この手紙を処分しなかったとは、この男は大マヌケだ。手元に置いておくとは――これが決定的に不利な証拠になる、ということがわからなかったのか！」

「人間性とは、矛盾だらけのものなんですよ」

「そうでなければ、警察が殺人犯を捕らえることができるかどうか、疑問だよ！　遅かれ早かれ、犯人は愚かなまねをしてボロを出すものだ。おい、クレメント、ぐあいが悪そうだね。この事態にさぞひどいショックを受けたんだろうな」

「そうです。さっきもいったとおり、ホーズは最近、ようすがおかしかったんです。だのに、まさかこんなことになるとは、夢にも――」

「誰だってそうじゃないかね。ああ、車の音がする」メルチット大佐は窓辺に行き、上げ下げ窓を引きあげて、身をのりだした。「うん、ヘイドックだ」

待つほどもなく、ヘイドックが部屋に入ってきた。大佐は簡潔に事情を説明した。

ヘイドックは感情をあらわにする男ではない。いまも眉を吊りあげてうなずいただけで、すぐに患者のそばに行った。ホーズの脈を測り、まぶたをひっくりかえして眼球をのぞきこむ。

そしてメルチット大佐に訊いた。「絞首台に送るために生かしたいんですか？　見てのとおり、かなり重体です。ともかく予断を許さない状態だ。手を尽くしても命を救えるかどうか」

「できるかぎり手を尽くしてくれ」

「わかりました」

ヘイドックはてきぱきと処置を始めた。持参した鞄を開けて、皮下注射の準備をすると、かがみこんでホーズの腕に針を刺した。そして立ちあがった。

「マッチ・ベナムの病院に搬送するのがいちばんいい。わたしの車で搬送しますから、車に乗せるのに手を貸してください」

もちろん、わたしもメルチット大佐も手を貸した。ホーズを後部座席に横たえる。ヘイドックは運転席にすべりこむと、肩越しに捨てぜりふを吐いた。

「メルチット大佐、彼を絞首台に送るわけにはいかないかもしれませんよ」

「回復しないということか？」

「するかもしれないし、しないかもしれない。いや、そっちじゃありません。たとえ回復しても、彼に犯行の責任能力を問えない、そういいたかったんです。わたしはそう証言しますよ」

車が行ってしまうと、わたしと大佐はホーズの部屋にもどろうと、階段を昇った。その途中、大佐はけげんそうに訊いた。

「ヘイドックはなにをいわんとしたのかな？」

わたしはホーズが嗜眠性脳炎《しみんせいのうえん》を患《わずら》ったことがあると説明した。

「嗜眠性？　眠り病か？　いまどきは、どんなあくどい犯罪にも、あれこれと、もっともらしい理由がこじつけられる。そう思わないか？」

「科学はいろいろなことを教えてくれますからね」

「科学のこんちくしょうめ——いや、すまん、クレメント。だが、感傷主義の横行にはうんざりしているんだ。わたしは無骨な男だからな。さて、いちおう、ざっと部屋を調べておこうか」

だが、その矢先に、邪魔が入った。それも、驚天動地の。

ドアが開いて部屋に入ってきたのは、ミス・マープルだったのだ。

ミス・マープルの顔はピンク色に上気していて、いくぶんか興奮ぎみだが、わたしたちの驚きようを正しく見てとったようだ。

「勝手に入ってきて、すみません——こんばんは、メルチット大佐。いきなりお邪魔して、たいへん申しわけないのですが、ミスター・ホーズのぐあいが悪いと聞きましたのでね。なにかお手伝いできないかと思いまして」

ミス・マープルが口をつぐむと、メルチット大佐は多少不快そうな面持ちで彼女をみつめた。

「ご親切なことですな、ミス・マープル」大佐は冷淡な口調でいった。「それにしても、なぜホーズのことがわかったんです?」

わたしもそれを訊きたかった!

「電話です」ミス・マープルはいった。「番号をまちがって接続するなんて、交換台もうっかりしてますね。大佐はドクター・ヘイドックの自宅にかかったと思って、お話しになりましたでしょ。うちの番号は三五番なんです」

「ああ、なるほど!」わたしは思わず声をあげた。

ミス・マープルはなんでも知っているが、それにはつねに、完璧に合理的な説明がつくのだ。

「それで、なにかお役に立てるのではないかと思いましてね」

「それはどうもご親切に」メルチット大佐の口調はいよいよ冷淡になった。「ですが、していただくことはなにもありませんよ。ホーズはヘイドックが病院に運びましたんでね」

「病院に？　ああ、それなら安心ですね！　それをうかがって、ほんと、安心しましたよ。病院にいれば、あのかたも安全ですから。〝していただくことはなにもない〟とおっしゃいましたが、まさか、回復しないという意味ではないでしょうね？」

「じつにあやうい状態なんです」わたしはいった。

ミス・マープルは薬の空き箱に目を留めた。「その薬を多量に飲んだようですね」

わたしの見るところ、メルチット大佐は話をしたくないようすだった。立場がちがえば、わたしもそう思っただろう。だが、わたしの脳裏には、ミス・マープルと事件のことを論議した記憶がまだ鮮明に残っているため、大佐と同じ見解には至らなかった。もっとも、ミス・マープルが大急ぎでここに駆けつけ、穿鑿《せんさく》がましいことをいうのには、いささか不快感を覚えたが。

「これをごらんに入れたほうがいいですね」わたしはプロザロー大佐の書きかけの手紙をミス・マープルに渡した。

ミス・マープルはそれを手にすると、みじんも驚いたようすもなく、文面を読んだ。

「こういうことだと、あなたはもうとっくに推測なさっていたんでしょう？」わたしは訊いた。

「ええ、ええ、そうです。牧師さん、お尋ねしますが、今夜はどうしてここにいらしたんですか？　そこのところがどうにも合点がいかなくて。牧師さんとメルチット大佐――おふたりがいらしてるとは、予想もしませんでした」

わたしは告白したいという電話があったこと、ホーズの声だとわかったことをいった。ミス・マープルは深くうなずいた。

「じつに興味深いことです。神の摂理――このことばを使ってもいいように思えます。ええ、そのおかげで、牧師さんはあやうくまにあったんですね」

「あやうくまにあったって、どういうことです？」わたしは苦々しい口調で訊きかえした。

ミス・マープルは驚いた表情を浮かべた。「もちろん、ホーズさんの命を救うのに」

わたしはいいつのった。「ホーズが回復しないほうが、つごうがいいとお思いになりませんか？　彼にとっても、また、ほかの人々にとっても。こうして真相がわかり――」

わたしはそこで絶句した。ミス・マープルが激しくくびを振っているのを見て、ことばの接ぎ穂を失ってしまったのだ。

「もちろん、そうです！」ミス・マープルはいった。「ええ、それこそ、あの男があなたがたに思いこませようとしていることなんですよ！　真相がわかった――このままにしておくのが、みんなのためだ……。ええ、それでなにもかもつじつまがあいます。手紙、薬の飲みすぎ、ミスター・ホーズの精神状態、そして告白。なにもかもつじつまがあいます――でも、それはちがう……」

わたしもメルチット大佐も、唖然としてミス・マープルをみつめた。

「ですから、ミスター・ホーズが安全に――病院にいるとお聞きして、安心したんです。病院にいれば、誰にも手が出せませんからね。あのかたが回復なさったら、真実を語ってくれるでしょう」

「真実を？」

「ええ、あのかたがプロザロー大佐に指一本触れなかったことを」

「でも、告白したいという電話といい、手紙といい、薬の過剰摂取といい、すべてが真実を語っているじゃありませんか」

「それこそがあの男の思うつぼなんですよ。なんて狡猾《こうかつ》な！　手紙を取っておいて、こういうふうに使うなんて、じつにずる賢い！」

「誰のことなんです？」わたしは訊いた。「〝あの男〟とは？」

「真犯人です」

そして、ミス・マープルは静かにつけくわえた。

「ミスター・ローレンス・レディングのことですよ」

30

わたしもメルチット大佐もまじまじとミス・マープルをみつめた。ほんの一瞬、わたしはミス・マープルの頭がどうかなってしまったのではないかと、本気で疑いさえした。それほど途方もない告発だったからだ。

先に口を開いたのは、メルチット大佐だった。いたわるように、寛大な憐れみをこめた口ぶりだった。

「それは不合理ですね、ミス・マープル。ミスター・レディングの容疑はきれいに晴れたんです」

「そうでしょうね」ミス・マープルはうなずいた。「それを見越していたんですよ」

「その反対です」メルチット大佐はそっけなくいった。「彼は殺人の罪で捕らえられることを辞さない行動をとったじゃありませんか」

「ええ、そうです。わたしたちはみんな、そう思いこまされたんですよ――わたし自身もそうでした。牧師さん、ミスター・レディングが自供したと聞いたとき、わたしが動揺したことを憶えていらっしゃいますか？　あれで、わたしの推測は根底から崩れてしまい、彼は無実だと思ったんです――そのときまでは、彼がやったのだと考えていたんですが」

「レディングが犯人だとお思いになったのは、いつごろですか？」

「探偵小説のなかでは、いちばんあやしくない人物が犯人だという展開が多いんですよ。でも現実では、そのルールはあてはまりません。明らかにあやしい人物こそが犯人、というのが真相ですからね。わたしはアン・プロザローが好きですけれど、彼女がレディングのいいなりになって、どんなことであれ、彼のいうとおりにする、という判断に至るのを避けることはできませんでした。そしてレディングは、金のない女と駆け落ちしようなどとは、夢にも思わない男です。彼の観点から見れば、プロザロー大佐は排除すべき人物なんですよ。ですから、大佐を排除したんです。倫理観などこれっぽっちもない、若くて魅力的な男ならではの考えかたですね」

少し前から、メルチット大佐はいらいらして、しきりに鼻を鳴らしていたが、がまんが切れたようにいった。

「じつにばかばかしい！　とうていありえん！　レディングには六時四十五分まで完璧なアリバイがある。ヘイドックは、プロザロー大佐が撃たれたのは、その時刻よりあとではないといっている。あなたは医者よりも自分のほうがよくわかっている、とおっしゃりたいのかな。それとも、ヘイドックがわざと嘘をついていると？　そうだとすれば、なぜです？」

「ドクター・ヘイドックの証言は、まちがいなく真実だと思っていますよ。あのかたは真っ正直なかたです。それに、当然ながら、プロザロー大佐を撃ったのは、アン・プロザローです――レディングではありません」

またもやわたしもメルチット大佐も唖然としてミス・マープルの顔をみつめた。ミス・マープルはふんわりしたショールをずらして、その下のレースの三角肩掛けを引っぱってから老齢の未婚女性らしいおだやかなやさしい口ぶりで、驚くべき話を淡々と語った。

「いまのいままで、この話はすべきではないと思っていました。自分だけが信じていることが――それがどれほど確かなことであっても、証明できなければ意味がありません。今夜、牧師さんには申しあげましたよね、あらゆる事実と符合し、説明のつく仮説でなければ、確信をもって口にすることはできないと。わたしの仮説は完璧ではありませんでした――ひとつだけ穴があったんです。先ほど、牧師館の書斎で牧師さんとお話をして帰るときに、ふと、フレンチウィンドウのそばに置いてある鉢植えのシュロに目が留まりました。それで――ええ、すべてがわかったんですよ。白日のもとにさらされたようにくっきりと」

「頭がへんなんだ――完全におかしい」メルチット大佐はわたしに小声でそういった。

しかしミス・マープルはわたしたちにやさしい笑顔を向けて、レディらしいおだやかな声で話をつづけた。

「自分がこうだと信じた仮説。それが正しいとわかったときは、残念でしたよ。とても残念でした。あのふたりを好きでしたからね。でも、人間性がどういうものか、おわかりでしょう。まず、レディングが、次にアンが、愚劣なやりかたで自供しましたよね。それを聞いて、わたしは心底ほっとしたんです。自分がまちがっていたとわかって。それで、ほかのひとたちに、つまり、プロザロー大佐をこの世から消してしまいたい動機のあるひとたちに、目を向けてみました」

「七人の容疑者……」わたしはつぶやいた。

ミス・マープルはほほえんだ。「ええ、そのとおり。まずアーチャーという男——彼がやったとは考えにくいのですが、お酒を飲んで、頭に血が昇ったら、なにをするかわかりませんからね。それから牧師館のメイドのメアリ。あの娘はずっと前からアーチャーと出歩いてますし、性質も少し変わってます。動機と機会もあります——あのとき、牧師館にはメアリしかいなかったんですよ！　アーチャーの母親は容易にレディングの住まいからピストルを持ちだして、息子かメアリに渡すことができましたし。それからレティス・プロザロー。あの娘は好きなように暮らすために、自由とお金がほしかった。天使のようにきれいな娘が道徳心のかけらもない側面を見せる。そういう事例をわたしはいくつも知っていますよ。でも、見かけがきれいで純真そうな女に、まさかそんな面があるとは、殿がたは信じようとしないものですけれど」

わたしは顔をしかめた。

「それに、テニスのラケットの件があります」ミス・マープルはおかしな話をもちだした。

「テニスのラケット？」

「ミセス・プライス・リドリーの家のメイド、クララが牧師館のゲート前の草むらに置いてあるのを見たといってます。デニスが自分でいっているように、テニスパーティから早めに帰ったことを示しているように見えますね。十六歳の少年というのは、多感で、感情が不安定なものです。動機がなんであれ——たとえばレティスのためとか、牧師さんのためとか——可能性は捨てきれません。そして、お気の毒なミスター・ホーズと牧師さん。おふたりの共謀ということはありえません。でも、弁護士なら二者択一というでしょうね」

「わたし？」心底仰天して、わたしは思わず叫んでしまった。

「ええ、そうです。ごめんなさいね。じっさいには、本気で疑ったわけじゃありませんよ。でも、献金の一部が消えた問題がありましたからね。牧師さんか、ミスター・ホーズのどちらかが着服したにちがいないと思ったんです。ミセス・プライス・リドリーはあちこちで、牧師さんが犯人だとほのめかしています。彼女の疑惑の根拠は、その件を調査するのを牧師さんが強硬に反対している点です。もちろんわたしは、着服しているのはミスター・ホーズだと確信していましたが。彼は不運なオルガン奏者に似ています。そのひとのことは前に申しましたでしょ。ですが、それでもやはり、絶対的な確信がもてなくて――」

「しかし、人間性とはそういうものだと」わたしは苦々しくミス・マープルのことばを引き取った。

「そのとおりです。それに、グリゼルダ」

「だが、ミセス・クレメントは完全に容疑からはずれていますよ」メルチット大佐が口をはさんだ。「彼女は六時五十分着の汽車で帰ってきたんですから」

「それはグリゼルダがそういっているだけです」ミス・マープルは反論した。「ひとのいうことをそのまま信じてはいけませんよ。あの夜、六時五十分着の汽車は、三十分、到着が遅れたんです。でも、グリゼルダが七時二十分すぎに牧師館の裏木戸を出てオールドホールに向かうのを、わたしはこの目で見ています。とすれば、彼女は一本早い汽車で帰ってきたにちがいありません。事実、彼女の姿はほかのひとにも目撃されています。でも、たぶん牧師さんは、そのことをごぞんじですよね？」

ミス・マープルは尋ねるようにわたしを見た。

そのまなざしには不思議な磁力があり、わたしは例の匿名の手紙をポケットから取りださざるをえなくなった。つい先ほど封を開けて読んだ手紙だ。それには、事件当日の午後六時二十分に、グリゼルダがレディングの住まいから出てきたのを見たということが、ことこまかに書いてあった。彼女が裏のフレンチウィンドウから出たところを見たという。

そのときも、またあとになっても、口には出さなかったが、ほんの一瞬にしろ、わたしの脳裏に恐ろしい疑惑が浮かんだのは事実だった。まるで悪夢のように、その光景が脳裏をかけめぐった――レディングとグリゼルダは不義をしていた。それがプロザロー大佐の耳に入り、グリゼルダの夫であるわたしに知らせる決意をする。絶望したグリゼルダはレディングのピストルを盗み、プロザロー大佐の口をふさぐ。いや、まさに悪夢にほかならないが、つかのまとはいえ、いやに現実感のある想像だった。

ミス・マープルがそれやこれやを知っていたのかどうか、わたしにはわからない。だが、おそらく知っていたのだろう。彼女の目から逃れられる事柄など、ほとんどないといえる。

ミス・マープルは小さくうなずきながら、わたしに匿名の手紙を返してよこした。

「ここに書かれていることは、もう村じゅうに広まっていますよ。ですが、むしろ、どうにも信憑性がない話じゃありませんか。ことに、検死審問でミセス・アーチャーは宣誓のうえで、あの日の正午に仕事を終えて帰るとき、ピストルはレディングの住まいの居間にあったと証言していますしね」

ミス・マープルはちょっと口をつぐんだが、すぐにまた話をつづけた。

「話が要点からそれてしまいましたね。これはわたしの義務だと信じていますが、あなたがたおふたりに、この事件の謎について、わたしなりの説明を聞いていただきたいんです。おふたりが信じてくださらないとしても、それはそれでかまいません。わたしは自分の義務を果たすだけです。でも、わたしがもっと前に確信がもてていれば、ミスター・ホーズの命があやうくなることもなかったでしょうに」

ここでまたミス・マープルは口をつぐんだ。そしてふたたびその口が開いたとき、その話しぶりは前とはまったく異なっていた。申しわけなさそうな口調ではなく、きっぱりした声音になっていたのだ。

「さまざまな事実に関する、わたしなりの説明を聞いてくださいませ。

木曜日の午後までには、こまかい点に至るまで、犯行計画が練りあげられていました。まず、牧師さんが外出していることを承知のうえで、ローレンス・レディングが牧師館を訪ねる。書斎に入ると、持ってきたピストルを、フレンチウィンドウのそばの鉢植えのなかに隠す。やがて牧師さんが帰ってくると、レディングはこの地を離れる決意をしたと打ち明ける。そして五時半に、レディングはオールドホールのノースロッジから牧師館に電話をかけ、女の声を作ってミセス・アボットだと思わせ、牧師さんをおびきだしたんです。あの男が達者なアマチュア俳優だったことはごぞんじでしょう?

アン・プロザローは夫といっしょに車で村に向かいました。誰もそこに気づかなかったんですが、じつにおかしなことに、アンはハンドバッグを持っていませんでした。女性がハンドバッグを持たずに外出するなんて、およそありえないことです。六時二十分ちょっと前に、アンはうちの裏庭の前を通りかかり、立ちどまって、わたしとおしゃべりをしました。自分が凶器を持っていないこと、態度もふだんと変わりないことを、わたしに印象づけるためです。あのふたりは、わたしがいろいろなことに気がつく性質《たち》だということを、充分に承知していたんです。それからアンは牧師館の裏木戸をくぐり、書斎のフレンチウィンドウに向かいました。そうなると彼女の姿はわたしにはもう見えません。お気の毒なプロザロー大佐はライティングテーブルに向かい、手紙を書いていました。村の人々はたいてい知っていますが、大佐は耳が遠かった。だからアンは大佐に気づかれることなく、レディングが隠したピストルを鉢植えのなかから取りだし、大佐の背後に近づいて、頭を撃ちぬいた。そしてピストルをその場に放りだすと、すばやくフレンチウィンドウから走りでて、レディングのアトリエに向かったんです。ほとんど誰もが、彼女にはそれほど時間的余裕はなかったと考えるでしょうね」

「だが、銃声は?」メルチット大佐が異議を唱えた。「あなたは銃声を聞かなかったんだろう?」

「マキシム・サイレンサーとかいう、銃の消音器が発明されたそうですね。それで探偵小説をあれこれ読んでみたんですよ。ミセス・プライス・リドリーの家のメイドのクララが聞いたというくしゃみは、消音器のせいでくぐもった銃声だったのではないかしら。でも、それはどうでもいいんです。ともかく、アンはアトリエの前でレディングと会った。そしてふたりいっしょにアトリエのなかに入った。これもまた、人間性のしからしむところなんでしょうねえ、ふたりがアトリエから出てくるまで、わたしが家のなかに引っこむはずがないと見越していたんですよ」

ミス・マープルが自分の弱点をユーモアをまじえてさらけだしたこのとき、わたしはこれまでにないほど彼女を好ましく思った。

「アトリエから出てきたふたりはとても明るくて、自然にふるまっていました。ところが、じっさいには、大きなまちがいをおかしました。というのも、別れることを決めたというふりをするのなら、そんな態度をとるべきではないからですよ。そこがふたりの弱みだったんです――どうしても、高揚した気持を隠しきれなかった。そのあとの十分間、ふたりはアリバイとなる行動をとるよう、綿密に計画していました。そして最後に、レディングは牧師館に行き、ぎりぎりまで書斎にとどまりました。そして、あなたが本通りから牧師館前の道に入ってくる姿を見ると、ゲートに達するころあいを見計らってから書斎を出たんです。

書斎にいたあいだに、レディングはアンが床に放りだした消音器つきのピストルを拾いあげ、前もって異なるインクを使い、大佐の筆跡とは異なる筆跡で書いておいた、偽手紙を取りだします。偽手紙だとわかっても、真犯人がアンに罪をきせようとした、お粗末な小細工だとみなされるでしょうからね。

でも、偽手紙を置くときに、レディングは大佐直筆の書きかけの手紙に気づいたんです。これは想定外でした。でも、頭のいいレディングは、その手紙が役に立つときがくるだろうと思い、本物の手紙を奪いました。そして、さもその時刻に書かれたように見せかけるために、時計の針を動かして、偽手紙の冒頭に書き足した時刻に合わせました――書斎の時計がいつも十五分進めてあるのを承知していましたからね。これもまた狙いは同じです――アンに疑いの目を向けさせるための小細工。

そしてレディングは書斎を出て、ゲートのところで牧師さんと顔を合わせると、いかにも錯乱して心が乱れている者らしいようすを装い、牧師さんに見せつけたんです。先ほども申しましたが、とても頭のいいひとです。罪をおかした犯罪者はいったいどういう態度をとるものでしょうね？　ごく自然なふるまいをするでしょう。でも、レディングはそんなふるまいはしませんでした。消音器を処分してから、ピストルを手に警察署に乗りこんでいき、ばかげた自白をします。その自白を誰もが疑いもせずに受け容れました」

ミス・マープルが語った事件の筋立てには、不思議な力があった。強い確信がこめられていたため、わたしもメルチット大佐も真相はこれよりほかにありえないと思ってしまったほどだ。

「森の銃声の件はどうなんです？」わたしは訊いた。「あなたがあの日の夕方早くに聞いた銃声は、たまたま誰かが銃を撃っただけとか？」

「まあ、とんでもない！」ミス・マープルはきっぱりと頭を横に振った。「あれは偶然の出来事ではありませんよ――まったくちがいます。銃声を聞かれることが、ぜったいに必要だったんです――アンに向けられる嫌疑を晴らすために。レディングがじっさいにどういう仕掛けをしたのか、わたしにはわかりません。でも、ピクリン酸の結晶には、それに重いものを落とすと爆発する性質があるんですよね。牧師さん、思い出してくださいな。あなたは、大きな岩を抱えているレディングと出会った場所に、もう一度行ってみた。そのときに、あの結晶を拾ったんですよね。殿がたはいろいろな細工をするのがおじょうずです。ピクリン酸の結晶の上に大きな岩を吊しておいて、時間がきたら岩が落ちるように時限信管を仕掛ける――でなければ、導火線を使う。二十分ほどたったら、岩を吊しているロープが焼ききれるようにしておくんです。そうすれば、レディングとアンがアトリエから出て、その姿を人目にさらした時刻、つまり六時三十分ごろに爆発が起こります。あとでみつかっても、なんの疑問ももたれない、安全な起爆装置ですよ――だって、ただの大きな岩なんですものね。でもレディングは万一に備えて、それを片づけておくことにしました。ちょうどそのときに、牧師さんと出会ったんですよ」

「おっしゃるとおりです!」思い出した――あの日、わたしと出くわしたときの彼の驚愕の表情を。あのときはきわめて当然だと思ったけれど、いまあらためて考えてみると……。

ミス・マープルはわたしの考えを読みとったかのように、こっくりとうなずいた。

「ええ、そうですとも。あのとき牧師さんとばったり出会ったのは、レディングには衝撃だったにちがいありません。ですが、彼はそれをうまくごまかしました――わたしがこしらえているロックガーデンのために、岩を運んでいるふりをしたんです。ただし――」ミス・マープルはそこで急に語気を強めた。「あの岩は、わたしのロックガーデンには、まったくそぐわないものだったんです！　おかげで、わたしは正しい手がかりをつかめたんですよ」

ミス・マープルが絵解きをしているあいだ、メルチット大佐は忘我の境地にあるかのように、ぼうっとした顔で彼女の話を聞いていた。それがようやく我に返ったようだ。一、二度、鼻を鳴らし、ぎごちなく洟をかんでからいった。「なんということだ！　まったくもって、なんということだ！」

それ以上、大佐は感想らしきことはいわなかった。わたし同様、大佐もまた、ミス・マープルの確信に満ちた論理的な結論に感銘を受けたのだろう。とはいえ、いまはまだ、そうと認めたくないらしい。

メルチット大佐は手をのばしてしわくちゃの手紙をつかむと、吠えるようにいった。

「けっこうなお説ですな。しかし、このホーズという男のことは、どう説明なさいますか？　なぜ彼はわざわざ牧師さんに電話をかけてきて、罪をおかしたと告白したんですかね？」

「それこそ神の摂理のはからいですね。牧師さんのお説教の賜《たまもの》でしょう。牧師さん、あのときのお説教は、じつにみごとなものでした。あれがミスター・ホーズの心を深く動かしたんでしょう。あのかたはもはや耐えられなくなり、自分から告白しなければいけないと思いつめた――教会の献金を着服していることを」

「は？」

「そうなんですよ――神のはからいで、あのかたは命を救われたんです。ええ、救われることを願っていますし、そう信じています。ドクター・ヘイドックは優秀なお医者さまですからね。わたしの見るところでは、とても危険なことながら、レディングはプロザロー大佐のこの書きかけの手紙をどこかに隠して、大佐が糾弾している人物が誰なのかを突きとめるまで、保管しておいたんですよ。やがて、糾弾されているのはミスター・ホーズだと確信をもった。昨夜、レディングはここに来て、長いことすわっていたそうですね。レディングは致死量の薬を詰めた薬包を用意していました。そして、ミスター・ホーズのすきをみて、あのかたが使っている薬包とすりかえてから、彼のドレッシングガウンのポケットに、この手紙をすべりこませたんです。かわいそうに、ミスター・ホーズはなにも知らずに致死量にあたる薬を飲むはずです。そして死後に、彼のあやまちが判明し、大佐の手紙が発見されれば、誰もがミスター・ホーズがプロザロー大佐を射殺し、その罪を負って、みずから命を断ったとみなすでしょう。ミスター・ホーズが致命的な薬を飲んだあとで、この手紙をみつけたのかと思うと、なんだか不思議な気がしますね。朦朧《もうろう》とした意識でこの手紙をみつけたときは、なにやら超自然的な力が働いたように思えたことでしょう。牧師さんのお説教で強く心を揺さぶられていたところに、こんな手紙がふいに出現したんですもの、あのかたがすべてを告白しなければならないと思いつめたのも、納得がいきます」

「なんということだ」メルチット大佐はいった。「なんともはや！　とんでもない！　わ、わたしは、信じませんぞ」

大佐がこれほど説得力のない口調で発言したのは初めてだ。自分でもそう思ったのだろう、大佐はさらにことばをつづけた。

「では、もう一本の電話の件はどう説明なさる？　レディングの住まいからミセス・プライス・リドリーにかけられた電話の件は？」

「あら、あれこそ偶然だったんですよ。グリゼルダがかけたんです——デニスと図って。ふたりは、ミセス・プライス・リドリーが牧師さんに関するよくない噂を広めているのを知って、彼女を黙らせるために、ああいう手段をとったんですよ。ちょっと子どもっぽいやりかたですけどね。そしてミセス・プライス・リドリーがその電話を受けたあとに、森で銃声に似せた爆発音が響いたというのは、まさに偶然でした。でも、この偶然のせいで、ふたつの出来事には関連があるにちがいないと思いこまされてしまったんです」

わたしはふいに、あの銃声に関しては、誰もが口をそろえて、〝いつもとはちがう〟方向から聞こえたようだといっていたのを思い出した。彼らは正しかった。しかし、銃声そのものが〝いつもとはちがう〟音だと説明するのは、きわめてむずかしい。

メルチット大佐はこほんと咳払いをした。「いや、じつにみごとなお説ですな、ミス・マープル。ですが、決め手となる証拠はひとつもない」

「ええ、わかっています。でも、それが真相だとお思いにはなりませんか？」

つかのまの沈黙のあと、メルチット大佐はしぶしぶと認めた。「いや、そう思いますよ。だが、残念ながら、こうだったのではないかという推測の域を出ませんな。証拠がひとつもない——ちっぽけなかけらすらありません」

今度はミス・マープルがこほんと咳ばらいをした。「ですから、考えてみたんです。いろいろな事情を考慮して――」

「はい？」

「ちょっとした罠を仕掛けてもよろしいのではないかと――」

31

メルチット大佐もわたしも、目を丸くしてミス・マープルをみつめた。

「罠を仕掛ける？　どんな罠です？」

ミス・マープルはいいにくそうだったが、すでに綿密に練った計画があるのは明らかだった。

「レディングに電話をかけて警告するんですよ」

メルチット大佐はにやりと笑った。

「〝すべてばれたぞ、逃げろ！〟と？　むかしながらの手ですな、ミス・マープル。うまくいくこともないわけではないが。しかし、レディングは抜け目のないやつです。その手には乗らないんじゃないかと思いますがね」

「なにか特別な策を講じる必要がありますね。それはよくわかっています。そこで提案なんですけど――いえ、ほんの提案にすぎないんですけどね、こういう事件に、独自の所見をおもちのかたに警告していただいてはどうかしら。みんなとは異なる意見をおもちだと周知されているかた。ドクター・ヘイドックのお話を聞くと、誰もが、あのかたなら殺人というものをふつうとは異なる観点からごらんになるはずだと思うでしょうね。もしドクター・ヘイドックが、誰かに、たとえばミスター・ホーズの下宿のおかみさんのミセス・サドラーか、あるいは彼女の子どものひとりが、たまたま薬の包みをすりかえるところを見たとほのめかせば――。レディングが無実なら、そんな情報はなんの意味もないでしょうけど、もし無実でなければ――」

「ええ、なにかばかげたまねをしでかす可能性がありますね」

「そしてみずから、こちらの広げた腕のなかにとびこんでくる、と。うん、ありそうなことだ。じつに巧妙な策ですな、ミス・マープル。しかし、ヘイドックが協力してくれますかね。なにせ彼の持論は――」

ミス・マープルは明るい声で大佐をさえぎった。「それは理論の上での問題です！　実践とはまるでちがいますよ。そうじゃありません？　あら、ドクター・ヘイドックがもどってこられましたよ。じかに訊いてみましょう」

ミス・マープルがわたしたちといっしょにいるのを見て、ヘイドックはかなり驚いたようだ。ヘイドック自身は疲れてやつれていた。

「あやういところだった」ヘイドックはいった。「じつにあやうかった。だが、なんとか持ち直すだろう。患者を救うのが医者の務めだから、わたしも手を尽くして助けたが、もし彼の命を救えなかったとしても、やはりよかったと思うだろうな」

「わたしたちの話を聞けば」メルチット大佐がいった。「考えが変わるんじゃないかな」

メルチット大佐はミス・マープルの説を簡潔明瞭に語り、最後に彼女の提案を述べた。

先ほどミス・マープルは理論と実践はちがうといったが、そのことばの意味を、わたしたちは身をもって知ることになった。

ヘイドックの見解は根底から覆ったようだ。彼としては、ローレンス・レディングの首を大皿にのせてさしだしたい気持になったのだろう。わたしが思うに、彼の嫌悪と怒りをかきたてたのは、プロザロー大佐が殺されたことではあるまい。不運なホーズに殺人の罪をきせて殺そうとした、その一事だろう。

「なんと卑劣なやつだ！　ホーズもかわいそうに。彼には母親と妹がいる。殺人犯の身内だという烙印を押されたら、その汚名は一生ついてまわるんだ。ふたりの心痛を考えてみたまえ。よりによって、それほど陰険で卑劣な策を弄《ろう》するとは！」

まじりけなしの心の底からの怒り――人道主義者を腹の底から怒らせれば、それを目の当たりにできる。わたしはそう思った。

「それがほんとうなら」ヘイドックはいった。「わたしも協力しよう。あいつは生きている資格もない。ホーズのように無力な人間に人殺しの罪をきせるなんて」

肢が不自由な犬は、いつだってヘイドックの同情をあてにできる、というものだ。

ヘイドックとメルチット大佐が熱心にこまかい打ち合わせを始めると、ミス・マープルは立ちあがった。わたしは家まで送っていくといいはった。

「ご親切にありがとうございます、牧師さん」ひとけのない通りを歩きだすと、ミス・マープルが礼をいった。「あらら、もう十二時ですわね。レイモンドがわたしの帰りを待たずに寝ていてくれるといいんですが」

「甥ごさんはあなたに付き添ってくるべきでしたよ」

「甥にはなにもいわずに出てきたんですよ」

レイモンド・ウェストの、犯罪に関する難解な心理学的分析を思い出して、わたしはふっと頬をゆるめた。

「もしあなたの解釈が正しいと判明すれば――いえ、正しいに決まっていますが――甥ごさんを上回る得点を勝ちとることになりますね」

ミス・マープルの頬もゆるんだ――寛大な微笑だ。「大おばがいったことを思い出しますよ。それを聞いたとき、わたしは十六歳で、なんてばかばかしい、と思ったものです」

「どういうことです？」

「大おばはいつもいってました。〝若いひとは年寄りを愚かだと思っているけれど、年寄りは若いひとは愚かだと、ちゃんと知っているんだよ！〟と」

32

これ以上語るべきことはもう、ほとんどない。ミス・マープルの策は成功した。レディングは無実ではなかった。薬包をすりかえるところを目撃した者がいるとほのめかされると、愚かにもあわてふためいて〝ボロを出した〟のだ。

彼はあやうい立場に追いこまれたわけだ。わたしが想像するに、なにはともあれ、大急ぎで逃げ出そうという衝動に駆られたはずだ。しかし、共犯者のことを考えなければならない。なにもいわずに彼女を残していくことはできない。かといって、手をこまねいて朝まで待ってはいられない。そこで、彼はその夜、オールドホールに向かった——メルチット大佐の有能な部下がふたり、あとを尾《つ》けた。彼はアン・プロザローの寝室の窓に石を投げて、アンを起こした。低いがせっぱつまった声で、話があるから階下《した》にくるようにいった。ふたりは家のなかよりも外のほうが安全だと考えたのだ——家のなかでは、レティスが目を覚まして起きてくる可能性があるからだ。だが、家の外でふたりがこそこそと話しはじめると、ふたりの刑事はその会話を一から十まで聞くことができた。それによって、疑問の余地はなくなった。ミス・マープルの説はすべて正しかったのだ。

ローレンス・レディングとアン・プロザローの裁判は、これまた、世間周知のひとつの事件となった。わたしはそれについて語る気はない。ただ、スラック警部の熱意と聡明な頭脳のおかげで、犯人ふたりが法の裁きを受ける結果となったと、大いに称賛されたことは記しておく。当然ながら、ミス・マープルが事件の解明に貢献したことは公表されなかった。公表されると考えただけで、彼女は怖気をふるったことだろう。

裁判が始まる少し前、レティス・プロザローがわたしに会いにきた。いつものように書斎のフレンチウィンドウから、生霊のごとくふらりと入ってきたのだ。そして、継母アンが共犯だということは、ずっと前から確信していたといった。黄色のベレー帽を置き忘れたというのは、書斎を調べるための口実にすぎなかったそうだ。警察が見逃したものをなにかみつけられないか、はかない望みを抱いていたという。

レティスは夢見るような口ぶりで話をつづけた。「だって、あのひとのこと、あたしは憎んでたけど、みんなはちっとも嫌ってなかったでしょ。憎しみって、行動を起こしやすくするものね」

書斎を調べてもなにもみつからなかったため、がっかりしたレティスは、アンのイヤリングを片方、わざとライティングテーブルの下に置いた。

「あたしにはあのひとがやったとわかっていたからよ。いいじゃないの。なにもしないよりマシだわ。だって、あのひとが父を殺したんだから」

わたしはそっとため息をついた。レティスには決して見えないことがあるのだ。道徳的な面で善し悪しの識別がつかないというか。

「これからどうするつもりだね、レティス?」わたしは尋ねてみた。

「なにもかもすっかり終わったら、外国に行くわ」そういって、少しためらってから、先をつづけた。「母といっしょに外国に行くの」

わたしは驚いて目をみはった。

レティスはこくりとうなずいた。「ぜんぜん気づかなかった? ミセス・レストレンジはあたしの実の母なのよ。母は——そのう、もう先が長くないの。それであたしに会いたくて、名前を変えてこの村に来たのよ。むかし、ドクター・ヘイドックは母の力になってくれた。むかしからの友だちだったんだって。ドクター・ヘイドックは母にぞっこんだったのよ——わかるでしょ。まだそうだもの。男たちはみんな、母に夢中になったみたい。いまでも、母はすごく魅力的だから。とにかく、ドクター・ヘイドックはできるかぎりの手を尽くしてくれた。母は村のひとたちに注目されたり噂の種になるのがいやだったから、本名をなのるわけにはいかなかった。そして、あの夜、父に会い、自分の余命が長くないことを打ち明け、どうしてもあたしに会わせてほしいと訴えた。父はひとでなしよ。母におまえはすべてを放棄した、娘は実母は死んだと思っているといったのよ。まるであたしがその嘘を信じてるみたいに! 父のような男は自分の鼻の先一インチすら見えないのよ!

でも、母はあきらめなかった。まずは礼儀にのっとって父に会ったけど、父に邪険に追い払われたんで、あたしに手紙をよこしたの。だもんで、あたしはテニスパーティから早めに帰って、六時十五分にオールドホールの小径のつきあたりで会うことにしたの。あわただしい会いかただったけど、また会おうって約束して、六時半前には別れた。それから事件が起こって、母に父を殺した疑いがかかるんじゃないかと、あたしは怖くてたまらなくなった。なんといっても、母は父を恨んでたから。だから、屋根裏部屋にあった母の肖像画を切り刻んだのよ。警察が家捜しして、母の肖像画をみつけるんじゃないか、そうしたら母が誰かわかってしまう、それが恐ろしくて。ドクター・ヘイドックもひどく心配してた。もしかすると、母がやったのではないかと本気で疑ってたんじゃないかな。母はどちらかといえば、いざってときに、思いきったことをするタイプだから。結果を考慮したりしないひと」

レティスはそこでひと息入れて、また話をつづけた。「おかしなものね。母とあたし、たがいによく理解できるの。父とあたしはまるっきりだめだった。でも、母は――とにかく、あたしは母といっしょに外国に行くわ。そして、いっしょにすごすの。そのときが――最後のときがくるまで……」

レティスは立ちあがった。わたしは彼女の手を取った。

「あなたがたおふたりに神の祝福がありますように」わたしはいった。「いつかそのうちに、あなたに幸せが訪れることを祈っていますよ」

「そうでなくっちゃ」レティスは笑おうとした。「これまではあんまり幸せとはいえなかったもの。でしょ？　ああ、でも、そんなことどうでもいいわ。さよなら、牧師さん。いつもあたしにやさしくしてくださったわね――牧師さんもグリゼルダも」

そうだ、グリゼルダ！

レティスが帰ったあと、わたしはグリゼルダに、彼女の不貞を告発する匿名の手紙を読んでどれほど動揺させられたか、白状せざるをえなかった。最初、グリゼルダは笑っていたが、やがて、まじめな顔でわたしに小言をいった。

「でもね、わたしもこれからは心から敬虔な人間になるつもり――ピルグリムファーザーたちみたいに」

グリゼルダが巡礼始祖のピルグリムファーザーの役割を果たしている姿など、わたしには想像もできない。

「じつはね、レン、わたしの人生に確固とした安定を約束してくれる、大きな出来事が待ち受けてるの。あなたの人生にも深く関わってくることだけど、あなたにとっては、そうねえ、若返る原動力になるかしら。少なくとも、そうであることを願いたいわ！　わたしたちに子どもが授かったら、わたしのことを子どもあつかいできなくなるわね。レン、わたし、本に書いてあるような、〝良き妻、良き母〟になろうと決心したのよ。しっかり家事ができる主婦にもならなくちゃ。もう、家政学の本を二冊、母性愛にかんする本を一冊、買ったわ。そういう本を読んでも、わたしは良妻賢母に向かないとわかったら、ああ、どうしましょう！　だって、おかしなことばっかり書いてあるんだもの――大まじめに！　特に、育児の本には」

「『夫の操縦法』とかいう本は買わなかっただろうね？」

わたしはグリゼルダを抱きよせたものの、急に心配になった。

「そんなのは必要ないわ。わたしはすばらしい妻ですもの。あなたを愛してる。それ以上、なにをお望み？」

「なにも」

「一度でいいから、気も狂わんばかりにきみを愛してるといってくれない？」

「グリゼルダ、きみを崇拝してる！　心の底から愛してる！　狂おしく、どうしようもなく、聖職者にあるまじきほど激しく、きみに夢中だよ！」

グリゼルダは深々と満足の吐息をついた。

と、急にわたしから離れた。「たいへん！　ミス・マープルが来るわ！　あのひとに勘づかれないように気をつけてね。この話が広まって、みんなにクッションを贈られたり、足をあげておくようにうるさくいわれるのはいやですもの。ミス・マープルには、わたしはゴルフ場に行ったといってちょうだい。あそこまではあのかたのするどい目も届かないはずだし。それに、あそこに置き忘れてきた黄色いセーターがほしいから、取りにいきたいの。だから、ゴルフ場に行ったというのは嘘をつくことにはならないわ」

グリゼルダがそそくさと出かけると、ミス・マープルがフレンチウィンドウの手前で立ちどまり、いいわけがましくグリゼルダのことを訊いた。

「グリゼルダはゴルフ場に行ってます」

「あらまあ。それは賢明とはいえませんねえ——特にいまのこの時期は」

そういうと、ミス・マープルは品のいい、古風な独身の淑女らしく、ほんのりと顔を赤らめた。

いささか気恥ずかしい思いをとりつくろおうと、わたしたちは急いでプロザロー大佐事件のことや、ストーン博士のことを話題にした。〝ストーン博士〟は、いくつもの偽名をもつ、その筋では有名な押しこみ強盗だと判明したのだ。ちなみに、ミス・クラムは窃盗事件とはまったく無関係だった。スーツケースを森に運んだことは認めたが、それも偽のストーン博士の命を忠実に果たしたにすぎなかった。偽博士はほかの考古学者たちが、彼の学説の信憑性を貶《おとし》めるために、発掘した品々を盗みかねないほど競争意識を燃やしている、それが心配なのだと、ことば巧みにミス・クラムを丸めこんだのだ。

ミス・クラムは偽博士のもっともらしい、まことしやかな嘘を、頭から信じこんだのだ。村の住人たちの話によれば、ミス・クラムはいま、秘書を募集中の、もっとまともな仕事をしている中年の独身男性を探しているという。

ミス・マープルと話しているうちに、わたしはなぜ彼女が、わたしたち夫婦の最新の秘密を知ったのか、不思議でたまらなくなった。それを見てとったのか、ミス・マープルはひかえめな口ぶりで、その手がかりを与えてくれた。

「グリゼルダがはりきりすぎないといいんですけどね」ミス・マープルはひとりごつようにそういうと、少し間《ま》をおいて、謎解きの手がかりを口にしたのだ。「じつは昨日、マッチ・ベナムの本屋さんで――」

かわいそうなグリゼルダ！　母性愛に関する本が、秘密を隠しておきたいという、彼女のささやかなもくろみを帳消しにしてしまったのだ！

「ミス・マープル」わたしは唐突にいった。「もしあなたがひとを殺しても、あなたならぜったいに隠しとおせるでしょうね」

「なんてことを」ミス・マープルは仰天した。「そんな恐ろしいこと、わたしにできるはずがないでしょう?」

「ですが、人間性とはそういうものですからね」わたしは小声でいった。

わたしの皮肉を、ミス・マープルはいかにも老淑女然と、やさしい笑顔で受け流した。

「冗談がすぎますよ」ミス・マープルは立ちあがった。「でも、そうねえ、あなたはいま、とても気持が高揚していらっしゃるでしょうから」

ミス・マープルはフレンチウィンドウの前で立ちどまった。「グリゼルダにどうぞよろしく。それから、こうお伝えになって——どんな秘密も、わたしは決して口外しませんから、と」

なんともはや、ミス・マープルというひとには、かわいらしいところがある……。

女神のたくらみとエビの謎

若竹七海

アガサ・クリスティは「ミステリの女王」どころか「ミステリの女神」と呼ぶにふさわしい、大作家である。そのクリスティが生み出した、イギリスの小さな村セント・メアリ・ミードに住む老婦人ミス・ジェーン・マープルは、世界名探偵ランキングのベスト10には間違いなく、ひょっとしたらベスト5にも入るすばらしいキャラクターだ。

本作『ミス・マープル最初の事件 牧師館の殺人』は、彼女らを語るうえで必ずといっていいほど取り上げられる作品のひとつである。読者は全世界に何億、何十億といるわけで、その魅力については語り尽くされ、ぺんぺん草も生えないほどと思われる。

解説原稿を依頼されたときには、そんなわけで、いまさら私ごときがなにをか言わんや、と断るつもりだったのだが、ふと気がついた。本作について語り尽くされているなら、先人の褒め言葉が引用し放題ではないか。人様の文章を書き写すだけで体裁が整い、賢そうな解説に見えるうえ、労少なくして原稿料をいただける。

ステキじゃありませんか。

そこで勇んで依頼を引き受けたのだが、いざ引用文を探してみて驚いた。

本作ってば、思ったよりも褒められていないのだ。

例えば、クリスティの評論集として名高いロバート・バーナードの『欺しの天才』（小池滋・中野康司共訳）の本作の項にはこうある。


窃盗、扮装、姦通、そして最後に殺人の温床たるセント・メアリー・ミードとはじめてお目にかかる作品。この一連の作品を読む人びとがゆったりくつろいだ気持になれるのは、一体なぜだろうか。結末は知性にとってはいささか当惑だが、附随する楽しみがどっさりあるので文句は出ない。


これ褒めてます？　褒めてませんよねえ。

クリスティについての文章としてよく引き合いに出される古典といえば、江戸川乱歩の「クリスティーに脱帽」（『続・幻影城』所収）だが、本作の項には「相当面白かったもの」として○がつけられているだけで（○の上に「大いに面白かったもの」として◎あり）、言及はない。

クリスティ作品を読破し論じた霜月蒼の『アガサ・クリスティー完全攻略』においても、「普通によくできたフーダニット」という可もなく不可もない評価となっている。

日本には本作の様々な訳書が存在し、それぞれに評論家や訳者の方たちのりっぱな解説がついているが、どれも「ミス・マープルが初めて出てきたのよね」「彼女、意地悪なものの見方をするけど、それが本質を突いているのよね」「小さな村での人間観察が名探偵の素地を作ったのよね」「セント・メアリ・ミードの地図が掲載されてるのよね」「以後の作品で村はこんなふうに変わっていくのよね」などと、ミス・マープルやセント・メアリ・ミードについて熱く語っているのであって、正面切って本作を褒めているわけではない。

さらに、だ。『アガサ・クリスティー自伝』（乾信一郎訳）で、女神はこんなふうに語っている。

『牧師館の殺人』を今読んでみると、わたしはそのころほどには満足でない。あまりにも登場人物が多すぎるし、あまりにもわきの筋が多いと思う。

「それはともかく本筋はしっかりしている」と続くものの、その後はやはりミス・マープル誕生のエピソードや、セント・メアリ・ミードとそこに暮らす人びとの話題へと流れてしまうのだった。

作者自らこの態度。これでは本作の存在意義は、「ミス・マープルや村の情報を読者に楽しく伝えた」ことに尽きてしまうではないか。

ただ、こうなってしまった理由はわからないでもない。

本作にはごく簡単なトリックが出てくるだけ。それも、例えば本作の四年前に発表された『アクロイド殺害事件』の、本作と同じ目的のためのトリックと比べればちゃちなものである。いちおう、このトリックとそれに使われたあるモノへの違和感が、ミス・マープルの目を犯人に向けはするのだが。

ストーリー展開も、犯人についても、さして驚くほどではない。真犯人やその行動のパターンは、女神自身の作品の中にわりとたくさん類例が見受けられる。デビュー作に。映画化された作品に。傑作と名高い作品にも。

そういう意味で本作は、歴史をひっくり返すほど衝撃的な作品を発表してきたクリスティにしては、小品である。ミステリ界という夜空に単独で光を放つ一等星とまではいえない。

だが、あらためて読み直し、本作が実に精巧に組み立てられていることに気づかされた。

フーダニットのお約束として、登場人物にはそれぞれ裏の顔が与えられている。滑稽だったり、ワケありだったり、深い事情があったり、恐ろしそうに見えて意外とつまんなかったりと、あまりにも多すぎる登場人物それぞれの裏事情を考え出すだけでも大変だが、それが絶妙なタイミングときっかけで、語り手の牧師＝読者に明かされていく。また、それによって物語が次の展開を迎え、謎が解けたり深まったりする。

この種の「よくできたフーダニット」において、もっとも難しいのがまさにこれだ。隠された秘密をいつ、どんな形で読者に知らせるか。そのタイミングときっかけだ。

登場人物の裏の顔が先走って見えてしまうと、読者の興がそがれる。あるいは隠しておきたい真実がバレてしまう。解決ギリギリになってから明かされたのではアンフェアだ。さらにきっかけを間違えると、物語が停滞したり、読者がしらけてしまったりもする。

そこを誤らず、本筋にからめながら何本もの「わきの筋」を展開していく。この登場人物の交通整理こそ、フーダニットを書くうえで、もっとも重要で、ミステリ作家としての真価が問われるところだ。

なによりうならされるのは、本作でクリスティがそれをやすやすとやってのけている――少なくとも、そう見えることだ。大勢の登場人物を右に左に動かさなくてはならず、ややこしさに気が狂いそうになったかもしれないが、そんな苦労はみじんも感じさせない。「お話はたいしたことなかったけど、ミス・マープルやセント・メアリ・ミードは気に入ったわ」と、読者の大半が楽しく物語を読み終わる……しゃらりと、そう仕向けている。

やっぱり本作はすごい。こんな精緻なミステリはめったにあるものではないのだ。

ところで、本作の魅力を大いに補完しているのが「どっさりある」という「附随する楽しみ」。世界中からクリスティが愛される理由であるところの、料理や園芸、ファッション、インテリアといった、一九三〇年代のイギリスの田舎の生活にかんする描写だ。

マープルの庭づくり、村の女性の服装、落ちていたイヤリング、牧師の説教、お茶の時間などなど。女神はこういった細部の描写をおこたらない。本人書くのが楽しかった、という面も大きいとは思うが、読者へのおもてなしとして、またミステリの伏線を背景にうまくまぎれこませるためにも、この種の描写の効用は大きい。

そのなかで、もっとも気になるのが、ミス・マープルが名探偵として認知される以前、村で発生した「エビ消失事件」である。

「ミス・マープル、あなたにこの事件を解明していただきたいわ。ミス・ウェザビーの殻をむいた小エビが消えたときみたいに。あの謎が解けたのも、石炭の袋がどうもおかしいと、あなたのカンにぴんときたからでしょ」（本書）

「話のついで」に出てくるだけで、詳しい説明はない。むきエビがどんな消え方をしたのか、すごく気になるのだが、さらに気になることがある。セント・メアリ・ミードでは以前にもエビが消えているのだ！

「たとえば、カラザーズの奥さんですけどね、（中略）エリオットの店で、殻をむいた小蝦《シュリンプ》を二ジル買ったんだけど、そのあと、べつのお店を二軒まわって、うちへ帰ったところで、小蝦をどこかへ置き忘れてきたことに気づいた。すぐに二軒のお店にとってかえしたものの、小蝦は影も形もない」（「〈火曜の夜〉クラブ」『ミス・マープルと13の謎』深町眞理子訳）

さらに、マープルの甥レイモンドによれば、なんとエビは消えただけでなく出てきたこともあり、それもマープルが解決したらしい。

「八百屋のおかみさんが晴れた晩に教会の懇親会に傘を持って行ったのはなぜか。塩づけの海老がなぜその場所で発見されたか。牧師さんの白衣に何が起こったか。（中略）グエンダ、彼女が解決してくれるよ」（『スリーピング・マーダー』綾川梓訳）

いったいどういうことであろう。消えたときはむきエビで、出てきたときには塩漬けになっていたのか。『シャーロック・ホームズ家の料理読本』の著者ファニー・クラドックによれば、ハーブ入りバターに沈めた小エビはトーストに添えておいしくいただけるらしいが、はたしてエビの塩漬けっておいしいのか。『杉の柩』のヒロイン・エリノアはサケとエビの瓶詰めペーストでサンドイッチを作るが、そのサンドイッチを食べた女性は死んだのだった……。

探してみると、女神の作品にはロブスター、シュリンプ等のエビ類が数多く登場する。エビが消えた裏にどんな恐ろしい人間心理が隠れていたのか、それをミス・マープルがいかにして解明したのか。考え出すと夜も眠れない。どなたか、この謎を解いてくれないだろうか。

訳者紹介 1948年福岡県生まれ。立教大学社会学部社会学科卒業。主な訳書に、アーモンド「肩胛骨は翼のなごり」、キング「スタンド・バイ・ミー」、リグズ「ハヤブサが守る家」、プルマン「マハラジャのルビー」、アンソニイ〈魔法の国ザンス〉シリーズなど。

検印
廃止

ミス・マープル最初の事件
牧師館の殺人

2022年7月15日　初版

著　者　アガサ・クリスティ

訳　者　山《やま》　田《だ》　順《じゅん》　子《こ》

発行所　(株)東京創元社
代表者　渋谷健太郎

162-0814/東京都新宿区新小川町1-5
電　話　03・3268・8231-営業部
　　　　03・3268・8204-編集部
URL　http://www.tsogen.co.jp
DTP　工友会印刷
暁印刷・本間製本

乱丁・落丁本は、ご面倒ですが小社までご送付ください。送料小社負担にてお取替えいたします。

ISBN978-4-488-10550-1　C0197